無名抄

現代語訳付き

鴨 長明

久保田 淳＝訳注

角川文庫
17891

凡例

一　鴨長明の歌論書『無名抄』を翻刻し、注解を加え、現代語訳を試みた。

二　『無名抄』の本文は、東京国立博物館蔵梅沢記念館旧蔵の鎌倉時代書写本（梅沢本）を底本とし、天理図書館蔵竹柏園旧蔵の南北朝時代書写本を以て校合した。底本は大曾根章介・久保田淳編『鴨長明全集』（貴重本刊行会）所収の影印により、校合本は天理図書館善本叢書和書之部編集委員会編同叢書第四十四巻『平安鎌倉歌書集』（八木書店）所収の影印によった。

三　本文は文庫本として読みやすい形にすることを心がけて、次のような方針で作製した。

1　底本の表記にこだわらず、仮名遣いを歴史的仮名遣いに統一し、送り仮名を補い、適宜底本の仮名表記を漢字に改め、あるいは漢字表記を仮名や別の漢字に改め、必要に応じて漢字に読み仮名を付した。

2　底本の誤脱を校合本によって補い、また底本の本文に疑問があって校合本の本文を採用した場合は、章段ごとにその箇所の右傍に1・2……の洋数字を付して、別掲した「本文校訂一覧」で、底本をどのように校訂したのかがわかるようにした。

3　底本に存する章段名（見出し。底本では朱書）は、いささか不自然な章段の分け方をしていると思われるものも含めて、すべて掲げ、便宜的に洋数字で通し番号を付した。最後の章段「83　とこねのこと」のみは、底本・校合本ともに章段名を欠くが、明らかに一章段として立てるべき内容なので、他本によって立てた。なお、章段名の表記も本文と同じく、底本そのままではない。また、底本に存する、章段が改まることを示す朱合点は省略した。

四　本文の右傍に、章段ごとに一・二……の漢数字を付して、語釈や事項の短い解説を脚注欄に掲げた。長文にわたる注解は㊟として、本文の後に補注を加えた。注解で用いた歌番号は、万葉集では旧国歌大観番号を用いたが、その他は『新編国歌大観』によった。また、先行の注釈書の所説は、次のごとく略称によって示した。

「評釈」　高橋和彦著『無名抄評釈』

「全書」　細野哲雄校註日本古典全書『方丈記―鴨長明集―』所収『無名抄』

「全講」　簗瀬一雄著『無名抄全講』

「集成」　渡部泰明・小林一彦・山本一校注『歌論歌学集成』第七巻所収『無名抄』（小林一彦校注）

五　現代語訳はなるべく原文に即した訳文を心がけたが、官職名や通称で呼ばれる人名は必要に応じて姓名を補った場合もある。また、引用される和歌や歌句は、原文の形を示した後にその大意を（　）に入れて示した。「侍り」の有無に留意して訳文を作製したので、一つの章段中に敬体と常体とが混っている場合がある。

六　解説では作者鴨長明や作品としての『無名抄』について略述し、参考文献を掲げた。

目次

無名抄

1 題の心

歌は題[一]の心をよく心得《う》べきなり。俊頼[二]の髄脳といふものにぞ記して侍るめる。かならず[三]まはして詠むべき文字、な[四]かなかまはしてはわろく聞こゆる文字あり。かならずしも[五]詠みすゑねどもおのづから知らるる文字もあり。いはゆる[六]暁天《けうてん》落花、雲間郭公《ほととぎす》、海上《かいしやう》明月、これらのごとくは、第[七]二の文字[1]は、かならずしも詠まず、みな下《しも》[八]の題を詠むに具《ぐ》して聞こゆる文字[2]なり。また、[3]かすかにて優なる文字あり。これらは教へ習ふべきことにあらず。よく心得つれば、その題を見るにあらはなり。

また、題の歌はかならず心ざし[九]を深く詠むべし。たとへば、祝ひには限りなく久しき心をいひ、恋にはわりなく[一〇]浅からぬよしを詠み、もしは[一一]命に替へて花を惜しみ、家路を

一 歌題の意味、内容。
二 「俊頼」は源俊頼。平安後期の歌人。「俊頼の髄脳」は俊頼髄脳。㊓
三 直接的でなく、曲折を尽くして表現すべき文字。㊓
四 中途半端に。
五 しっかりと詠み込まなくても。
六 この三つの歌題は結題《むすびだい》と呼ばれるもの。「雲間郭公」の「郭公」は、ほととぎす（時鳥）のこと。和歌ではこの表記が一般的。
七 「暁天」の「天」、「雲間」の「間」、「海上」の「上」などをいう。上覚の歌学書、和歌色葉でいう「詞を飾れる字」に相当する。
八 下の「落花」「郭公」「明月」

忘れて紅葉を尋ねむごとく、そのものに心ざしを深く詠むべきを、[一二]古集の歌どものさしも見えぬは、[一三]歌ざまのよろしきによりてその[一四]難を許せるなり。もろもろの難ある歌、この[一五]会釈によりて選び入るるは、常のことなり。されどかれをば例とすべからず。いかにも[一六]歌合《うたあはせ》などに、同じほどなるにとりては、今少し題を深く思へるを勝《まさ》ると定むるなり。たとへば、説法する人の、その仏に向かひてよく[一七]讃嘆《さんだん》するがごとし。

ただし、題をばかならずもてなすべきぞとて、古く詠まぬほどのことをば心すべし。たとへば、郭公などは山野を尋ね歩《あり》きて聞く心を詠む。鶯ごときは待つ心をば詠めども、尋ねて聞くよしは[一八]いと詠まず。また、鹿の音《ね》などは聞くにもの心細く、あはれなるよしをば詠めども、[一九]待つよしをばいともいはず。かやうのこと、ことなる秀句などなくは、かならず[二〇]去るべし。また、桜をば尋ぬれど、柳をば尋ねず。

などの題に伴って。和歌色葉で「ただことにいふべき詞」に相当する。
九　詠む対象への詠み手の思い、心情。（補）
一〇　何とも言いようもなく。
一一　もしくは。または。
一二　古い歌集。
一三　歌のさま。歌の姿。
一四　欠点を許容しているのである。
一五　斟酌。
一六　歌人が左右に分かれて、原則的に同じ題で歌を詠み、判者（審判役）が勝負を判定する和歌の競技。（補）
一七　仏・菩薩の徳をほめたたえること。
一八　それほど詠まない。
一九　言いまわしの巧みな句。
二〇　避けるべきである。

初雪などをば待つ[6]心を詠みて、時雨・霰などをば待たず。花をば命に替へて惜しむなどいへども、紅葉をばさほどには惜しまず。これらを心得ぬは[三]故実を知らぬやうなれば、よくよく古歌などをも思ひ解《と》きて、歌のほどに従[7]ひて、計《はか》らふべきことなり。

2　続けがら善悪あること

歌はただ同じ言葉なれど、[一]続けがら、言ひがらにて、よくも悪[1あ]しくも聞こゆるなり。かの[二]友則が歌に[三]「友まどはせる千鳥鳴くなり」といへる、優に聞こゆるを、同じ[四]古今の恋の歌の中に、[五]「恋しきにわびて魂《たましひ》まどひなば」ともいひ、また[六]「身のまどふだに知られざるらむ」などいへるは、ただ同じ言葉なれど[七]おびたたしく聞こゆ。これはみな続けがらなり。

三　手本とすべき先例。

一　言葉の続け方。(補)
二　紀友則。平安前期の歌人。(補)
三　上の句は「夕されば佐保の河原の川霧に」。拾遺集・冬・二三八、詞書「題知らず」。(補)
四　古今和歌集。最初の勅撰和歌集。(補)
五　下の句は「空《むな》しきからの名にや残らむ」。古今集・恋二・五七一・よみ人知らずの歌。(補)
六　上の句は「人を思ふ心はわれ

されば、「古歌に確かにしかしかあり」[2]など証[八]を出《い》だすことは、やうによるべし。その歌にとりて善悪あるべきゆゑなり。

曾禰好忠[九]が歌に、

播磨《はりま》[一〇]なる飾磨《しかま》[3]に染むるあながちに人を恋しと思ふころかな

[4]あながちにといふ言葉は、うちまかせて[一一]歌に詠むべしとも覚えぬことぞかし。しかあれど、「飾磨に染むる」と続きて、わざとも[一二]艶[一三]にやさしく聞こゆるなり。

古今の歌に、

春霞[一四]立てるやいづこみ吉野の吉野の山に雪は降りつつ

これはいとめでたき[一五]歌なり。中にも「立てるやいづこ」といへる言葉、すぐれて[一六]優なるを、ある人の、社頭[一七]の菊といふ題を詠み侍りしに、

神垣[一八]に立てるや菊の枝たわに誰《た》が手向《たむ》けたる花の白木《しらゆ》

にあらねばや」。古今集・恋一・五二三、題知らず・よみ人知らずの歌。

七　大仰に聞こえる。

八　証拠。「証歌」ということが多い。

九　平安中期の歌人。(補)

一〇　詞花集・恋上・二三〇。題知らずの歌。(補)

一一　普通は。

一二　格別に。

一三　優美に。

一四　古今集・春上・三、題知らず・よみ人知らずの歌。(補)

一五　すばらしい歌。

一六　極めてすぐれているが。

一七　神社の社殿近くの菊の意。

一八　出典未詳。(補)

綿《ふ》

同じく「立てるや」と詠みたれど、これはわざとも言葉もきかず、手づつ[一九]げに侍り。

一九　下手そうです。「手づつ」は、下手、拙いこと。㊚補

3　海路を隔つるの論

[一]ある所にて歌合し侍りし時、海路を隔つる恋といふ題に、歌は忘れたり。筑紫なる人[二]の恋しきよしを詠めりしに、か[三]たへはこれを難ず。

「[四]さらなり。筑紫は海を隔てたれば、思ひ続くるにはさる[五]ことなれど、徒歩《かち》[六]より行く人のためには、門司の関[七]まで多くの山野を過ぎて、ただいささか海を渡るべければ、題[八]の本意《ほい》もなく、すこぶる[九]広量《くわうりやう》なる方《かた》もあり。たとへば陸奥《みち》[一〇]の国なる人を恋ふるよしを詠みては、この歌一つにて、野を隔つる恋にも、山を隔つる題にも、もしは里を隔て、河

一　㊚補
二　九州にいる人。
三　歌合での片方の人。作者の属する側と反対の人。
四　いうまでもない。
五　そういうことであるが。
六　歩いて行く。
七　豊前の国。現在の福岡県北九州市門司区。㊚補
八　その題が最も基本的なこととする内容。その題にとって根本的なもの。
九　ひどく漠然としている。

を隔つるにも用ゐむとやする。題の歌はさもと[一一]聞こゆるこそよけれ。あまり座《ざ》広《びろ》[一二]なり」と難ず。

あるはいはく、「歌はさのみこそ詠め。まさしく海をだに隔てば[2]、かならずかの磯なる人[一三]をこの浦[3]にて見わたすべきことかは。あまりの難なり」と争ひあへりしを、その座に先達[一四]あまた侍りしも方々分かれて、大きなる論にてなむ侍りし。されど、心にくきほどの人多くは、難をば「今少し言はれたり[一五]」とぞ定め侍りし。

4　「われ」と「人」と

また、同じ所にて、小因幡[一][1]といひし女房、夏を契る恋[二][2]といふ題に、

惜しむべき[三]春をば人にいとはせてそら頼めにやならむとすらむ

一〇　東北地方の人。
一一　いかにもその通りだ。
一二　茫漠としてとりとめがない。一説に、「さ広」と読む。
一三　あの磯にいる人。この部分、あるいは歌を引くか。
一四　先輩格の歌人。
一五　もっともなことを言われたの意か。

一　平安末期の歌人。㊓
二　夏に逢おうと約束する恋の意。
三　出典未詳。㊓

と詠めりしを、「よろし」など人々定め侍りしほどに、ある人のいはく、「『春をば人に』と[3]いへるや、少し[四]おぼつかなからむ。ただ、『春をば我に』といひたらば、確かにて勝りなむかし」といふ。

[4]これに[五]同ずる人多く侍りしを、[六]俊恵聞きて、「[七]むげに心劣りせらるることをものたまふかな。『人に』といひたりとても、他人とやは[八]思ひたどるべき。『我に』といひては、[九]うたてことのほかに品《しな》なく聞こゆるものを。[一〇]歌は華麗を先とす。人をば知らず、おのれはたとひ難ありとも、『人に』と詠まむ」とぞ申し侍りし。

5　晴の歌を人に見せ合はすべきこと

[一]晴の歌はかならず人に見せ合はすべきなり。わが心一つ[1]にては誤りあるべし。[二]予、[三]そのかみ[四]高松の女院の[五]北面《きたおもて》に[六]菊《きく》

四　意味がはっきりしないだろう。
五　同調する人。
六　平安末期の歌人。(補)
七　思っていたよりもひどく劣っていると思われるようなこと。
八　分別して考える。(補)
九　感心しないことに、ひどく品がなく聞こえるのに。
一〇　歌ははなやかで美しいことを優先する。

一　改まった場所で詠む和歌。
二　わたし。鴨長明自身をさす。

合《あはせ》といふこと侍りし時、恋の歌に、

[七]人しれぬ涙の川の瀬を早み崩《くづ》れにけりな人目つつみは

と詠めりしを、いまだ晴の歌など詠み慣れぬほどにて、勝[八]命入道に見せ合はせ侍りしかば、「この歌、大きなる難あり。御門《みかど》・后の隠れ給ふをば、崩ずといふ。その文字[九]をば、崩ると読むなり。いかでか院中にて詠まむ歌にこの言葉[2]をば据うべき」と申し侍りしかば、あらぬ歌[一〇]を出だしてやみにき。その後ほどなく女院隠れおはしましにき。この歌の[一一]さとしとぞ沙汰せられ侍らまし。

6　名無しの大将のこと

九条殿[一]いまだ右大臣と申しし時[1]、人々に百首歌[二][2]詠ませらるること侍りき。その度《たび》[三]いみじき人々僻事《ひがこと》[四]詠みて、はてには異名《いみやう》[五]さへ付き給ひにき。近く[六]の徳大寺の左大臣は、無明《むみやう》[七]

三　その昔。
四　姝子内親王。平安末期の女院。(補)
五　(補)
六　人々が左右に分かれて菊の花に和歌を付けて出し、優劣を競うこと。(補)
七　出典未詳。(補)
八　平安末期の歌人。(補)
九　「崩」という漢字
一〇　別の歌。
一一　「さとし」は、前兆、神仏などのお告げ。(補)

一　藤原兼実。平安末期から鎌倉初期の公卿・歌人。(補)
二　治承二年右大臣家百首と呼ばれる百首歌。(補)
三　立派な歌人たち。(補)
四　間違ったこと。
五　あだ名。
六　藤原実定。平安末期の歌人。

の酒を「名[3]もなき酒」と詠み給へりしかば、「名なしの大将」といはれ、[八]五条の三位入道はこの[九]道の長者にいます。しかれど、[一〇]富士の鳴沢《なるさは》を「富士のなるさ」と詠みて、「なるさの入道[4]、名なしの大将」と[一一]番《つが》ひて、人に笑[5]はれ給ひしかば、[一二]いみじきこの道の遺恨にてなむ侍[6]りし。おのおのこれほどのこと、知り給はぬにはあらじを、[一三]思ひわたり給へりけるにこそ。

7　仲綱の歌、いやしき言葉を詠むこと

[一]同じ度の百首に、[二]伊豆守仲綱の歌に「[三]ならはしがほな」と詠みたりしをば、[四]大弐入道聞きて、「かやうの言葉[1]など詠まむ人をば、百千の秀歌詠みたりとも、いかが歌よみとはいはむ。[五]むげにうたてきことなり」とこそ申されけれ。これらはみな人に見せ合はせぬ誤りどもなり。

㊓
七　人間の正常な心を乱す煩悩を酒に喩えていう。「無明」は仏語で無知のこと。「名もなき酒」と詠んだ実定の歌は不明。
八　藤原俊成。平安末期から鎌倉初期の歌人。㊓
九　歌道の長者。
一〇　㊓
一一　一対にして。
一二　歌道において大層遺憾なこと。
一三　㊓

一　6章段と同じく治承二年右大臣家百首とするのは長明の誤り。正しくは安元元年十月十日右大臣家歌合でのこと。三㊓
二　源仲綱。平安末期の武将・歌人。㊓
三　いかにも慣れさせているという様子。㊓
四　藤原重家。平安末期の歌人。㊓
五　ひどくいやなことだ。

8　頼政の歌、俊恵選ぶこと

[一]建春門女院の殿上の歌合に、関路落葉といふ題に、[二]頼政卿の歌に、

[三]都にはまだ青葉にて見しかども紅葉《もみぢ》散り敷く白河の関

と詠まれて侍りしを、その度この題の歌をあまた詠みて、当日まで思ひ煩ひて、俊恵を呼びて見せられければ、「この歌は、かの[四]能因が『[五]秋風ぞ吹く白河の関』といふ歌に似て侍り。されどこれは[六]出《い》で栄《ば》えすべき歌なり。かの歌ならねど、[七]かくもとりなしてむと、[八]へしげに詠めるとこそ見えたれ。似たりとて難とすべきさまにはあらず」と、計らひければ、今車さし寄せて乗られける時、「[九]貴房の計らひを信じて、さらばこれを出だすべきにこそ。[一〇]後の咎《とが》はかけ申すべし」と言ひかけて、出でられにけり。

一　平滋子。平安末期の女院。補

二　源頼政。平安末期の武将・歌人。補

三　建春門院北面歌合・一〇、関路落葉・五番右勝。源三位頼政集・冬・二七六。千載集・秋下・三六五。「白河の関」は陸奥、現在の福島県白河市旗宿関ノ森がその跡地。菊多（勿来《なこそ》）の関・念珠《ねず》の関とともに古代奥州三関の一つであった。

四　平安中期の歌人。補

五　上の句は「都をば霞とともに立ちしかど」。補

六　人中に出て見ばえのすること。

七　このように変えて詠むこともできるだろうと。

八　（能因の歌を）圧倒するように、の意か。補

九　僧に対して敬っていう。貴僧・御房などに近い言い方。

一〇　後日の責任は取ってもらいます。

その度、この歌思ひのごとく出で栄えして[一一]勝ちにければ、帰りて[一二]すなはち悦び言ひつかはしたりけるとぞ。「見るところありてしか申したりしかど、勝負聞かざりしほどは、[一三]あひなくよそに[一四]て胸[一五]つぶれ侍りしに、[一六]いみじき高名《かうみやう》したりとなむ、心ばかりは覚え侍りし」とぞ、俊恵語り侍りし。

9　鳰の浮巣

同じ度、水鳥近く馴るといふ題に、同じ人、

[一]子を思ふ鳰《にほ》の浮巣《うきす》のゆられきて捨てじとすれや水隠《みがく》れもせぬ

この歌、[二]「めづらし」とて、勝ちにき。[三]祐盛法師、これを見て大きに難じていはく、「鳰の浮巣のやうを[四]え知られぬにこそ。[五]かの浮巣は揺られ歩《あり》くべきものにあらず。海の潮は満ち干《ひ》るものなれば、それを知りて、鳰の巣をくふに

一一　相手（左）の歌は藤原実国の「音羽山幣《ぬさ》と散りかふもみぢ葉を関守る神やわがものと見る」（九）。(補)
一二　直ちに感謝の意を言ってよこした。
一三　本来何の関わりもないのに。
一四　部外にあって。
一五　胸がどきどきして。
一六　大層な手柄。

一　建春門院北面歌合・三〇、水鳥近馴・五番右勝。源三位頼政集・冬・二七七。「鳰」はかいつぶりの古名。カイツブリ科の水鳥で、潜水して小魚を補食する。
二　相手（左）の歌は実国の「昆《こ》陽《や》の池の玉藻刈る男《を》にみなれてや鴛《をし》の毛衣立ちも離れぬ」（二

は、葦の茎を中に籠《こ》めて、しかもかれをばくつろげて、めぐりにくひたれば、潮満てば上《かみ》へあがり、潮干《ひ》れば従ひてくだるなり。ひとへに揺られ歩かむには、風吹かばいづくともなく揺られ出でて、大波にも砕かれ、人にも取られぬべし。されど、その座に知れる人のなかりけるにこそ、勝に定められにければ、言ふかひなし」とぞ申し侍りし。

10　「このもかのも」の論

一二条院和歌好ませおはしましける時、二岡崎の三位、三御侍《じ》読《どく》にて候はれけるに、四この道の聞こえ高きによりて、五清輔朝臣召されて、六殿上《てんじやう》に候ひけり。七いみじき面目なりけるを、八ある時の御会《ごくわい》に、清輔、九いづれの山とか、「このもかのも」といふことを詠まれたりければ、一〇三位これを難じていはく、「一一筑波山にこそ、『このもかのも』とは詠め。おほかた山ご

九）。(補)
三　平安末期の歌人。(補)
四　よくご存じないのであろう。
五　(補)

一　二条天皇。平安末期の天皇。(補)
二　藤原範兼。平安末期の歌人。(補)
三　天皇または皇太子に漢籍を講ずる役。
四　歌道の誉れが高いので。
五　藤原清輔。平安末期の歌人。
六　(補)
七　たいそう名誉なこと。
八　(補)
九　どこの山についてか。
一〇　お詠みになったので。主語は

とにいふべきことにはあらず」と難ぜられければ、清輔申していはく、「筑波山までは申すべきならず。川などにも詠み侍るべきにこそ」とつぶやきければ、三位あざ笑ひて、「[一二]証歌をたてまつれ」と申されけるに、清輔のいはく、「[一三]大井川の会に[一四]躬恒が[一五]序書ける時、『大井川のこのもかのも』と書けること、まさしく侍るものを」と言ひ出でたりければ、諸人[一六]口を閉ぢてやみにけり。

[一七]荒涼《くわうりやう》にものをば難ずまじきことなり。

11　瀬見の小川のこと

[一]光行、[二]賀茂社の歌合とて侍りし時、予、月の歌に、

[三]石川や瀬見の小川の清ければ月も流れをたづねてぞ澄む

清輔。㊓
一一　㊓
一二　和歌の表現などの根拠、証拠となる歌。
一三　「大井川」は「大堰川」とも書く。山城の国の歌枕。㊓
一四　凡河内躬恒。平安前期の歌人。㊓
一五　袋草紙では、清輔は「躬恒が仮名序には、『漢河《あまのがは》に烏鵲《かささぎ》の与《よ》利《り》羽《は》の橋を渡して、このもかのも行きかふ』と書きたる様に覚悟す、如何」と、自説の根拠を述べたと記す。
一六　黙ってしまって。反論できずに。
一七　いいかげんに。

一　源光行。平安末期から鎌倉前期の歌人・古典学者。㊓
二　㊓
三　新古今集・神祇・一八九四。㊓

と詠みて侍りしを、判者にて[四]師光入道、[五]「かかる川やはある」とて、負けになり侍りにき。思ふところありて詠みて侍りしかど、かくなりにしかば、いぶかしく覚え侍りしほどに、「その度の判者、すべて[六]心得ぬこと多かり」とて、また改めて[七]顕昭法師に判せさせ侍りし時、この歌の所に判していはく、「『石川・瀬見の小川』、いとも聞き及び侍らず。ただし、をかしく続けたり。かかる川などの侍るにや。所の者に尋ねて定むべし」とて、[八]ことをきらず。

後に顕昭に会ひたりし時、このこと語り出でて、「これは賀茂川の異名なり。[九]当社の縁起に侍り」と申ししかば、驚きて、[一〇]「かしこくぞ[2]おして難ぜず侍りける。さりとも、顕昭等が聞き及ばぬ名所あらむやはと思ひて、ややもせば難じつべく覚え侍りしかど、誰《たれ》が歌とは知らねど、歌ざまのよろしく見えしかば、[一一]ところおきてさやうに申して侍りしなり。これすでに[一二]老の功《くう》なり」となむ申し侍りし。

四　源師光。平安末期から鎌倉初期の歌人。㊓
五　このような川はあるものか。「かは」は反語。
六　納得できないことが多くある。
七　平安末期から鎌倉初期の歌人。㊓
八　決着をつけない。歌合なので勝負を保留し、持《じ》（引き分け）にした。
九　賀茂神社の縁起。㊓
一〇　うまい具合に積極的に批判しませんでした。
一一　遠慮して。
一二　長い経験にもとづく老人の知恵をいう「老功」を和らげていう。年の功。
一三　㊓
一四　ふだんのこと。常にしていること。「褻」は「晴」の反対。
一五　藤原隆信。平安末期から鎌倉

その後、このことを聞きて、[一三]禰宜祐兼大きに難じ侍りき。[3]「かやうのことは、いみじからむ晴の会、もしは国王・大臣の御前などにてこそ詠まめ、かかる[一四]褻事《けごと》に詠みたる、無念なることなり」と申し侍りしほどに、[一五]隆信朝臣この川を[一六]詠む。また顕昭法師、[一七]左大将家の[一八]百首の歌合の時、[一九]これを詠む。祐兼いはく、[二〇]「さればこそ。われいみじく詠み出だされたりと思はれたれど、代の末には、いづれか先なりけむ、人はいかでか知らむ。何となくまぎれてやみぬべかめり」と[二一]本意《ほい》ながり侍りしを、[二二]新古今撰ばれし時、この歌入れられたり。[二三]いと人も知らぬことなるを、取り申す人などの侍りけるにや[4]。すべてこの度の集に[二四]十首入りて侍り。これ[二五]過分の面目なるうちにも、この歌の入りて侍るが、[二六]生《しやう》死《じ》の余執ともなるばかりうれしく侍るなり。[二七]あはれ無益《むやく》のことどもかな。

初期の歌人。(補)

一六 (補)

一七 藤原良経。平安末期から鎌倉初期の歌人・公卿。(補)

一八 (補)

一九 (補)

二〇 だからこそ（私がいった通りだ）。

二一 残念がりましたが。

二二 新古今和歌集。八番目の勅撰和歌集。(補)

二三 （「石川や瀬見の小川」の句を最初に詠んだのは私だということは）とくに他の人も知らないことなのに。

二四 新古今集の現存する諸伝本では、長明の入集歌は十首。

二五 身のほどに過ぎた名誉。

二六 死後になお残る執着。

二七 ああ、役にも立たないことであるなあ。(補)

12　千載集に予一首入るを喜ぶこと

[一]千載集には予[二]が歌一首入れり。「[三]させる重代《ぢうだい》にもあらず、[四]詠みくちにもあらず。また、[五]時にとりて[六]人に許されたる好《かう》士《し》にもあらず。しかあるを、一首にても入れるは、いみじき面目なり」と喜び侍りしを、[七]故筑洲聞きて、「このこと、ただ[八]なほざりに言はるるかと思ふほどに、たびたびになりぬ。まことに思ひてのたまふことにこそ。[九]さるにては、[一〇]この道にかならず[一一]冥加《みやうが》おはすべき人なり。そのゆゑは、道理はしかあれど、人のしか思ふことは[一二]ありがたきわざなり。この集を見れば、[一三]させることなき人々、みな十首、七、八首、四、五首入れるたぐひ多かり。[1]かれらを見る時はいかばかり[一四]いやましく思はるらむと推し量るに、[一五]あまりさへかく喜ばるる、いみじきことなり。[一六]道を尊ぶには、まづ心を

一　千載和歌集。七番目の勅撰和歌集。(補)
二　(補)
三　これといって代々歌詠みを出している家の者でもない。
四　うまい歌詠みでもない。
五　今の時代に。
六　人々に認められた風雅の人でもない。「好士」は「数寄者」に同じ。
七　中原有安。平安末期の楽人・歌人。(補)
八　本気でなく。いいかげんに。
九　そうであるならば。
一〇　和歌の道。
一一　神の加護。
一二　めったにないことである。
一三　歌人としてたいしたことのない人々。
一四　おもしろくなく。厭わしく。
一五　おもしろくないと思うどころか、このようにお喜びになるのはたいしたことだ。「あまりさへ」は「あまっさへ」の元の形。

うるはしく使ふにあるなり。今の世の人はみなしかあらず。[一七]身のほども知らず、心高くおごり、[一八]かまびすしき憤《いきどほ》りを結びて、[一九]ことにふれて誤り多かり。[二〇]今思ひ合はせられよ」となむ申し侍りし。

まことに、この道の冥加、身のほどにも過ぎたり。古き人の言へること、かならずゆゑあり。

13　歌仙を立つべからざるの由教訓のこと

同じ人、常に教へていはく、「[一]あなかしこあなかしこ、[二]歌よみな立て給ひそ。歌はよく心すべき道なり。われらがごとく、あるべきほど定まりぬる者はいかなるふるまひをすれども、それによりて身の[三]はふるることはなし。[四]そこなどは[五]重代の家に生れて、[六]早くみなし子になれり。人こそ用ゐずとも、心ばかりは思ふところありて、身を立てむと[七]骨

一六　道を尊重するには、まず心をきちんと正しく使うことが前提となるのだ。
一七　自分の分際もわきまえず。
一八　やかましい忿懣をあらわにするようなことをして。
一九　何かというと間違った行為を多くしている。㊫
二〇　今の私の言ったことを思い合わせてごらんなさい。
一　決して決して。
二　歌詠みとして身をお立てになさいますな。
三　落ちぶれることはない。
四　「そこ」はそなた。君。
五　代々神職になる家。
六　㊫
七　意地を張るべきだ。「依二此一言一、更起二励心一被二骨張一云々。

張るべきなり。しかあるを、歌の道その身に堪[八]へたることなれば、ここかしこの会に、[九]かまへてかまへてと招請すべし。よろしき歌詠み出でたらば、面目もあり、道の名誉もいできぬべし。さはあれど、所々にへつらひ歩《あり》きて、[一〇]人に馴らされたちなば、歌にとりて人に知らるる方はありとも、[一一]遷度の障《さは》りとはかならずなるべかめり。そこたちのやうなる人は、いと人にも知られずして、さし出づる所には、『誰《たれ》ぞ』など問はるるやうにて、[一二]心にくく思はれたるがよきなり。さて、[2]何事をも好むほどに、その道にすぐれぬれば、[一三]『錐《きり》、嚢《ふくろ》にたまらず』とて、その[一四]聞こえありて、しかるべき所の会にも交はり、[一五]雲客月卿の筵《むしろ》の末に臨むこともありぬべし。これこそ道の遷度にてはあれ。ここかしこの[一六]人非人がたぐひに連なりて、人に知られ、名を挙げては、何にかはせむ。心にはおもしろく[一七]すすましく覚ゆとも、かならず[一八]所嫌ひして、[一九]やうやうしと人に言はれむと[3]思はるべ

太以無レ由事也」（玉葉・治承四年八月八日条）。
八　才能があるから。
九　是非是非と招き迎えるでしょう。
一〇　人に馴れ馴れしく、軽く扱われてしまうと。
一一　最後の目標に到達するための障害。補
一二　はっきりわからないので気になると思われているのがよいのだ。
一三　すぐれた才能のある人物は隠れていてもいつかはかならず人に知られる、の意の諺。
一四　評判。
一五　殿上人や公卿の連なる場所の末席。
一六　人の数に入らない連中の同類と一緒になって。
一七　気乗りがして。
一八　場所選びをして。
一九　もったいぶっている。

きぞ」となむ、教へ侍りし。

今思ひ合はすれば、いみじき恩をかうぶれるなり。さる[二〇]は、かしこき[二一]ものの習ひなれば、わが子などをだに、おぼ[二二]ろけならでは教訓することもなかりしを、かやうにうしろ[二三]やすく言ひ教へけるは、また異事《ことごと》にあらず、管絃[二四]の道につけて、跡継ぐべき者とて、世[二五]にも人にもかずへられてあれかしと思ひけるにこそ。のどかに思へば、いとあはれになむ。

14　千鳥、鶴の毛衣を着ること

俊恵法師が家をば歌林苑[一]と名付けて、月[二]ごとに会し侍りしに、祐盛法師、その会衆にて、寒夜千鳥といふ題に、「千[三]鳥も着けり鶴の毛衣」といふ歌を詠みたりければ、人々、「めづらし」など言ふほどに、素[四]覚といひし人、た

二〇　それというのは、実は。
二一　尊い芸道の習いごとであるから。
二二　格別の者でなくては。
二三　信頼して隠し隔てなく。
二四　音楽の道。
二五　世間にも人々にも、私が注目されるようになってほしいと思っていたのであろうの意か。「かずへられで」とも読めるが、板本は「かずまへられて」と清濁を分かつ。

一　洛北の白河の地（現在の京都市左京区）にあった俊恵の僧房。(補)
二　毎月の歌会。月次歌会。
三　上の句未詳。出典未詳。(補)
四　平安末期の歌人。(補)

びたびこれを詠じて、「おもしろく侍り。ただし、寸法や合はず侍らん」と言ひ出でたりけるに、[五]どよみになりて、[六]笑ひののしりければ、[七]ことさめてやみにけり。「いみじき秀句なれど、かやうになりぬればかひなきものなり」となむ、祐盛語り侍りし。

すべては、この歌の心得ず侍るなり。鳥はみな毛衣を衣とするものなれば、[八]ほどにつけて千鳥もみづから毛衣着ずやはあるべき。かならずしも[九]寸法ことのほかなる借り物すべきにあらず。かの[一〇]「しろたへの鶴の毛衣年経《ふ》とも」といふ古《ふる》歌あるにこそあれ、いづれの鳥にも詠まむにはばかりあるべからず。先にや申し侍りつる建春門院の殿上の歌合にも、[一一]「鴛鴦《をし》の毛衣」と詠める歌侍り。いささか疑ふ人ありけれど、[一二]判者、咎《とが》あるまじきやうになだめられたり。ただし、「鶴の毛衣は毛の心にはあらず。別のことなり。鶴ばかり持《も》たるなり」と申す[1]人も侍れど、いまだその証をえ

五　大笑い。
六　大声で笑ったので。大笑いしたので。
七　興ざめして。
八　身体の大きさに相応して。
九　寸法のひどく合わない借り着をするはずがない。
一〇　原歌未詳。(補)
一一　「昆陽の池の玉藻刈る男にみなれてやをしの毛衣立ちも離れぬ」（建春門院北面歌合・一九、水鳥近馴・五番左負、藤原実国）と「波枕浮き寝の床に立ち寄れば袖をぞかはすをしの毛衣」（同・三七、水鳥近馴・九番左持、藤原盛方）の二首。
一二　藤原俊成。(補)

見及び侍らず。[一三]弘才の人に尋ぬべし。

15　歌の風情、忠胤の説法に相似ること

祐盛法師いはく、「[一]妙荘厳王の[二]二子の神変《じんぺん》を釈するに、『大身を現ずれば虚空に満ち、小身を現ずれば芥子に入る』[1]といふは世の常のことなるを、かの[三]忠胤の説法に、『大身を現ずれば虚空に[四]せはだかり、小身を現ずれば芥子の中に所あり』といへりけるが、[五]いみじき和歌の風情にて侍るなり。歌はかやうに心得て、古ことに色を添へつつ、めづらしくとりなすべきなり。さのみ新しき[2]色はいかがあり、あへて詠まれむ」となむ語り侍りし。

一三　「広才」「宏才」とも書く。才智が広大なこと。博識なこと。「Côzai　コゥザイ」（日葡）。

一　法華経・妙荘厳王本事品第二十七に説かれる王。(補)

二　(補)

三　(補)

四　所狭いまでに手足を拡げて立ち。

五　すばらしい和歌の趣向。(補)

16　ますほのすすき

雨の降りける日、ある人のもとに[一]思ふどちさし集まりて、古きことなど[1]語り出でたりけるついでに、「ますほのすすきといふは、いかなるすすきぞ」など[二]言ひしろふほどに、ある老人のいはく、「[三]渡辺《わたのべ》といふ所にこそ、このこと知りたる[四]聖《ひじり》はありと聞き侍りしか」と、[五]ほのぼの言ひ出でたりけり。

[六]登蓮法師その中にありて、このことを聞きて、言葉少なになりて、また問ふこともなく、主《あるじ》に、「[七]蓑《みの》・笠しばし貸し給へ」と言ひければ、あやしと思ひながら取り出でたりけり。物語りをも聞きさして、蓑うち着、藁沓《わらぐつ》さし履きて、急ぎ出でけるを、人々あやしがりて、そのゆゑを問ふ。「渡辺へまかるなり。年ごろいぶかしく思ひ給へしことを知れる人ありと聞きて、いかでか尋ねにまからざらむ」と言ふ。驚きながら、「[八]さるにても、雨やめて出で給へ」と諫めけれど、「いで、[九]はかなきことをものたまふかな。命

一　心の通ずる者同士。
二　言い合ううちに。
三　摂津の国の地名。現在の大阪市内を流れる大川に架かる天満橋と天神橋の間の、川の南岸の地という。渡辺橋の修復には重源が関係している。源家長日記にもこの橋の記述がある。
四　出家した人。㊓
五　ぼんやりと。
六　平安末期の歌人。㊓
七　ともに雨具。
八　それにしても雨がやんでからお出掛けなさい。
九　愚かなこと。取るに足りないこと。

はわれも人も、雨の晴れ間など待つべきことかは。何事も今静かに」とばかり言ひ捨てて、往《い》にけり。いみじかりける[一〇]数寄者なりかし。さて、[一一]本意《ほい》のごとく尋ね逢ひて、問ひ聞きて、いみじう[一二]秘蔵《ひきう》しけり。

このこと、[一三]第三代の弟子にて、伝へ習ひて侍り。このすすき、同じさまにてあまた侍り。ますほのすすき、まそをのすすき、まそうのすすきとて、三種《みくさ》侍るなり。ますほのすすきといふは、穂の長くて一尺ばかりあるをいふ。かの[一四]ます鏡をば、[一五]万葉集には[一六]十寸の鏡と書けるにて心得《う》べし。まそをのすすきといふは、[一七]真麻の心なり。これは俊頼朝臣の歌にぞ詠みて侍る。[一八][2]「まそをの糸を繰《く》りかけて」と侍るかとよ。糸などの乱れたるやうなるなり。まそうのすすきとは、まことに[一九]蘇芳《すはう》なりといふ心なり。真蘇芳のすすきといふべきを、言葉を略したるなり。色深きすすきの名なるべし。これ、古集などに確かに見えたることなけれど、和

一〇 風雅なこと、とくに和歌を好む人。「好士」というのに同じ。
一一 思い通り。
一二 大切に秘して、めったに人にも言わなかった。（補）
一三 登蓮を渡辺の聖の第一代の弟子と数えるか。
一四 真澄の鏡の略で、少しの曇りもなく澄んでいる鏡。
一五 現在最古の歌集。二十巻。（補）
一六 万葉集の現存伝本にはこの表記は見当たらない。
一七 イラクサ科の多年草の苧《からむし》。茎の繊維は織物の材料となる。
一八 （補）
一九 紫がかった紅色。（補）

歌の習ひ、かやうの古言《ふること》を用ゐるも、また世の常のことなり。[3]人あまねく知らず。[二〇]みだりに説くべからず。

17　井手の山吹並びに蛙

ある人語りていはく、「ことの縁ありて、井手[一]といふ所にまかりて、一宿つかまつりたること侍りき。所のありさま、井手川[二]の流れたる体、心も及び侍らず。かの井手[三]の大臣の跡なればことわりなれど、川に立ち並びたる石なども[四]十余丁ばかり、さのみやは遠く立て置かれけむ、石ごとにただなほざりのこととは見えず、わざと立てたるやうになむ侍りし。そこに古老の者の侍りしを語らひて、昔のことを尋ね侍りしついでに、『井手の山吹[五]とて名に流れたるを、いと見え侍らぬは、いづくにあるぞ』と尋ね侍りしかば、『さること侍り。かの井手の大臣の堂は、一年《ひととせ》焼け侍りに

二〇 ㊫

一 山城の国、現在の京都府綴喜郡井手町。

二 現在は玉川という。京都府相楽郡和束町白栖の山中に発し、西流して井手町で木津川に注ぐ。古く井手の玉川、水無川などと呼ばれ、六玉川の一つ。

三 橘諸兄《もろえ》。奈良時代の貴族・歌人。㊫

四 「丁」は「町」とも書く。距離の単位、一丁は約一〇九メートル。

五 「かはづ鳴く井手の山吹散りにけり花のさかりに逢はましも

き。その前におびたたしく大きなる山吹、むらむら見え侍りき。その花の輪《りん》は六小土器《こかはらけ》の大きさにて、幾重《いくへ》ともなく重なりてなむ侍りし。それをさやうに申し置きて侍るにや。また、かの井手川の汀《みぎは》につきて隙《ひま》もなく侍りしかば、花の盛りには黄金《こがね》の堤などを築《つ》き渡したらむやうにて、他所にはすぐれて[1]なむ侍りし。されば、いづれを申しけるにか、今分きがたく侍り。ただし、七下郎の言ふかひなく侍ることは、かく名高き草とて八ところもおき侍らず、田作るには、草を刈り入れたるがよくいでくると申して、何ともなく刈[2]り取り侍りしほどに、今は跡もなくなりて侍る。

　それにとりて、九井手のかはづと申すことこそ、やうあることにて侍れ。世の人の思ひて侍るは、ただ蛙をば皆[3]かはづといふぞと思ひて侍るめり。それも違《たが》ひ侍らず。されど、一〇かはづと申す蛙は、他にはさらに侍らず、ただこの井手川にのみ侍るなり。色黒きやうにて、いと大きにもあらず。

のを」（古今・春下・一二五・よみ人知らず、左注に橘清友）、「駒とめてなほ水かはむ山吹の花の露添ふ井手の玉川」（新古今・春下・一五九・藤原俊成）などと歌われ、山吹は歌枕井手の玉川の景物。

六　小さな盃。

七　身分の卑しい者の言っても始まらないことには。

八　遠慮会釈もせず。

九　かじかのことで、山吹とともに井手の玉川の景物。㊓

一〇　以下、河鹿《かじか》蛙のことを述べる。アオガエル科の蛙。体は暗褐色で、雄は三〜四センチ、雌は五世の常の蛙のやうに[4]あらはに跳《をど》り歩《あり》くことなどもいと侍らず。常には水にのみ棲みて、夜ふくるほどにかれが鳴きたるは、いみじく心澄み、ものあはれなる声にてなむ侍る。春夏の頃、かならずおはして聞き給へ』と申し侍りしかど、その後とかくまぎれて、いまだ尋ね侍らず」となむ語り侍りし。

このこと心にしみて、いみじく覚え侍りしかど、かひなくて三年《みとせ》にはなり侍りぬ。また年たけて[一一]は歩《あゆ》びかなはずして、思ひながらいまだかの声を聞かず。かの登蓮が雨もよに[一二]急ぎ出でけむには、たとしへなくなむ。これを思ふに、今より末ざまの人は、たとひおのづからことのたより[一三]ありてかしこに行き臨みたりとも、心とどめて聞かむと思へる人も少なかるべし。人の数寄[一四]と情とは年月に添へて[5]衰へゆくゆゑなり。

〜七センチ。渓流に棲み、雄が秋の鹿に似た美しい声で鳴く。

一一　年を取って。

一二　雨がひどく降る中に。

一三　ことのついで。「おのづからことのたよりに都を聞けば」（方丈記）。

一四　風雅を愛する心。

18 関の清水

ある人いはく、「[一]逢坂の関の清水といふは、[二]走り井と同じ水ぞと、なべて人知り侍るめり。しかにはあらず。清水は別の所にあり。今は水もなければ、そことも知れる人だになし。[三]三井寺に[四]円実房の阿闍梨といふ老僧ただ一人、その所を知れり。かかれど、さる跡や知りたると、尋ぬる人もなし。『われ死なむ後は、知る人もなくてやみぬべきこと』と、人に会ひて語りけるよし伝へ聞きて、かの阿闍梨知れる人の文を取りて、[五]建暦の初めの年十月二十日余りの頃、三井寺へ行く[1]。阿闍梨対面して、『かやうに古きことを聞かまほしうする人も[六]かたく侍るめるを、めづらしくなむ。いかでか導《しる》べつかまつらざらむ』とて、伴ひて行く。[七]関寺より西へ二、三丁ばかり行きて、道より北のつらに少

一 近江の国、現在の滋賀県大津市逢坂にある関蟬丸神社の下社に、その石組みと伝えるものがある。
二 現在の大津市大谷町にあったという。
三 園城寺が正称。近江の国、現在の滋賀県大津市園城寺町。山号は長等山。天台宗寺門派の総本山。(補)
四 「円実房」を「円宝房」とする本もある。(補)
五 建暦元年は西暦一二一一年。
六 めったにいないでしょうに。(補)
七 現在の大津市逢坂の逢坂越え

し立ち上《あが》れる所に、[八]一丈ばかりなる石の塔あり。その塔の東へ[九]三段ばかり下《くだ》りて窪なる所は、すなはち昔の関の清水の跡なり。道よりも三段ばかりや入りたらむ。今は小家のしりへになりて、[一〇]当時は水もなくて、見所もなけれど、昔のなごり面影に浮かびて、優になむ覚え侍りし。阿闍梨語りていはく、『この清水に向かひて、水より北に、[一一]薄檜皮《うすひはだ》葺《ふ》きたる家、近くまで侍りけり。誰人のすみかとは知らねど、いかにもただ[一二]人の居所にはあらざりけるなめり』とぞ語り侍りし」。

19　貫之の家

ある人いはく、「[一]貫之が年ごろ住みける家の跡は、[二]勘解《かで》由《の》小路よりは北、[三]富《とみの》小路よりは東《ひんがし》の角《すみ》なり」。

の道沿いにあった寺院。
八　「丈」は長さの単位。一丈は約三メートル。
九　「段」は「反」とも書く。距離の単位。一段は約一一メートル。
一〇　現在は。
一一　檜《ひのき》の樹皮を薄く葺いた家。
一二　普通の人。
一　紀貫之。平安前期の歌人。(補)
二　平安京の東西に通ずる小路。(補)
三　平安京の南北に通ずる小路。(補)

20 業平の家

また、[一]業平中将の家は、[二]三条の坊門より南、[三]高倉より西に、高倉面《おもて》に、近くまで侍りき。柱なども常にも似ず、[四]粽《ちまき》柱といふものにて侍りけるを、いつごろの人のしわざにか、後に例の柱のやうに削りなしてなむ侍りし。[五]長押《なげし》もみなまろに、角もなく[六]つひなりて、まことに[七]こだいの所と見え侍りき。[八]中頃、[九]晴明《はれあきら》が[一〇]封《ふ》じたりけるとて、火にも焼けずして、[一一]その久しさありけれど、[一二]世の末にはかひなくて、[一三]一年《ひととせ》の火に焼けにき。

一 在原業平。平安前期の歌人。(補)
二 三条坊門小路。平安京の東西に通ずる小路。(補)
三 (補)
四 丸柱の上下、または上を細くしたものという。天理本は「マキハシラトイフ物」という。
五 寝殿造りの建物で、間仕切りとして柱と柱の間に横に渡した材。
六 この語義は不明。(補)
七 古めかしい所。
八 余り遠くない昔。中昔。
九 安倍晴明。平安前期の陰陽家。(補)
一〇 祈禱の力で火を封じ込めたということで。「封《ふ》ず」とは「封《ふう》ず」に同じ。
一一 長いことあったが。
一二 末世には晴明の力も役に立たず。
一三 いつの火災をさしていうか、不明。

21　周防内侍の家

また、一周防内侍《すはうのないし》の、「二われさへのきのしのぶ草」と詠める家は、三冷泉《れんぜい》堀川の北と西との角《すみ》なり。

22　浅茂川《あさも》の明神

一丹後の国与謝《よさ》の郡《こほり》に、二浅茂川の明神と申す神います。三国の守《かみ》の神拝《じんばい》とかいふことにも四幣《みてぐら》など得給ひて、五数《かず》まへらるるほどの神にてぞおはすなる。これは昔、六浦島の翁の神になれるとなむ、言ひ伝へたる。七いと興あることなり。八ものさわがしく箱開けけむ心に、九神と跡をとめ給へるは、さるべき一〇権者《ごんじゃ》などにやありけむ。

一　平安後期の歌人。(補)
二　(補)
三　冷泉小路と堀川小路。(補)

一　丹後の国は現在の京都府の北部。
二　現在の京都府京丹後市網野町の網野神社。
三　着任した国司が初めにその国の主な神社に参拝すること。
四　神に奉る物の総称。御幣はその代表的なもの。
五　数えられるほどの神。
六　水江の浦島子。古代の伝説的人物。(補)
七　興味深いこと。
八　せっかちに。
九　神としてとどまられたのは。
一〇　衆生を救うために仮の姿で現れた仏や菩薩。

23 関の明神

[一]逢坂の関の明神と申すは、昔の[二]蝉丸《せみまろ》なり。[三]かの藁屋の跡を失はずして、そこに神となりて住み給ふなるべし。今も[1]うち過ぐるたよりに見れば、昔[四]深草の御門の御使にて、[五]和《わ》琴《ごん》習ひに、[六]良岑宗貞《よしみねのむねさだ》、良少将とて通はれけむほどのことまで面影に浮びて、いみじくこそ侍れ。

24 和琴の起こり

ある人いはく、「和琴の[一]起りは、弓六張を引き鳴らして、これを[二]神楽《かぐら》に用ゐけるを、『わづらはし』とて、後の人の琴に作りうつせると申し伝へたるを、[三]上総《かづさ》の国の[四]済物《さいもつ》の古き[五]注し文の中に、『弓六張』と書きて、注に『[1]御《み》神楽の

一 ㊓
二 平安前期の歌人。㊓
三 ㊓
四 仁明《にんみょう》天皇。平安前期の天皇。㊓
五 神楽・東遊びなどに用いられた六弦の琴。大和琴。東琴。
六 遍昭の出家以前の名。遍昭は平安前期の歌人。㊓

一 起源。
二 神を祭るために神前で奏する舞楽。㊓
三 現在の千葉県の中央部。
四 租税・年貢などの貢納物。
五 書き付け。文書。

料』と書けり」とぞ。いみじきことなり。

25　中将の垣内

[一]河内の国高安の郡《こほり》に在中将[二]の通ひ住みけるよしは、かの[三]伊勢物語に侍り。されど、その跡いづくとも知らぬを、かしこの土民[四]の説に、その跡定かに侍りとなむ。今、[五]中将の垣内《かきうち》と名づけたる、すなはちこれなり。

26　人麻呂の墓

[一]人麻呂の墓[二]は大和の国にあり。[三]初瀬へまゐる道なり。「人麻呂の墓」といひて尋ぬるには、知る人もなし。かの所には「[四]歌塚」とぞいふなる。

一　現在の大阪府八尾市。
二　在原業平。→20注一。
三　平安前期の歌物語。㊓
四　その土地に住む人の意。
五　㊓

一　柿本人麻呂。大和時代の歌人。㊓
二　現在の奈良県天理市櫟本町の和爾下神社境内にある柿本寺跡の歌塚のことをいう。㊓
三　長谷寺。㊓
四　㊓

27 貫之・躬恒の勝劣

俊恵法師語りていはく、「一三条の大相国、二非違《ひゐ》の別当と聞こえける時、三二条の帥《そち》と二人の人、躬恒・貫之が劣り勝りを論ぜられけり。四かたみにさまざま言葉を尽くして争はれけれど、五さらにこときるべもあらざりければ、帥いぶかしく思ひて、六『御気《け》色《しき》を取りて勝劣きらむ』とて、七白河院に御気色給はる。仰せにいはく、『われはいかでか定めむ。八俊頼などに問へかし』と仰せごとありければ、ともにその便《びん》を待たれけるほどに、二、三日ありて、俊頼まゐりたりけり。帥このことを語り出でて、初め争ひそめしより、院の仰せのおもむきまで語られければ、俊頼聞きて、たびたびうちうなづきて、『躬恒をば、九なあなづらせ給ひそ』といふ。帥思ひのほかに覚えて、『されば貫之が劣り侍るか。

一 藤原実行。平安後期の歌人。(補)
二 検非違使《けびいし》の別当。(補)
三 藤原俊忠か。平安後期の歌人。(補)
四 互いに。
五 一向に決着がつきそうでもなかったので。
六 御意向をうかがって、二人の勝劣を決めよう。
七 白河天皇。平安後期の天皇。(補)
八 白河院が和歌に関して俊頼を信頼していたことを思わせる言葉。
九 あなどりなさいますな

ことをきり給ふべきなり』と責めけれど、なほなほただ同じやうに、『躬恒をばあなづらせ給ふまじきぞ』といひければ、『[一〇]おほしおほし[一一]ことがら聞こえ侍りにたり。[一二]おのれが負けになりぬるにこそ』とて、[一三]からきことにせられけり。まことに、躬恒が[一四]詠みくち、深く思ひ入れたる方は、またたぐひなき者なり」とぞ。

28　俊頼の歌を傀儡《くぐつ》歌ふこと

[一]富家《ふけ》の入道殿に俊頼朝臣候ひける日、[二]鏡の[三]傀儡どもまゐりて歌つかうまつりけるに、[四]神歌になりて、

　[五]世の中は憂き身にそへる影なれや思ひ捨つれど離れざりけり

この歌を歌ひ出でたりければ、「[六]俊頼、至り候ひにけりな」とてゐたりけるなむ、いみじかりける。

一〇　大体の意か。
一一　ことの様子はわかりました。
一二　私が。
一三　つらいこと。
一四　歌の詠みぶり。
一　藤原忠実。平安後期の公卿・歌人。(補)
二　近江の国、現在の滋賀県蒲生郡竜王町鏡。鏡の宿があった。(補)
三　傀儡と呼ばれる操り人形を回したり、曲芸・奇術を演じたり、女性は傀儡女《め》と呼ばれて、今様を歌ったり、売色もした漂泊の芸能者。
四　平安時代の歌謡。(補)
五　(補)
六　この私も名人の境に到達したのですね、の意か。(補)

永縁僧正[七]、このことを伝へ聞きて、羨みて、琵琶法師[八]どもを語らひて、さまざま物取らせなどして、わが詠みたる[九]「いつも初音の心地こそすれ」といふ歌をここかしこにて歌はせければ、時の人、[一〇]ありがたき数寄人となむいひける。今の敦頼《あつより》[一一]入道、またこれを羨ましくや思ひけむ、物も取らせずして、めくら[一二]どもに「歌へ、歌へ」と責め歌はせて、世の人に笑はれけりと。

29　同人、歌に名字を詠むこと

法性寺殿[一]に会ありける時、俊頼朝臣まゐりたりけり。兼昌[二]講師《かうじ》[三]にて歌読み上ぐるに、俊頼の歌に名を書かざりければ、見合はせて、うちしはぶきて[四]、「御名はいかに」[五]と忍びやかにいひけるを、「ただ読み給へ」といはれければ、読みける歌に、

七　平安後期の僧侶・歌人。(補)
八　琵琶を伴奏として弾きながら経文を唱えたり、和歌を歌ったりした、盲目・僧形の芸能者。
九　上の句は「聞くたびにめづらしければほととぎす」。金葉集・夏・一一三、詞書「郭公をよめる」。
一〇　めったにいない和歌好きな人。
一一　法名の道因で知られる平安末期の歌人。(補)
一二　琵琶法師たち。

一　藤原忠通。平安後期の公卿・歌人。(補)
二　源兼昌。平安後期の歌人。(補)
三　歌会で和歌を読み上げて披露する役。詩会でもいう。
四　咳ばらいして。
五　お名前はどうしたのですか。

[六]卯の花の身の白髪《しらが》とも見ゆるかな賤《しづ》が垣根もとしより
　にけり

と書きたるを、兼昌[七]下泣きして、しきりにうなづきつつ賞《め》で感じけり。殿聞かせ給ひて、召して御覧じて、いみじう興ぜさせ給ひけりとぞ。[八]かの[1]三首の題を歌一首に詠みたりけむ心ばせ[2]にはややまさりてこそ侍れ。

30　三位入道、基俊の弟子になること

[一]五条三位入道語りていはく、「そのかみ年[二]二十五なりし時、[三]基俊の弟子にならむとて、[四]和泉前司道経を中立ちにて、かの人と[五]車に相乗りて、基俊の家に[1]行き向かひたることありき。かの人、[六]その時八十五なり、その夜八月十五夜にてさへありしかば、[七]亭主ことに[八]興に入りて、[九]歌の上の句をいふ。

六　卯の花は、初夏に咲く空木《うつぎ》の白い花。（補）
七　忍び泣きして。
八　藤原範永の故事。（補）

一　藤原俊成。↓6注八。
二　俊成が二十五歳だったのは保延四年（一一三八）のこと。
三　藤原基俊。平安後期の歌人。（補）
四　藤原道経。平安後期の歌人。（補）
五　牛車に同乗して。
六　基俊は永治二年一月八十三歳で没したという通説に従えば、彼が八十五であったことはない筈。

[一〇]中の秋十日五日の月を見て

と、いと[一一]やうやうしくながめ出でられたりしかば、予これを付く。

[一二]君が宿にて君と明かさむ

と付けたりけるを、何のめづらしげもなきを、いみじう感ぜられき。さてのどかに物語りして、『[一三]久しう籠りゐて、今の世の人の有様なども[一四]え知り給へず。この頃誰をかもの知りたる人にはつかまつりたる』と問はれしかば、『[一五]九条大納言伊通大臣、[一六]中院大臣雅定大臣などをこそ、[一七]心にくき人には思ひて侍るめれ』と申ししかば、『[一八]あないとほし』とて、膝を叩きて、扇をなむ高く使はれたりし。かやうに[一九]師弟の契りをば申したりしかど、詠みくちに至りては、俊頼には及ぶべくもあらず。俊頼[二〇]いとやむごとなき者なり」とぞ。

七　家の主、すなわち基俊。
八　おもしろがって。
九　連歌をしかけたことになる。
一〇　八月十五日夜の月を見て。「中の秋」は「中秋」で、陰暦八月十五日のこと。
一一　たいそうもったいらしく吟詠されたので。
一二　あなたのお宅であなたとともにこの夜を明かしましょう。
一三　長いこと家にこもっていて。尊卑分脈によれば、保延四年に出家している。
一四　よく知りません。
一五　藤原伊通。平安後期の公卿・歌人。㊟補
一六　源雅定。平安後期の歌人。補
一七　おくゆかしい人。
一八　ああ、いじらしい。
一九　補
二〇　歌人としてたいそう重々しい存在の人物である。

31　俊頼・基俊挑むこと

ある人いはく、「基俊は俊頼をば[一]蚊虻《もんまう》の人とて、『さはいふとも、[二]駒の道行くにてこそあらめ』といはれければ、俊頼は[三]返り聞きて、『[四]文時・[五]朝綱詠みたる秀歌なし。躬恒・貫之作りたる[六]秀句なし』とぞのたまひける」。

32　腰の句のをはりのて文字、難のこと

またいはく、「[一]雲居寺の聖のもとにて、[1]秋の暮れの心を、俊頼朝臣、

　[二]明けぬともなほ秋風のおとづれて野辺のけしきよ[2]面《おも》がはりすな

[三]名を隠したりけれど、これを[四]『さよ』と心得て、基俊[五]い

一　無学な人。漢詩文に暗いという意味で言ったか。(補)
二　(補)
三　まわりまわって聞いて。
四　菅原文時。平安前期の漢詩人。(補)
五　大江朝綱。平安前期の漢詩人。(補)
六　ここでは、すぐれた漢詩句の意。(補)

一　瞻西《せんさい》。平安後期の歌人。(補)
二　永久四年（一一一六）八月雲居寺結縁経後宴歌合・三〇、十五番右持、題「九月尽」。(補)
三　作者の名を隠していたが。
四　それだよ（それが俊頼の歌だな）と察して。
五　張り合おうとする人。
六　第三句。
七　接続助詞の「て」または「で」。

どむ人にて、難じていはく、『いかにも歌は腰[六]の句の末に[七]て文字据ゑつるに、[八]はかばかしきことなし。[九]障《ささ》へていみじう聞きにくきものなり』と、[一〇]口開かすべくもなく難ぜられければ、俊頼はともかくもいはざりけり。その座に伊勢[一一]の君琳賢がゐたりけるなむ、『[一二]ことやうなる証歌こそ一つ覚え侍れ』と言ひ出でたりければ、『いでいで、うけたまはらむ。よも[一三]ことよろしき歌にはあらじ』といふに、

[一四]桜散る木《こ》の下風は寒からで

と、はてのて文字をながなが[一五]とながめたるに、色真《ま》青《さを》になりて、ものもいはずうつぶきたりける時に、俊頼朝臣は[一六]忍びに笑はれけり。

33 琳賢基俊をたばかること

[一]いかなりけるにか[1]、琳賢は基俊と仲の悪《あ》しかりければ、

八 たいしたことはない。
九 邪魔になって、引掛ってという意味でいったか。㊓
一〇 他人が口をはさむこともできないように批判されたので。
一一 平安後期の歌人。㊓
一二 変わった証歌。変な証歌。皮肉にわざと貶しめて言った。「証歌」→10注一二。
一三 ㊓
一四 下の句は「空に知られぬ雪ぞ降りける」。㊓
一五 声を長く引張って吟詠したので。
一六 天理本は「シノヒワラヒニワラハレケリ」とする。

一 「ある人」の語りの続きか。
二 だまそう。
三 後撰和歌集。二番目の勅撰和歌集。㊓
四 聞き慣れていない歌だけ。

[二]たばからむと思ひて、ある時、[三]後撰の恋の歌の中に、人もいと知らず、[四]耳遠きが限り二十首を択《え》り出《いだ》して、[五]書き番《つが》ひて、かの人のもとへ持《も》ていにけり。『ここに人の[六]ことやうなる歌合をして、勝ち負けを知らまほしくつかまつるに、[七]付けて給はらむ』とて、取り出でたりければ、これを見て、後撰の歌といふこと、[八]ふつと思ひも寄らず、思ふさまにやうやうに難ぜられたりけるを、ここかしこに持て歩《あり》きて、[九]『左衛門佐にあひ申したれば、[一〇]梨壺の五人が計らひものならず。あはれ[一一]上古《しやうこ》にもすぐれ給へる歌仙かな。これ見給へ』とて[一二]軽慢《きやうまん》しければ、見る人いみじう笑ひけり。基俊返り聞きて、[一三]安からず思はれけれど、かひなかりけり」。

34　基俊僻難すること

俊恵いはく、「[一]法性寺殿にて[二]歌合ありけるに、俊頼・基

五　歌合の形に左右に番えて書いて、二十首ならば十番の歌合になる。
六　おかしな歌合。32での「ことやうなる証歌」と同じ心で言った。
七　勝負を付けて頂きたい。「付けて」は、板本では「判つけて」。
八　全く思いつかないで。
九　藤原基俊のこと。
一〇　補
一一　大昔の歌人と比べてもすぐれていらっしゃる歌の名人だなあ。
一二　軽く見て侮ったので。
一三　心穏かでなくお思いになったが。
一　藤原忠通の家。
二　元永元年（一一一八）十月二日内大臣家歌合をさす。補

俊、二人判者にて、名を隠して当座[三]に判しけるに、俊頼歌に、

[四]くちをしや雲居隠れにすむたつも思ふ人には見えけるものを

これを基俊、鶴と心得て、『[五]田鶴《たづ》は沢にこそ棲め。雲居に棲むことやはある』と難じて、負けになしてけり。されど、俊頼その座には言葉も加へず。その時、殿下[六]、『今宵の判の詞、[七]おのおの書きてまゐらせよ』と仰せられける時なむ、俊頼朝臣、『[八]これは田鶴《たづ》にてはあらず。竜《たつ》なり。[九]かのなにがし[1]とかやが、竜を見むと思へる心ざしの深かりけるにより、かれがために現れて見えたりしことの侍るを詠めるなり』と書きたりける。基俊弘才の人なれど、思ひわ[一〇]たりけるにや。すべては思ふはかり[一一]もなく人のことを難ずる癖の侍りければ、ことにふれて失多くぞありける」。

三 その座で。

四 元永元年十月二日内大臣家歌合・五一、恋二番左。補

五 鶴は沢辺に棲むものだ。空に棲むことがあるものか。「田鶴」は鶴の歌語。補

六 主催者（亭主という）の忠通。

七 各自。基俊と俊頼に対していう。

八 現在伝わるこの歌合の判詞では、俊頼は以下本書が記すようなことは一切述べていない。補

九 葉公子高《しょうこうしこう》のこと。あえてぼかしていったか。補

一〇 あれこれと思い続けて、間違ってしまったのだろうか、の意か。「思ひわたる」→6注一三。

一一 思慮もなく。「思ふはかり」は、天理本では「ヲモヒハカリ」。

35　艶書に古歌書くこと

ある人、女のもとより文[一]を得たり。その文に歌二首あり。[二]「これ返しして給はせよ」とあつらへ侍るを見れば、この[1]歌二首ながら[三]古今の恋の歌なり。返しをすべきにあらず。[四]「いかがせまし」と思ひめぐらして、そのいはまほしき心にかなへる古《ふる》歌二首をなむ、教へて書かせて侍りし。

このことをある[五]古き人に語り侍りしかば、[六]「いみじきことなり。昔[七]色好みのわざとも好みてしけるわざなり。知らぬを推し量らひたること[八]往事《わうじ》にかなへる、優なることなり」となむ感じ侍りし。

一　懸想文。恋文。
二　この歌への返歌を作ってください。
三　古今集の恋の歌。
四　どうしようか。
五　古老。
六　たいそうよいことだ。
七　風流なことを好む人。
八　昔のこと。

36 女の歌詠みかけたる故実

[一]勝命談じていはく、「しかるべき所などにて、[二]無心なる女房などの歌詠みかけたる、[三]術《ずち》なきこと多かり。[1]それには故実のあるなり。まづえ[2]聞かぬよしに[四]空おぼめきして、たびたび問ふ。されば、のちには[五]恥ぢしらひて、定かにもいはず。これを扱ふほどに返し思ひ得たればいひつ、詠みうべくもあらねば、やがておぼめきてやみぬる、一つのことなり。また、[六]なま宮仕へ人にもあれ、さるべき[七]されたる女などの、[八]そへことと名づけて、[3]聞きも知らぬ歌の一両句などを言ひ掛くることあり。もし[4]心得たらば、いかにもいひつべし。知らぬことならば、ただ『[九]よもさしもおぼされじ』などうちいひてあるべし。これは何方《いづかた》にも違《たが》はぬことなり。深く思ふぞといふ心にも、また、憂し、つらしとい

一 ↓5注八。
二 思慮のない宮仕えの女性。
三 どうにもしようがない。
四 そらとぼけて。
五 恥ずかしがって。
六 いいかげんな宮仕えする女。
七 あだっぽい女。
八 何かによそえて言う冗談めいた言葉。
九 まさかそのようにお思いではないでしょう。

ふ心にも、おのづから通用しつべし。[一〇]心づきなきよしにいひたらむにこそ、[一一]心をやりたるやうなるべけれ、それもされたる戯《たはぶ》れにいひなせるさまにもなりぬべきなり」。

37　猿丸大夫が墓

ある人いはく、「[一]田上《たなかみ》の下《しも》に、[二]曾束《そつか》といふ所あり。そこに[三]猿丸《さるまろ》大夫が墓あり。[四]庄の境にて、そこの[五]券に書き載せたれば、皆人知れり」。

38　黒主、神になること

また、「[一]志賀の郡《こほり》に、大道より少し入りて山際《ぎは》に、[二]黒主の明神と申す神います。これは[三]昔の黒主が神になれるなり」。

一〇　気に入らないという意味で言った場合。
一一　思うままにふるまっているようであろうが。

一　近江の国、現在の滋賀県大津市の南東部の地名。
二　現在の大津市大石曾束町。田上の地域の南西に当たる。
三　平安前期の歌人。㊗補
四　荘園。曾束の庄は、古くは山城の国に属していたらしい。
五　田地・邸宅・荘園などの所有を証明する証文。

一　近江の国、現在の滋賀県大津市
二　大津市南滋賀に黒主神社として存する。近江神宮の南。
三　大友黒主。平安前期の歌人。
㊗補

39 喜撰《きせん》が跡

また、「[一]御室戸《みむろど》の奥に二十余丁ばかり山中へ入りて、[二]宇治山の[三]喜撰が住みける跡あり。家はなけれど、堂の礎《いしずゑ》など定かにあり。[四]これらかならず尋ねて見るべきなり」。

40 榎葉《えのは》井

ある人いはく、「[一]宮内卿有賢朝臣、時の殿上人七、八人相伴《ともな》ひて、大和の国[二]葛城《かづらき》の方へ遊びに行かれたることありけり。その時、ある所に、荒れたる堂の大きに[三]やうやうしきが見えければ、あやしくて、その名を逢ふ人ごとに問ひけれど、知れる人もなかりけり。かかるあひだに、ことのほかに鬢《びん》白き翁一人まみえけり。『[四]これはしもやうあらむ』

一 山城の国、現在の京都府宇治市菟《と》道。西国三十三所の第十番札所、三室戸寺（かつては天台宗。現在は本山修験宗）がある。
二 現在は喜撰山という。宇治市池尾の西。四一六メートル。
三 平安前期の歌人。(補)
四 (補)

一 源有賢。平安末期の楽人。(補)
二 金剛葛城山地の東麓、現在の奈良県御所《ごせ》市のあたり。高市郡明日香村の西南。
三 子細ありげな。
四 この老人はきっと何かわけがあるだろう。

とて、尋ねければ、『これをば[五]豊浦《とよら》の寺とぞ申す』といふ。人々『いみじきことなり』と、かへすがへす感じて、『さるにては、[1]もしこの辺に[六]榎葉《えのは》井といふ井やある』と問ふ。『みなあせて、水も侍らねど、[2]跡は今に侍り』とて、堂より西幾ほどもさらぬほどに行きて教へければ、人々興に入りて、やがてそこに群れゐて、[七]葛城といふ歌数十返唱ひて、この翁に衣《きぬ》ども脱ぎて[八]かづけたりければ、[九]覚えぬことにあひて、[一〇]喜びかしこまりて去りにけり」とぞ。

近く、[一一]土御門の内大臣家に、月ごとに[一二]影供《えいぐ》せられけることの侍りし頃、[一三]忍びて御幸などのなる時も侍りき。[一四]その会に、古寺月といふ題に詠みてたてまつりし、

[一五]ふりにける豊浦の寺の榎葉井になほ白玉を残す月影

五条三位入道これを聞きて、「やさしくもつかうまつれるかな。[一六]入道がしかるべからむ時取り出でむと思ひ給へつることを、[一七]かなしく先ぜられにたり」とて、しきりに感ぜ

五　奈良県高市郡明日香村豊浦にあった、日本で最初の尼寺。(補)
六　豊浦寺の近くにあったと考えられる井。
七　催馬楽・呂歌の「葛城」。(補)
八　褒美として与えたので。
九　思いがけないこと。
一〇　お礼をかしこまって申して立ち去ったということだ。(補)
一一　源通親。平安末期から鎌倉時代の公卿・歌人。(補)
一二　影供歌会や影供歌合のこと。(補)
一三　後鳥羽院の御幸があったことを言う。
一四　(補)
一五　(補)
一六　俊成が自称としていう。
一七　残念なことに先んじられてしまった。

られ侍りき。このこと、催馬楽[一八]の言葉なれば、誰も知りたれど、これ[一九]より先には歌に詠めること見えず。そののちこそ、冷泉《れんぜい》[二〇]の中将定家の歌に詠まれて侍りしか。

41 歌の半臂の句

俊恵、物語りのついでに問ひていはく、「遍昭[一]僧正の歌に、

　たらちねは[二]かかれとてしもむばたまのわが黒髪をなでずやありけむ

この歌の中に、いづれの言葉かことに勝《すぐ》れたる、覚えむままにのたまへ」といふ。

予いはく、「『かかれとてしも』といひて、『むばたまの[三]』と休め[四]たるほどこそは、ことにめでたく侍れ」といふ。

「かくなり[五]、かくなり。はやく[六]歌は境《さかひ》に入られにけり。歌[七]

一八　主に西日本の民謡や風俗《ふぞく》歌を雅楽に合わせて改編した、平安時代以降の歌謡。(補)
一九　(補)
二〇　藤原定家。平安末期から鎌倉前期の歌人・古典学者。(補)

一　俗名を良岑宗貞といった。→23注六。
二　後撰集・雑三・一二四〇、詞書「初めてかしらおろし侍りける時、ものに書きつけ侍りける」、初句「たらちめは」。遍昭集・一一にも、長文の詞書を伴って載る。「たらちねの」が「母」「親」にかかる枕詞なので、母、親の意。「たらちめ」は母の意。
三　「ぬばたまの」「うばたまの」に同じ。「黒」「夜」「月」「夢」などにかかる枕詞。
四　余裕を持たせたあたり。
五　そうだそうだ。
六　すでに歌を解する境地に入ら

よみはかやうのことにある[1]ぞ。それにとりて、『月』といはむとて『[八]ひさかた』と置き、『山』といはむとて『[九]あしびき』といふは常のことなり。されど、[一〇]初めの五文字にてはさせる興なし。[一一]腰の句によく続けて言葉の休めに置きたるは、いみじう歌の品《しな》も出でき、[一二]ふるまへるけすらひともなるなり。古き人、これをば[一三]半臂《はんぴ》の句とぞいひ侍りける。半臂はさせる用なき物なれど、装束の中に飾りとなるものなり。歌の三十一字、いくほどもなきうちに思ふことをいひ極めむには、[2]空しき言葉をば一《ひと》文字なりとも[3]増すべくもあらねど、この半臂の句はかならず品となりて、姿を飾る物なり。姿に[一四]華麗極まりぬれば、またおのづから[一五]余情《よせい》となる。これを心得るを、境に入るといふべし。よくよくこの歌を案じて見給へ。半臂の句も[一六]詮《せん》は次のことぞ。[一七]眼《まなこ》はただ『とてしも』といふ四文字なり。かくいはずは、半臂[一八]詮なからましとこそ見えたれ」となむ侍りし。

れたよ。
七　歌人であるということはこのようなことを気付くかどうかにあるのだ、の意か。
八　「月」や「空」の枕詞は「ひさかたの」だから、正確には「ひさかたのと置き」というべきところ。
九　「山」の枕詞は「あしびきの」だから、正確には「あしびきのといふ」とあるべきところ。
一〇　初句に枕詞を置くのではたいしておもしろくない。
一一　第三句。
一二　ことさらつくろったよそおい。
一三　束帯を着る時、袍《ほう》と下襲《したがさね》の間につける胴衣。着ると臂の半ばまで達するのでいう。
一四　→4注一〇。
一五　言葉以外に感じられる情趣。
一六　結局は。
一七　眼目は。
一八　そのかいがないであろう。

42 蘇合の姿

そもそも、[一]楽《がく》の中に[二]蘇合《そがふ》といふ曲あり。これを舞ふには、[三]五帖まで帖々をきれぎれに舞ひ、終はりてのち[四]破《は》を舞ふ。やがて続けて[五]急《きふ》を舞ふべきに、急の初め一反をばまことに舞ふことなし。[六]型のごとく拍子ばかりに足を踏み合はせて、うち休みつつ、二反の初めより[七]うるはしくて舞ふなり。このけすらひは違はぬ半臂の句の心なり。歌と楽と、道異なれどめでたきことはおのづから通へるなるべし。通はして知らざらむ人は、何とかは思ひ分かむ。型のごとく両方を心得て思ふためには、ことに興[1]あることなり。されば、蘇合をば半臂の句ある舞といひ[2]、この歌のさまをば蘇合の姿ともいひてむかし。

一　雅楽。
二　蘇合香《そこう》。唐楽。序・破・急が揃っている盤渉《ばんしき》調の曲。（補）
三　五段落まで。「帖」は雅楽で大曲の中にある楽章を数える単位。
四　雅楽の曲で中間の部分。拍子が細かくなり、ゆるやかな速度で演奏される。
五　雅楽の曲で最後の急速な楽章。
六　形だけ。
七　きちんと。

43　上の句劣れる秀歌

俊恵いはく、「歌は秀句を思ひ得たれども、[一]本末いひかなふることの難きなり。[二]後徳大寺左府の御歌に、

[三]なごの海の霞の間《ま》よりながむれば入る日を洗ふ沖つ白波

[四]頼政卿の歌に、

[五]住吉の松の木間《こま》よりながむれば月落ちかかる淡路島山

この両首、ともに上の句[六]思ふやうならぬ歌なり。『入る日を洗ふ』といひ、『月落ちかかる』などいへる、いみじき言葉なれど、[七]胸・腰の句をばえいひかなへず、[八]遺恨のことなり」。

一　上の句と下の句がつりあうように表現すること。（補）
二　藤原実定。→6注六。
三　新古今集・春上・三五、詞書「晩霞といふことをよめる」。林下集・上・春・二。（補）
四　源頼政→8注二。
五　源三位頼政集・秋・二〇五、題「海辺月」、第三句「見わたせば」。歌仙落書・五一、第二句「松のひまより」。（補）
六　理想的ではない。
七　第二・第三の句。
八　残念なこと。

44　歌言葉の糟糠

一二条中将雅経談じていはく、「歌には、この文字のなく二もがなと覚ゆることのあるなり。三兼資といふ者の歌に、

四月は知るや憂き世の中のはかなさをながめてもまたいくめぐりかは

これはよろしく詠めるにとりて、『世の中』の『なか』といふ二つの文字がいみじう悪《わろ》きなり。ただ『憂き世のはかなさを』といはまほしきなり。

また、頼政卿の歌に、

五澄みのぼる月の光に横ぎれて渡るあきさの音の寒けさ

これも『ひかり』といふ三文字の悪きなり。『月に横ぎれて』とあらば、六今少しきらきらしく聞こゆべきなり。この言葉をば歌の中の疵《きず》とやいふべからむ。深く思ひ入れざ

一　藤原雅経。鎌倉前期の歌人。㊗
二　なかったらよいなあ。
三　源兼資。鎌倉前期の歌人。㊗
四　出典未詳。「いくめぐりかは」は、あと幾回月を眺めることができるだろうか。もう何回も眺められないだろうの意。「めぐり」は「月」の縁語。「かは」は反語の係助詞。㊗
五　源三位頼政集・冬・二六三、題「月前水鳥」。「あきさ」は「秋沙」で、現在は「あいさ」と呼ばれるガンカモ科の水鳥で、渡り鳥。㊗
六　立派に聞こえるであろう。㊗

らむ人はわきまへがたし」。

45　歌をいたくつくろへば必ず劣ること

[一]覚盛法師がいはく、「歌は[二]あらあらしくとめもあはぬやうなる、一つの姿なり。それをあまり[三]細工《さいく》みてとかくすれば、はてには[四]まれまれものめかしかりつるところさへ失せて、何にても[五]なき小物になるなり」と申しし、[六]さもと聞こゆ。

[七]季経卿歌に、

[八]年を経てかへしもやらぬ小山田《をやまだ》は種貸す人もあらじとぞ思ふ

この歌、[九]艶なるかたこそなけれど、[一〇]一節《ひとふし》いひて、[一一]さる体の歌と見給へしを、年経てのち[一二]かの集の中に侍るを見れば、

一　平安末期の歌人。(補)
二　荒削りで止めきれないようであるの意か。
三　技巧を凝らして。
四　ごくわずかひとかどのものらしかった部分。
五　つまらないもの。
六　いかにもその通りだと。
七　藤原季経。平安末期から鎌倉前期の歌人。(補)
八　出典未詳。「かへしもやらぬ」は、耕作もしていないの意。たがやすの意の「かへす」に下の「貸す」の縁語「返す」を掛ける。
九　優艶な趣。貴族的感覚からは褻とされる農事を具体的に歌っているので、優艶な趣はないという。
一〇　一つの趣向を表現して。
一一　そのような風体の歌と見ましたが。

[一三]賤《しづ》の男が《を》かへしもやらぬ小山田にさのみはいかが種を
　貸すべき
これは直されたりけるにや、いみじうけ[一四]劣りて覚え侍るなり。よくよく心すべきことにこそ。

46　秀句によりて心劣りすること

[一]円玄阿闍梨といひし人の歌に、
　[二]夕暮れに難波の浦をながむれば霞にうかぶ沖の釣り舟
この歌は優なれど、[三]主《ぬし》の[四]心劣りせらるる歌なり。そのゆゑは、「霞にうかぶ沖の釣り舟」といへる、[五]わりなき節《ふし》を[六]思ひ寄りなむにとりては、いかが「夕暮れに難波の浦をながむれば」といふ上の句をば置かむ。まことに[七]無念に[八]見どころもなき言葉続きなりかし。同じ浦なりとも夕暮れなりとも、めづらしきやうに思ふところありて続く方《かた》も侍り

一二　その人の集。季経の家集。天理本は「彼哥」。
一三　季経入道集・四、詞書「人の、苗代の歌よみてと申ししに」。
一四　何となく劣っているような気がします。

一　平安末期の歌人。補
二　補
三　「歌の主」の意。歌の作者。
四　期待外れだなあと感じられる歌。
五　この上なくすばらしい部分。
六　思いついた（着想した）のであったなら。
七　残念で。
八　見るに価するところ。

なむものを。さほど手づつにて[九]、いかにして下の句をば思ひ寄りけるにかと覚え侍るなり。

47　案じ過ぎて失となること

[一]愚詠の中に、

[二]しぐれにはつれなくもれし松の色を降りかへてけり今朝の初雪

これを俊恵難じていはく、「ただ『つれなく見えし』といふべきなり。あまり[三]わりなくわかせるほどに、かへりて[四]耳とまる節となれるなり。」[五]ある所の歌合に、『霞』を俊恵が歌に、

[六]夕なぎに由良の門《と》渡る海人《あま》小舟《をぶね》かすみのうちに漕ぎぞ入りぬる

その度の会に、清輔朝臣、[七]ただ同じやうに詠みたりしに

九　不器用で。（補）

一　私の歌。

二　出典未詳。（補）

三　たいそう凝ったので、の意か。（補）

四　耳ざわりに聞こえる部分。

五　（補）

六　林葉和歌集・春・二五、詞書「大納言公通家十首歌よませ侍りしに、夕霞を」、第二句「浦の門渡る」。「由良の門」は丹後

とりて、かれは『霞の底に』と詠めりしを、人の、『[八]入海《いりうみ》かと覚ゆ』と難じ侍りしなり。[九]のさびなるところをばただ世の常にいひ流すべきを、[一〇]いたく案じすぐしつれば、かへりて耳とまる節となるなり。たとへば、糸をよる人の、いたく[一一]けうらによらむと[一二]よりすぐしつれば、[一三]節となるがごとし。これをよく計《はか》らふを上手といふべし。[一四]風情はおのづから出でくるものなれば、[一五]ほどにつけつつ求め得ることもあれど、かやうのことに上手にて、そのけぢめは見ゆるなり。されば、[一六]えせ歌詠みの秀句には、多くは足らぬところの出でくるぞかし」。

48　静縁こけ歌詠むこと

[一]静縁法師、みづからが歌を語りていはく、
[二]「鹿の音《ね》を聞くにわれさへ泣かれぬる谷の庵は住み憂

の国、現在の京都府宮津市由良。
七 ㊓
八 入江。
九 のんびりとした部分。力を込めて詠む必要のない部分。㊓
一〇 ひどく趣向を凝らしすぎると。
一一 「清ら」と同じで、美しく。
一二 縒りすぎてしまうと。
一三 糸の節。
一四 ここでは、和歌の情趣の意か。㊓
一五 歌人の程度によって、の意か。
一六 本物でない歌詠み。

一 平安末期の歌人。㊓
二 出典未詳。「泣かれぬる」の「れ」は自発の助動詞「る」の

かりけり

とこそつかうまつりて侍れ。[1]これいかが侍る」といふ。

予がいはく、「よろしく侍り。ただし、『泣かれぬる』といふ言葉こそ、あまり[三]こけ過ぎて、[四]いかにぞや覚え侍れ」といふを、静縁法師いはく、「その言葉をこそこの歌の[五]詮とは思ひ給ふるに、この難は[六][2]ことのほかに覚え侍り」とて、いみじく悪《わろ》く難ずると思ひげにて去りぬ。

[七]よしなく覚ゆるままにものをいひて、[八]心すべかりけることをと、くやしく思ふほどに、十日ばかりありて、また来たりていふやう、「[九]一日《ひとひ》の歌難じ給ひしを、[一〇]隠れごとなし、心得ず思ひ給へて、いぶかしく覚え侍りしままに、さはいふとも、[一一]大夫公のもとに行きてこそ、われ[3]ひがことを思ふか、人の悪《あ》しく難じ給ふか、[一二]ことをば切らめと思ひて、行きて語り侍りしかば、『[一三]なでふ、[4]御房《ごばう》のかかる[一四]こけ歌詠まるるぞとよ。「泣かれぬる」とは何事ぞ。[一五]さまでなの心根

連用形。
三　真実でないことの意の仏語「虚仮」から、浅薄なこと、薄っぺらなこと。
四　どうかと思われます。感心しません。
五　眼目と思っておりますのに。
六　意外に。
七　つまらないことに感じたままに。天理本は「ヨシナクオホユルサマニ」。
八　注意すべきであったのに。
九　先日の。
一〇　隠していることはありません、隠しても始まりませんの意の挿入句か。
一一　俊恵の公名《きみな》。
一二　はっきりさせよう。結論をつけよう。
一三　何で貴僧が。
一四　浅薄な歌。
一五　それほどでもない心底よ。「さまでな」は「さまでなし」の語幹。

や』となむ、はしたなめ[一六]られて侍りし。されば、よく難じ給ひけり。われ悪《あ》しく心得たりけるぞと、おこたり[一七]申しにまうでたるなり」といひて帰り侍りにき。心の清さこそあ[一八]りがたく侍れ。

49 代々恋の中の秀歌

俊恵語りていはく、「故左京大夫顕輔[一]語りていはく、『後[二]拾遺の恋の歌の中には、

夕暮れは[三]待たれしものを今はただゆくらむ方《かた》を思ひこそやれ

これをおもて歌[四]と思へり。金葉集[五]には、

待ちし夜の[六]ふけしを何に嘆きけむ思ひ絶えても過ぐしける身を

これをすぐれたる恋とせり。わが撰べる詞花集[七]には、

一六 きまり悪くなるほどたしなめられました。
一七 おわび。
一八 めずらしいことです。

一 藤原顕輔。平安後期の歌人。(補)
二 後拾遺和歌集。四番目の勅撰和歌集。(補)
三 詞花集・恋下・二七〇・相模、詞書「大江公資《きんより》に忘られてよめる」。(補)
四 代表的な歌。(補)
五 金葉和歌集。五番目の勅撰和歌集。(補)
六 金葉集・恋上・四〇二・白河女御越後。(補)

八忘らるる人目ばかりを嘆きにて恋しきことのなからま
しかば

この歌をかの九たぐひにせむとなむ思ひ給ふる。一〇いとかれらにも劣らず、一一けしうはあらずこそ侍れ』といはれけり。しかあるを、俊恵が一二歌苑抄の中には、

一三一夜《ひとよ》とて夜がれし床のさむしろにやがても塵のつもり
ぬるかな

これをなむおもて歌と思ひ給ふる、いかが侍らむ」とぞ。
今これらに心づきて一四新古今を見れば、わが心にすぐれたる歌、三首見ゆ。いづれとも分きがたし。後の人定むべし。

一五かくてさは命やかぎりいたづらに寝ぬ夜の月の影をの
み見て
一六野辺の露[1]は色もなくてやこぼれつる袖より過ぐる荻の
上風《うはかぜ》
一七帰るさのものとや人のながむらむ待つ夜ながらの有明

七　詞花和歌集。六番目の勅撰和歌集。(補)
八　詞花集・恋下・二七一・よみ人知らず。(補)
九　その同類。ここでは、すぐれた恋歌の意。
一〇　ひどくそれらの歌にも劣らず。
一一　悪くはない。
一二　俊恵が撰した私撰和歌集。(補)
一三　千載集・恋四・八八〇・讃岐。(補)
一四　新古今和歌集。→11注二二。
一五　現在伝わる新古今集に見えない歌。出典不明。(補)
一六　新古今集・恋五・一三三八・慈円。(補)
一七　新古今集・恋三・一二〇六・

の月

俊恵いはく、「顕輔卿の歌に、

逢[一八]ふと見てうつつのかひはなけれどもはかなき夢ぞ命
なりける

この歌を俊頼朝臣感じていはく、『これは椋[一九]《むく》の葉磨きして、鼻脂[二〇]引ける御歌なり。世[二一]の常[2]の人ならば、「うつつのかひはなけれどもはかなき夢ぞうれしかりける」とぞ詠ままし。誰《た》がかくは詠[3]まむぞ』とぞ讃められける」。

50　歌人は証得すべからざること

俊恵に和歌[一]の師弟の契り結び侍りし初めの言葉にいはく、「歌は極[二]めたる故実の侍るなり。われをまことに師と頼まれば、このこと違《たが》へらるな。そこはかならず末[三]の世の歌仙にていますかるべき上に、かやうに契りをなさるれば申し

藤原定家。㊥補

一八　金葉集・恋上・三五四・藤原顕輔。㊥補

一九　「椋」はニレ科の落葉高木の椋の木。その葉は表面がざらざらしていて、物を磨くのに用いられる。

二〇　「鼻脂引く」は、うまくゆくように準備することにいう譬え。

二一　㊥補

一　→30注一九。

二　この上ない昔からの心得。

三　将来の歌の名人でいらっしゃるであろう上に。

四　→13注一。

五　わかったような気になって。

六　われこそはと思い上った様子の歌。

侍るなり。[四]あなかしこあなかしこ、われ人に許さるるほどになりたりとも、[五]証得して、[六]われは気色《きそく》したる歌詠み給ふな。[七]ゆめゆめあるまじきことなり。[八]後徳大寺の大臣《おとど》は[九]左右なき手だりにていませしかど、その故実なくて、今は[一〇]詠みくち後手《のちて》になり給へり。そのかみ[一一]前《さき》の大納言など聞こえし時、[一二]道を執し、[一三]人を恥ぢて、[一四]磨き立てたりし時のままならば、今は肩並ぶ人少なからまし。[一五]われ至りにたりとて、この頃詠まるる歌は、少しも思ひ入れず、[一六]やや心づきなき言葉うち混ぜたれば、何によりてかは秀歌も出で来む。[一七]秀逸なければまた[一八]人用ゐず。歌は[一九]当座にこそ、人がらによりて良くも悪しくも聞こゆれど、[二〇]後朝に今一[2]度静かに見たるたびは、さはいへども、[二一]風情もこもり、[二二]姿もすなほなる歌こそ[二三]見とほしは侍れ。かく聞こゆるは[二四]をこのためしなれど、[二五]俊恵はこの頃もただ[二六]初心の頃のごとく歌を案じ侍り[3]。また、[4]わが心をば次にして、[二七]あやしけれど、人の讃めも謗《そし》りもす

七　決して決して。
八　藤原実定。↓6注六。
九　並ぶもののない名手。
一〇　歌の詠みぶりが後退なさった。「後手」は、底本は「後て」と表記する。天理本は「ノチ《後》」。巻第一神祇第一・二〇話に語られている。
一一　㊓
一二　歌道に執着し。
一三　人よりも劣った歌を詠むことを恥じて。
一四　美しい表現にしようと努力した。
一五　↓28注六。
一六　感心しない言葉。
一七　秀作。
一八　相手にしない。
一九　その場。
二〇　その翌朝。
二一　情趣も目立たず、内にこもり。
二二　自然でくせのない歌。
二三　いつまでも見続けられるものです、の意か。

るを用ゐ侍るなり。これは古[二八]き人の教へ侍りしことなり。このことを保てるしるしにや、さすがに老いはてたれど、俊恵を詠みくちならずと申す人はなきぞかし。また異事《ことごと》にあらず、この故実を誤《あやま》たぬゆゑなり」。

51　非歌仙、歌の難したること

歌[一]は名に流れたる歌よみならねど、理《ことわり》[二]を先として耳近[三]き道なれば、あやし[四]の者の心にもおのづから善悪は聞こゆるなり。長守[五]語りていはく、「述懐《しゅつくわい》[六]の歌どももあまた詠み侍りし中に、ざれごと歌[七]に、

火[八]おこさぬ夏の炭櫃《すびつ》のここちして人もすさめずすさまじの身や

と詠めるを、十二になる女子のこれを聞きて、『冬の炭櫃こそ、火のなきは今少しすさまじけれ。などさは詠み給は

二四　ばかげた例だが。おこがましいが。
二五　自身のことをいう。
二六　学び始めた頃。
二七　いぶかしいが。
二八　父俊頼を念頭に置いていうか。

一　名の知られた歌人。
二　「理」は、道理。理屈。
三　聞きなれてわかりやすい文芸。
四　身分の低い者。
五　鴨長守。平安末期から鎌倉初期の神職。(補)
六　感懐を述べた歌。とくに、身の不遇などをかこった歌。
七　誹諧歌、戯笑歌に類する歌。
八　出典未詳。

ぬぞ』と申し侍りしに、[九][1]かなしく難ぜられて述ぶる方なくなむ[2]」と語りしこそ、[3]げにをかしかりしか。

52　思ひ余る頃、自然に歌詠まるること

また、[一]心にいたく思ふことになりぬればおのづから歌は詠まるるなり。金葉集に、よみ人知らず[1]とて侍るかとよ。

[二]身の憂さを思ひしとけば冬の夜もとどこほらぬは涙なりけり

この歌は、[三]仁和寺の[四]淡路の阿闍梨といひける人の妹のもとなりける[五]生《なま》女房の、[六]いたく世をわびて詠みたりける歌なり。もとより歌よみならねば、[七]また詠める歌もなし。ただ思ふあまりにおのづからいはれたりけるにこそ。

九　残念なことに。↓40注一七。

一　心に痛切に思うことになると、自然に歌は詠まれるものである。(補)

二　金葉集・雑上・五八四、「題読人不知」とする。(補)

三　京都市右京区御室大内にある真言宗御室派の総本山。山号は大内山。本尊は阿弥陀三尊。(補)

四　伝未詳。

五　新参の女房。

六　ひどく人生をつらく思って。

七　他に詠んだ歌はない。

53　範兼の家の会優なること

俊恵いはく、「和歌会の有様の[一]げにげにしく優に覚えしことは、[二]次の所にとりては、近くは[三]範兼卿の家の会のやうなることはなし。[四]亭主の[五]さる人にて、いみじうもてなして、[六]ことに触れつつ[七]聊爾《れうじ》ならず。人に恥ぢ、道を執して、讃むべきをば感じ、謗《そし》るべきをば難じ、[八]ことごとには[1]えありて、乱れがはしきこと[九]ゆめにもなかりしかば、さし入る人もみなそのおもむきに随ひて、[一〇]いかでよろしく詠み出でむと思へりき。さればよき歌も出でき、[一一]はかなくめづらしき一節《ひとふし》を思ひ寄れるにつけても、[一二]かひがひしき心地して、[一三]いさましくなむありし。[一四]兼日《けんじつ》の会にはみな歌を懐中して、当日の儀、いたづらにほどを経《ふ》ることなし。もし[一五]当座に会あれば、おのおのところどころにさし退《の》きつつ、[一六]沈思しあひたるさ

一　いかにも和歌会らしく。
二　宮中や摂関家、大臣家などの権門での歌会に対して、「次の所」というか。
三　藤原範兼→10注二。
四　家の主人。ここでは、歌会の主催者。
五　相当な人。立派な人。
六　何かにつけて。
七　いいかげんでない。
八　何事も引き立って。
九　少しも。
一〇　何とかしてうまく詠もう。
一一　ちょっとした珍しい一つの趣向を思いついても。
一二　張り合いがある。
一三　熱心に励みたい雰囲気だった。
一四　前から題が出されている歌会。
一五　その場で出題されて行われる歌会。
一六　お互いに歌を深く思案している有様。

まなどまでも、[一七]艶にあらまほしく侍りしかば、[一八]させること
なき歌も、[一九]ことがらに飾られて艶[2]に聞こえ侍りき。

54　近代の会狼藉のこと

[一]この頃人々の会に連なりて見れば、まづ[二]会所のしつらひより初めて、人の装束のうちとけたるさま、おのおのが気《け》色《しき》有様、乱れがはしきこと限りなし。[三]いみじう、[四]十日二十日かけて題を出《いだ》したれど、[五]日頃は何わざをしけるにか、当座にのみ歌を案じて、[六]すずろに夜をふかして興をさまし、[七]披講《ひかう》の時を分かず[八]心々に物語りをし、[九]先達にも恥ぢず面々に[一〇]証得したる気色どもははなはだしけれど、げに歌のさまを知りて讃め謗る人はなし。まれまれ[一一]古き人の良き悪しきを定《さだ》むるも、[一二]人の気色を[1]計らひて、[一三]偏頗《へんぱ》を先としたれば、案ずるにつけても[一四]あぢきなく、よろしき歌を詠めるにつけ

一七　優雅でしたので。
一八　たいしたことのない歌。
一九　その場の有様。

一　以下も俊恵の談の続きであろう。
二　歌会をする場所の設営。
三　ひどいことに。あきれたことに。
四　十日や二十日も前から。
五　何日もの間何をしていたのか。
六　漫然と。
七　「披講」は歌会や歌合で講師《こうじ》が歌を読み上げて披露すること。
八　各自好き勝手におしゃべりし。
九　先輩の歌人。
一〇　わかっているという様子。→50注五。
一一　古老。
一二　人の顔色をうかがい。

ても、夜[一五]の錦にことならず。高[一六]く詠ずるをよきこととて、首筋をいららかし、声[一七]をよりあはせたるさまなど、いみじう心づきなし。すべてにぎ[一八]ははしきにつけても品《しな》なく、やさしがるにつけてもわざとびたり。げには人の心の底まで好かずして、ただ人真似に道を好むゆゑなめりとぞ覚え侍る」とぞ。

55　俊成入道の物語

五条三位入道いはく、「俊恵は当世[一]の上手なり。されど俊頼にはなほ及びがたし。俊頼はま[二]のなく、思ひ[三]至らぬくまなく、一方《ひとかた》[四]ならず詠めるが、力[五]も及ばぬなり。今の世には頼政こそいみじき上手なれ。かれだに座にあれば目[六]のかけられて、かれ[七]にこと一つせられぬと覚ゆるなり」。

一三　えこひいき。
一四　おもしろくなく。
一五　夜美しい錦を着ても誰も見ないのと同じで、張り合いがない。(補)
一六　高声で詠吟する。
一七　声を合わせている。
一八　にぎやかであるにしても。
一　今の世の名人。
二　(補)
三　思い及ばないということなく。あらゆる方面に詠歌の対象を求めて。
四　一つの傾向に偏することなく、の意か。(補)
五　かなわないのである。主語は、俊恵とも、俊成自身を含む、俊頼以後の歌人とも、両様に考えられる。
六　おのずと注目されて。
七　頼政にうまいことを一つしてやられたと思われるのである。

56　頼政歌道に好けること

俊恵いはく、「頼政卿は[一]いみじかりける歌仙なり。心の底まで[二]歌になりかへりて、常にこれを忘れず心にかけつつ、鳥の一声鳴き、風の[三]そそと吹くにも、まして[四]花の散り、葉の落ち、月の出で入り、雨・雪などの降るにつけても、[五]立ち居起き臥しに[六]風情をめぐらさずといふことなし。まことに秀歌の出でくるも理《ことわり》とぞ覚え侍りし。かかれば、しかるべき時名あげたる歌ども、多くは[七]擬作《ぎさく》にてありけるとかや。大方の会の座に連なりて歌うち詠じ、良き悪しきことわりなどせられたる気色《けしき》も、深く心に入れることと見えていみじかりしかば、かの人のある座には何事もはえあるやうに侍りしなり」。

一　すばらしい歌の名人。
二　歌になりきって。歌の世界に没入しているさま。
三　「そそ」は吹く風の擬音語。（補）
四　この世の無常であることをいう「飛花落葉」の語を和らげたような表現。
五　立っても坐っても、起きても臥しても。
六　歌の趣を思案しないということはない。この部分、阿仏尼の歌論書「夜の鶴」に影響を及ぼしたか。
七　歌会に備えて、前もって作っておく作品。（補）

57　清輔弘才のこと

一勝命いはく、「清輔朝臣、歌の方《かた》の弘才は肩並ぶ二人なし。いまだよも見及ばれじと覚ゆることを、わざと構へて三求め出でて尋ぬれば、みなもとより四沙汰し古されたることどもにてなむ侍りし。晴の歌詠まむとては、『大事はいかにも古集を見てこそ五』といひて、万葉集六をぞ返す返す見られ侍りし」。

58　俊成の自讃歌のこと

俊恵いはく、「五条三位入道の御許《みもと》一にまでたりしついでに、『御詠の中には、いづれをかすぐれたりと思ほす。人はよそにてやうやう二に定め侍れど、それをば用ゐ侍るべか

一　↓5注八。
二　比肩できる人。
三　わざわざ工んで。具体的には、わざと難問を用意して。
四　以前から論議してきた事柄。
五　「見てこそ詠まめ」などの意。
六　㊟

一　お宅に参った機会に。
二　さまざまに。

らず。[三]まさしくうけたまはらむ』と聞こえしかば、

　『[四]夕されば野辺の秋風身にしみてうづら鳴くなり深草の里

これをなむ、[五]身に[1]とりてのおもて歌と思ひ給ふる』といはれしを、俊恵またいはく、『[2]世にあまねく人の申し侍るには、

　[六]面影に花の姿を先だてて幾重《いくへ》越えきぬ峰の白雲

これをすぐれたるやうに申し侍るはいかに』と聞こゆ。『[七]いさ、よそにはさもや定め侍るらむ、[八]知り給へず。なほみづからは先の歌には言ひ較ぶべからず』とぞ侍りし」と語りて、これをうちうちに申ししは、

59　俊恵俊成の秀歌を難ずること

「[一]かの歌は、『身にしみて』といふ[二]腰の句のいみじう[三]無念

三　確かにおうかがい申し上げます。
四　千載集・秋上・二五九。久安百首・八三八。「深草の里」は山城の国、現在の京都市伏見区。（補）
五　自身にとっての代表歌。（補）
六　長秋詠藻・中・春・二〇七。（補）
七　さあ。相手の言葉に対して否定的に答える時にいう副詞。
八　存じません。「給へ」は自身について用いて、謙譲の気持ちを表す、下二段活用の「給ふ」の未然形。
一　底本、ここで改行し、文頭に章段を分かつ朱斜線を付す。
二　第三句。
三　残念に。
四　歌の情趣をさらりと表現して。
五　自然に、身にしみたのであろ

に覚ゆるなり。これほどになりぬる歌は景気[四]をいひ流して、ただ空[五]に、身にしみけむかしと思はせたるこそ、心にくく[六]も優にも侍れ。いみじく[七]いひもてゆきて、歌の詮[八]とすべき節《ふし》をさはさは[九]と言ひ表したれば、むげに[一〇]こと浅くなりぬるなり」とぞ。

60 俊恵の秀歌

[一]そのついでに、「わが歌の中[1]には、

[二]み吉野の山かき曇り雪降ればふもとの里はうちしぐれつつ

これをなむ、かのたぐひ[三]にせむと思ひ給ふる。もし世の[四]末におぼつかなく[五]いふ人もあらば、『かくこそいひしか』と語り給へ」とぞ。

うよと思わせることが。
六 深みもあり、優雅でもあります。
七 たいそうはっきりと言い続けて。
八 歌の眼目とすべき部分。
九 はっきりと表現しているので。㊉
一〇 ひどく底の浅いものとなってしまっている。

一 ㊉
二 新古今集・冬・五八八、詞書「題知らず」。㊉
三 俊成の代表歌の同類。
四 後世に。
五 俊恵の代表歌がはっきりしないようにいう人もいたならば。

61　俊成・清輔の歌の判、偏頗あること

顕昭いはく、「この頃の[一]和歌の判は、俊成卿・清輔朝臣、[二]さうなきことなり。しかあるを、ともに[三]偏頗ある判者なるにとりて、そのやうのかはりたるなり。俊成卿は、[四]われもひがことをすと思ひ給へる気色《けしき》にて、[五]いともあらがはず、[六]『世の中のならひなれば、さなくともいかがは』などやうにいはれき。清輔朝臣は、[七]外相《げさう》はいみじう[八]清廉なるやうにて、偏頗といふこと、[九]つゆも気色に表さず、[一〇]おのづから人のかたぶくことなどもあれば、[一一]気色をあやまりてあらがひ論ぜられしかば、人のみなそのよしを心得て、さらにいひ出づることもなかりき」。

一　歌合の判者としての和歌の優劣の判定。
二　この上ない存在である。
三　不公平な判者。
四　自分自身も間違ったことをすると。
五　ひどく論議することもなく。
六　世間一般の習わしだから、そうでなくてもどうして悪いことがあろうか、などの意か。方人が相手方の歌を難じたのに対して、その歌を弁護する際の言葉か。
七　うわべ。表に現れた様子。本来は仏語。
八　心が清らかで私心がない。行ないが潔い。
九　少しも顔色に表さず。
一〇　たまに人が首をかしげることなどあると。
一一　顔色を変えて議論されたので。自分の論が正しいと言い張ったことをいうか。

62 作者を隠すこと

大方は歌を判ずるには、作者を隠すといひながら、ひとへに知らぬもゆゆしき大事なり。また名顕れたるもはばからはしく、表に負くること多かり。ただ隠せるやうにて、内々にいささか心得たるがめでたきなり。

一 大体において。総じて。
二 歌の作者の名を伏せる。これを「隠名」という。
三 ㊓
四 歌人の名がすべてわかっているのも、人の名によって勝負が左右されたと思われることが判者には憚られて。
五 歌合の評定の場などを「表」といったか。名前や位階の意とする説（全講・集成）もある。
六 判者の心得として、公平さが至上ではないという。

63 道因歌に志深きこと

この道に心ざし深かりしことは、道因入道並びなき者なり。七、八十になるまで、「秀歌詠ませ給へ」と祈らむため、徒歩《かち》より住吉へ月詣でしたる、いとありがたきことな

一 歌道。
二 俗名は藤原敦頼。→28注一一。
三 歩いて。
四 住吉社。航海の神。和歌の神。

り。
[七]ある歌合に、清輔判者にて、道因が歌を負かしたりければ、[八]わざと判者のもとに[九]まうでて、[一〇]まめやかに涙を流しつつ、泣き恨みければ、亭主いはむ方なく、「かばかりの大事にこそ遭はざりつれ」とぞ語られける。
九十ばかりになりては、耳なども[一一]おぼろなりけるにや、会の時はことさらに[一二]講師の座のきはに分け寄りて、脇元に[一三]つぶと添ひゐて、[一四]みづはさせる姿に耳をかたぶけつつ、他事なく聞きける気色《けしき》など、なほざりのこととは見えざりき。
[一五]千載集撰ばれ侍りしことは、かの入道失《う》せてのちのことなり。されどなきあとにも、さしも道に心ざし深かりし者なりとて、[一六]優して十八首を[一七]入れられたりけるに、[一八]夢の中に来たりて、涙を落としつつよろこびいふと見給ひたりければ、ことにあはれがりて、今二首を加へて、[一九]二十首になされたりけるとぞ。[二〇]しかるべかりけることにこそ。

(補)
五　月ごとに社寺に参詣、祈願すること。月参。
六　めずらしい、奇特なこと。
七　(補)
八　わざわざ。
九　まいって。
一〇　本当に。
一一　遠くなっていたのだろうか。
一二　→29注三。
一三　ぴったりと寄り添って坐って。
一四　ひどく年老いた姿で。(補)
一五　道因は治承三年（一一七九）十月十八日の兼実主催の右大臣家歌合への出詠が、知られる最後の事蹟。
一六　優遇して。
一七　お入れになったところ。主語は選者の俊成。
一八　これも俊成の夢。
一九　千載集には確かに道因の歌二十首を載せる。
二〇　それも当然のことであった。

64　隆信・定長一双のこと

近頃[一]は隆信[二]・定長[三]と番《つが》ひて、若くより人の口におなじやうにいはれ侍りき。かの俊恵が家にて、百首[四]を十首づつ十度に詠みて、十座の百首と名づけたることのありけるには、挑[五]みておのおの心をつくしたりける、げにいづれも劣らざりけり。また俊成卿[六]の十首歌詠ませ侍りける時も、ともによく詠みたりければ、かの卿は、「世に人の一番《ひとつがひ》に申すよし聞けど、何事[七]かはあらむと思ひて過ぎつるに、この十首の歌にこそ返抄[八]も賜《た》[九]びつべく覚ゆれ」となむいはれける。

しかあるを、九条殿[一〇]右大臣と申しし時[1]、人々に百首を召されしに、隆信[2]作者に入りて、公事[一一]なるうちにも、日数もなくてもの騒がしかりければ、いとよろしき歌もなかりけり。その頃定長[一二]は出家ののちにて、身の暇《いとま》もあり、今少し

一　近年は。いわゆる新古今時代をいう。
二　藤原隆信→11注一五。
三　藤原定長。寂蓮の俗名。平安末期から鎌倉初期の歌人。（補）
四　（補）
五　競い合って。
六　藤原俊成が嘉応二年（一一七〇）から承安二年（一一七二）頃までの間に催したかと考えられる十首歌会。（補）
七　そのようなことがあるものか。俊成はやはり定長（寂蓮）の方が勝っていると考えていたことがうかがわれる。
八　証明書。保証書。（補）
九　与えてやりたいと思われる。「賜ぶ」は、目上の人が目下の人にものを与えることをいう。
一〇　→6注一。
一一　右大臣家での詠歌は公事（公務）のようなものであるが、の意か。一説に、公務が続いて。
一二　（補）

のどやかに案じて、[一三]無題の百首を[一四]磨き立てて取り出《いだ》したりけるに、[一五]たとしへなく勝りたりければ、その時より「[一六]寂蓮左右なし」といふことになりにき。[一七]御所辺には、「いかなるを[一八]この者の、同じ列《つら》の[3]詠みくちとは[一九]番ひそめたるぞ」とまで仰せられけるとぞ。のちに隆信[二〇]からきことにして、「早く死なましかば、[二一]さるほどの歌仙にてやみなまし。[二二]よしなき命の長くて、[二三]かく道の恥をあらはすこと」とぞいはれける。

65　大輔・小侍従一双のこと

近く女歌よみの上手にては、[一]大輔・[二]小侍従とて、とりどりにいはれ侍りき。[1]大輔は今少し[三]ものなど知りて、[四]根強く詠む方はまさり、小侍従ははなやかに[五]目驚くところ詠み据うることのすぐれたりしなり。中にも[六]歌の返しする[2]ことは、

一三 (補)
一四 推敲を加えて立派に仕上げて。
一五 たとえようもなく隆信より勝っていたので。
一六 寂蓮に並ぶ者はいない。
一七 後鳥羽院の意でいう。後鳥羽院は後鳥羽天皇。鎌倉初期の天皇。(補)
一八 愚か者。
一九 一対にし始めたのだ。
二〇 つらいこと。
二一 相当の歌の名人。
二二 つまらない命。
二三 歌道の恥。

一 殷富門院大輔。平安末期から鎌倉初期の歌人。(補)
二 平安末期から鎌倉初期の歌人。
三 (補) 歌学的知識などについていうか。
四 根気強く。しつこく。
五 人をはっと驚かせるようなところをしっかりと詠む。

誰にもすぐれたりとぞ。「本歌[七]にいへることの中に、さも[八]ありぬべきところをよく見つめてこれを返す心ばせの、合[九]ふ敵《かたき》もなきぞ」とぞ、俊恵法師は申し侍りし。

66　俊成卿女・宮内卿、両人歌の詠みやうの変はること

[一]今の御所には、[二]俊成卿女と聞こゆる人、[三]宮内卿と、この二人《ふたり》の女房、昔にも恥ぢぬ上手どもなり。歌の詠みやうこそ、ことのほかに変はりて侍りけれ。人の語り侍りしは、俊成卿女は、晴の歌詠まむとては、まづ日頃かけて[四]もろもろの集どもを[五]繰り返しよくよく見て、思ふばかり見をはりぬればみな取りおきて[六]、火かすかにともし、人遠く[七]音なくしてぞ案ぜられける。

宮内卿は初めよりをはりまで、草子・巻物[八]取り込みて[九]、[一〇]切灯台に火近々とともしつつ、かつがつ[一一]書き付け書き付け、

六　返歌。
七　送られたもとの歌。
八　いかにも肝心だと思われる箇所。
九　かなう相手もいないのだ。

一　後鳥羽院の御所。
二　鎌倉前期の歌人。(補)
三　鎌倉初期の歌人。(補)
四　何日もかけて。
五　いろいろな家集類。
六　取り片付けて。
七　人から遠ざかってひっそりとお考えになった。
八　冊子や巻子本。
九　部屋に持ち込んで。
一〇　照明具で、灯盞（油皿）を載せる柱の台を隅切の角に作った

夜も昼もおこたらずなむ案じける。

この人はあまり歌を深く案じて病になりて、一度《ひとたび》は死に[一二]はづれしたりき。父の[一三]禅門、「何事も[一四]身のある上のことにてこそあれ。かくしも病になるまでは、いかに案じ給ふぞ」と諫められけれども用ゐず、つひに[一五]命もなくてやみにしは、[一六]そのつもりにやありけむ。

67　具親、歌を心に入れざること

寂蓮入道はことにことにこのことを[一]いみじがりて、兄人《せうと》の[二]具親少将兵衛佐の、歌に心を入れぬをぞ憎み侍りし。[三]「何ゆゑ身を立てたる人なれば、しかあるらむ。[四]宿直《とのゐ》所を[五]まれまれ立ち入りて見れば、[六]晴の御会《ごくわい》などのある頃も、『弓よ、[七]蟇目《ひきべ》よ』など取り込みて、[八]細工《さいく》前に据ゑて、歌を大事とも思はぬ」とて、[2]くちをしきことにぞいひ侍りし。

灯台。一説に、低い灯台。
一一　少しずつ。
一二　あやうく死にそうになったのを助かった。
一三　入道源師光。↓11注四。
一四　命があっての上のことだ。
一五　死んでしまったのは。
一六　無理が積もった結果。

一　たいそう立派なこととして。
二　源具親。鎌倉前期の歌人。（補）
三　何が原因で立身した人なのでこうなのだろうか。（補）
四　宮中で宿直する所。
五　ごくたまに。
六　公的な御歌会。
七　朴や桐で作り、中を空洞にし、数個の穴をあけた鏑《かぶら》（矢の先につける物）。天理本「ヒキメ」。
八　細かな器具を作る職人。細工人。

68　会の歌に姿分かつこと

[一]御所に朝夕[二]候ひし頃、[三]常にも似ずめづらしき御会《ごくわい》ありき。「六首の歌に、みな姿を詠みかへてたてまつれ」とて、「春・夏は[四]太く大きに、秋・冬は[五]細く乾《から》び、恋・旅は[六]艶にやさしくつかうまつれ。これ、もし思ふやうに詠みおほせずは、そのよしをありのままに申し上げよ。歌のさま知れるほどを[七]御覧ずべきためなり」と仰せられたりしかば、いみじき大事にて、[八]かたへは辞退す。[九]心にくからぬほどの人をば、またもとより召されず。かかれば、まさしくその座に[1]まゐりて連なれる人、[一〇]殿下・[一一]大僧正御房・定家・[一二]家隆・寂蓮・予[2]と、わづかに六人ぞ侍りし。

　愚詠に、太く大きなる歌に、

[一三]雲さそふ天つ春風かをるなり高間の山の花ざかりかも

一　後鳥羽院の御所。
二　和歌所寄人として出仕に励んだことをいう。
三　建仁二年（一二〇二）三月二十二日の三体和歌御会のこと。
四　壮大に。(補)
五　繊細で枯淡に。(補)
六　優艶優美に。(補)
七　御覧になろうとなさるためである。主語は後鳥羽院自身。
八　一部の人々。
九　どう詠むか気にならない程度の人。
一〇　藤原良経。→11注一七。
一一　慈円。平安末期から鎌倉前期の歌人・僧侶。(補)
一二　藤原家隆。平安末期から鎌倉前期の歌人。(補)
一三　三体和歌・三七。(補)

一四 うちはぶき今も鳴かなむほととぎす卯の花月夜さかり
　ふけゆく

細く乾びたる歌、

一五 宵[3]のまの月の桂のうすもみぢ照るとしもなき初秋の空

一六 さびしさはなほ残りけり跡絶ゆる落葉がうへに今朝は
　初雪

艶にやさしき歌、

一七 忍ばずよ絞りかねつと語れ人もの思ふ袖の朽ちはてぬ
　まに

一八 旅衣たつあかつきの別れよりしをれしはてや宮城野の
　露

69　寂蓮・顕昭両人の心のこと

この中に、春の歌をあまた詠みて、一寂蓮入道に見せ申し

一四 「卯の花月夜」は、卯の花（ユキノシタ科の落葉低木うつぎの花）が咲く月の美しい夜。陰暦四月、初夏の歌。㊓

一五 三体和歌・三九。陰暦七月の、新月からまもない月を詠む。㊓

一六 三体和歌・四〇。㊓

一七 三体和歌・四一。㊓

一八 三体和歌・四一。㊓

一 →64注三。

し時、[二]この高間の歌を「よし」とて、[三]点合はれたりしかば、書きてたてまつりてき、すでに[1]講ぜらるる時に至りてこれを聞けば、[2]かの[四]入道の歌に、[3]同じく高間の花をよまれたりけり。わが歌に似たらば違へむなど思ふ心もなく、[五]ありのままにことわられける、いと[六]ありがたき心なりかし。[七]さるは、[八]まことの心ざまなどをば、[九]いたく神妙《しんべう》なる人ともいはれざりしを、[一〇]わが得つる道になれば[一一]心ばへもよくなるなめり。

そのかみ、[一二]宣陽門院の[一三]御供花《くげ》の会の歌に、「常夏契り久し」といふ題に、[一四]「動きなき世のやまとなでしこ」と詠めりしをば、[一五]ある先達見て、「わが歌に似たり。詠み替へよ」と[一六]あながちに申し侍りしかば、力なくて[一七]当座に詠み替へてき。[一八]たとしへなき心なり。

そもそも、人の徳を讃めむとするほどに、[一九]わがため面目ありし度のことをながながと書き続けて[4]侍る、をかしく。

二 →68注一三。
三 点を加えられたので。
四 (補)
五 よいものはよいと判定された。
六 めったにない、立派な心。
七 実のところは。
八 本当の性格。
九 たいそう殊勝な人とも言われなかったが。
一〇 自分の得意とする道、すなわち歌道。
一一 心の持ちようもよくなるようだ。
一二 覲子内親王。鎌倉前期の女院。(補)
一三 「供花」は「くうげ」とも読む。仏前に花を供えて供養する行事。(補)
一四 上の句・出典とも未詳。(補)
一五 (補)
一六 むやみに。強引に。
一七 その場で別の歌に詠み替えた。
一八 較べようがない心である。
一九 三体和歌会に召されたこと。

されど、[二〇]この文の得分《とくぶん》に、自讃少々混ぜてもいかが侍らむ。

70　式部・赤染勝劣のこと

ある人いはく、「[一]俊頼の髄脳に、[二]定頼中納言、[三]公任大納言に、[四][1]式部と[五]赤染とが劣り勝りを問はる。大納言いはく、『式部は「[六]こやとも人をいふべきに」と詠める者なり。[七]一つ口にいふべからず』と侍りければ、中納言重ねていはく、『式部が歌には、「[八]はるかに照らせ山の端の月」といふ歌をこそ、世の人は秀歌と申し侍るめれ』といふ。大納言いはく、『それぞ世の人の知らぬことをいふよ。[九]暗きより暗きに入ることは経の文なれば、いふにも及ばず。[一〇]末の句はまた[一一]本に引かれて、やすく詠まれぬべし。「こやとも人をいふべきに」といひて、「隙《ひま》こそなけれ蘆の八重葺き」といへるこそ、[一二]凡夫《ぼんぷ》の思ひ寄るべきことにもあらね』と答へ

二〇　この文章を書いたもうけ分。

一　俊頼髄脳。→1注二。（補）

二　藤原定頼。平安中期の歌人。（補）

三　藤原公任。平安中期の歌人。（補）

四　和泉式部。平安中期の歌人。（補）

五　赤染衛門。平安中期の歌人。（補）

六　「津の国のこやとも人をいふべきにひまこそなけれ蘆の八重葺き」の歌をさす。後拾遺集・恋二・六九一、詞書「題知らず」。（補）

七　赤染衛門と一緒に論ずべきではない。

八　上の句は「暗きより暗き道にぞ入りぬべき」。拾遺集・哀傷・一三四二、詞書「性空上人のもとによみてつかはしける」。（補）

られけるよし侍るめり。

これに二《ふたつ》の不審あり。一《ひとつ》には、式部を勝れるよしことわられたれど、その頃のしかるべき会、晴の歌合などを見れば、赤染をばさかりに賞して、式部は漏れたること多かり。一には、式部が二首の歌を今見れば、『はるかに照らせ』といふ歌は、言葉も姿もことのほかに[一三]たけ高く、また[一四]景気もあり。いかなれば大納言はしかことわられけるにや。[一五]かたがたおぼつかなくなむ侍る」といふ。

予、試みにこれを[一六]会釈《ゑしやく》す。

式部・赤染が勝劣は、大納言一人定められたるにあらず。[一七]世こぞりて、式部をすぐれたりと思へり。しかあれど、人のしわざは[一八]主《ぬし》のある世には、その人柄によりて劣り勝ることあり。歌の方は式部[一九]さうなき上手なれど、[二〇]身のふるまひ、もてなし、[二一]心用ゐなどの、赤染には及びがたかりけるにや。[二二]紫式部が日記といふものを見侍りしかば、「和泉式部は[二三]け

九　上の句が、法華経・巻第三・化城喩品第七の偈の一句、「従冥入於冥」にもとづくものであることをいう。(補)
一〇　下の句。
一一　上の句。
一二　凡人。
一三　格調が高く。形容詞「たけ高し」の「たけ」は、本来身長などをいう語。それを和歌の評語として、格調あり、壮大な感じのある歌を、「たけ高し」「たけあり」など。
一四　その場の景が浮かぶような情趣。
一五　あれやこれやはっきりしません。
一六　解釈する。
一七　世間の人々がすべて。
一八　本人。
一九　並ぶ者のない名人。
二〇　行動や身の処し方。
二一　心づかい。
二二　紫式部は平安中期の物語作

しからぬ方こそあれど、うちとけて文走り書きたるに、[二四]その方の才《ざえ》ある方も、[二五]はかなき言葉のにほひも見え侍るめり。歌はまことの歌よみにはあらず。口に任せたることどもに、かならず[二六]をかしき一節《ひとふし》目とまる、詠み添へ侍るめり。されど、[二七]人の詠みたらむ歌難じことわりゐたらむ、いでやさまでは心得じ。ただ[二八]口に[2]歌の詠まるるなめり。[二九]恥かしの歌よみやとは覚えず。[三〇]丹波の守の北の方をば、[三一]宮・殿などわたりには、匡衡《まさひら》衛門とぞ[3]いひ侍る。[三二]ことにやごとなきほどならねど、まことに[三三]ゆゑゆゑしう歌よみとて、よろづのことにつけて詠み散らさねど、聞こえたるかぎりは、はかなき折節のことも、それこそ[三四]恥かしき口つきに侍れ」と書けり。かかれば、その時は[三五]人ざまにもち消たれて、歌の方も思ふばかり用ゐられねど、まことには上手なれば、秀歌も多く、ことに触れつつ、[三六]まのなく詠みおくほどに、[三七]撰集どもにもあまた入れるにこそ。

者・歌人。㊉
二三　はなはだ感心できない面。
二四　文章の才能。
二五　ちょっとした言葉の美しさ。
二六　趣のある、人が注目する一つの箇所。
二七　人が詠んだ歌を批判し、判断するようなこと。
二八　口に任せて歌が詠めてしまうようだ。
二九　こちらが恥ずかしくなるほどすぐれた歌人。
三〇　大江匡衡。平安中期の漢詩人・歌人。㊉
三一　「宮」は中宮彰子。「殿」は藤原道長。
三二　「やむごとなき」に同じ。
三三　品格があり。
三四　こちらが気がひけるほどみごとな歌の詠みぶりです。
三五　人柄がマイナスとなって。
三六　「隙なく」の意か。↓55注二。
三七　多くの撰集にも。
三八　↓2注九。

[三八]曾禰好忠《そねのよしただ》といふ者、[三九]人数《ひとかず》にもあらず、[四〇]円融院の[四一]子日《ねのひ》の御幸に[四二]推参をさへして、[四三]をこの名をあげたる者ぞかし。されど今は歌の方にはやむごとなき者に思へり。[四四]一条院の御時、[四五]道々の盛りなることを[四六]江帥《がうそち》の[四七]記せる中にも、「歌よみには、[四八]道信・[四九]実方・[五〇]長能・[五一]輔親・式部・衛門・曾禰好忠」と、この七人をこそは記されて侍るめれ。これもみづからによりて、生ける[五二]世には世覚えもなかりけるなるべし。

さて、[4]かの式部が歌にとりての劣り勝りは、公任卿のことわりの[五三]いはれぬにもあらず、今の不審のひがことなるにもあらず。これはよく心得て思ひ分くべきことなり。歌は、[五四]作り立てたる風情たくみはゆゆしけれど、その歌の[五五]品を定むる時、さしもなきこともあり。また思ひ寄れるところは及びがたくしもあらねど、[五六]うち聞くにたけもあり、[五七]艶にも覚えて、[五八]景気浮かぶ歌も侍りかし。されば、[五九]詮は、[六〇]歌よみのほどをまさしく定めむには、「こやとも人を」といふ歌

三九　人並みの者として数えられる存在。
四〇　円融天皇。平安中期の天皇。（補）
四一　永観三年（九八五）二月十三日、戊子の日に、円融上皇は都の北、紫野に御幸、子の日の御遊を催した。
四二　召されていないのに参上すること。（補）
四三　愚かしいことをする人間という評判。（補）
四四　一条天皇。平安中期の天皇。（補）
四五　諸道諸芸。さまざまな学問や芸能。
四六　大江匡房。平安後期の漢学者・歌人。（補）
四七　「江帥の記せる」は、匡房の著作である続本朝往生伝のこと。（補）
四八　藤原道信。平安中期の歌人。（補）
四九　藤原実方。平安中期の歌人。

を取るとも、式部が秀歌はいづれぞと選《えら》むには、「はるかに照らせ」[六一]といふ歌の勝るべきにこそ。たとへば、道のほとりにてなほざりに見つけたりとも、黄金《こがね》は宝なるべし。いみじく巧みに作り立てたれど、櫛・針などのたぐひは、さらに宝とするに足らず。また心ばせをいはむ日は、黄金求めたる、[六二]さらに主《ぬし》の高名にあらず。針のたぐひ宝にあらねど、これをものの上手のしわざとは定むべきがごとくなり。[5]しかれば、大納言の、[六三]その心を会釈せらるべかりけるにや。もしはまた、歌の善悪も世々に変はるものなれば、その世に「こやとも人を」といふ歌の勝る方もありけるを、[6]なべて人の心得ざりけるにや。後の人定むべし。

71　近代の歌体

ある人問ひていはく、「[1]この頃の人の歌ざま、二面に分

五〇　(補)　藤原長能。平安中期の歌人。
五一　(補)　大中臣輔親。平安中期の歌人。
五二　世間の名声。
五三　当たっていないわけでもない。
五四　いかにもそれらしく仕立てた趣向や技巧はものものしいが。
五五　歌の品格。
五六　ちょっと聞いても風格もあり。→注一三。
五七　美しくも思われて。
五八　その場の情景がありありと浮かぶような歌。→注一四。
五九　結局。
六〇　歌人としての程度。
六一　何の気なしに見つけたとしても。
六二　一向に当人の手柄ではない。
六三　その点を理解なさるべきであったのだろうか。「べかり」は当然の意か。

かれたり。[一]中頃の体を執する人は、[二]今の世の歌をば[三]すずろごとのやうに思ひて、[四]やや[五]達磨《だるま》宗などいふ異名を付けて、誇り嘲る。また[六]この頃様《やう》を好む人は、中頃の体をば、『[七]俗に近し。見どころなし』と嫌ふ。やや[八]宗論のたぐひにて、こときるべくもあらず。[九]末学のため、是非に惑ひぬべし。いかが心得べき」といふ。

ある人答へていはく、「これはこの世の歌仙の大きなる争ひなれば、たやすくいかが定めむ。ただし、人のならひ、[一〇]月星の行度《ぎやうど》をも悟り、[一一]鬼神《おにかみ》の心をも推し量るものなれば、おぼつかなくとも心の及ぶほど申し侍らむ。また思はれむに従ひて[一二]ことわらるべし。

大方、このことを人の、[一三]水火のごとく思へるが心も得ず覚え侍るなり。すべて歌のさま、世々に異なり。[一四]昔は文字の数も定まらず、思ふさまに口に任せていひけり。かの『[一五]出雲八重垣』の歌[2]よりこそは、五句、三十《みそ》文字に定まり

一 平安中期から後期頃の歌の風体をいうか。
二 （鴨長明にとって）現代の歌。(補)
三 とりとめもない言葉。
四 ややもすれば。ともすれば。
五 本来は仏語で、達磨大師（インドに生まれ、中国に渡った）の流れを汲む禅宗のこと。(補)
六 「今の世の歌」に同じ。
七 俗っぽい。(補)
八 宗派の間の論争。
九 後学の者にとって。
一〇 月や星などの運行。天文博士が天変を予知することなどを念頭に置いていうか。
一一 陰陽師などの行動を念頭に置いていうか。
一二 判断なさってください。
一三 水と火のように正反対と思っている。
一四 短歌の他に、長歌・旋頭歌など、種々の歌体があったことをいう。

にけれど、[一六]万葉の頃などまでは、なほねんごろなる心ざしを[3]述ぶるばかりにて、あながちに姿言葉を選ばざりけるにやと見えたり。中頃、[一七]古今の時、花実ともに備はりて、そのさままちまちに分かれたり。[一八]後撰には、よろしき歌古今に取りつくされてのち幾ほども経ざりければ、歌得がたくして、姿をば選ばず、ただ心を先とせり。[一九]拾遺の頃よりその体ことのほかに[二〇]もの近くなりて、[二一]ことわりくまなくあらはれ、[二二]姿すなほなるをよろしとす。そののち[二三]後拾遺の時、今少しやはらぎて、昔の風を忘れたり。ややその時の古き人などはこれを[二四]請けざりけるにや、[二五]後拾遺姿と名づけて、くちをしきことにしけるとぞ、ある先達語り侍りし。[二六]金葉はまた、わざともをかしからむとして、[二七]軽々《きやうきやう》なる歌多かり。[二八]詞花・[二九]千載、大略後拾遺の風なるべし。歌の昔より伝はり来たれるやう、かくのごとし。

かかれば、[三〇]拾遺よりのち、そのさま一つにして久しくな

一五　須佐之男命（素戔嗚尊）が櫛名田比売（奇稲田姫）を妻として、出雲の国須賀（素鵝）の地で宮作りした時詠んだとされる歌。(補)

一六　万葉集の歌は内容に重点を置き、表現を整えることをさほど重視していないと見ていうか。

一七　「古今」は古今集。「花実」は形式と内容。「花」は前にいう「姿言葉」、「実」は「心ざし」に相当する。(補)

一八　「後撰」は後撰集。→33注三。(補)

一九　拾遺和歌集。三番目の勅撰和歌集。(補)

二〇　身近になって。

二一　筋道がはっきり通って。

二二　自然であるもの。技巧を凝らしていないもの。(補)

二三　後拾遺集。→49注二。

二四　認めなかったのだろうか。

二五　この言葉の他出例を知らない。(補)

りにけるゆゑに、風情[三一]やうやう尽き、言葉[三二]世々に古りて、[三三]この道時に随ひて衰へゆく。昔はただ花[三四]を雲にまがへ、月を氷に似せ、紅葉を錦に思ひ寄するたぐひををかしきことにせしかど、今はその心いひつくして、雲[三五]の中にさまざまの雲を求め、氷にとりてめづらしき心を添へ、錦にことなる節を尋ね、かやうにやす[三六]からずたしなみて思ひ得れば、めづらしき節は難《かた》くなりゆく。まれまれ得たれども、昔[三七]をへつらへる心[4]どもなれば、卑しく砕[三八]けたるさまなり。いはむや、言葉に至りては、いひつくしてければ、めづらしき言葉もなく、目[三九]とまる節もなし。こ[四〇]となる秀逸ならねば、五七五を詠むに、七七は空に推し量らるるやうなり。

ここに、今の[四一]人、歌のさまの世々に詠み古されにけることを知りて、さらに古[四二]風に帰りて、幽[四三]玄の[5]体を学ぶことの出できたるなり。これによりて、中[四四]古の流れを習ふともがら、目を驚かして謗り嘲る。しかあれど、まことには心[四五]ざ

二六 金葉集。→49注五。(補)
二七 軽々しい歌。軽薄な歌。(補)
二八 詞花集。→49注七。(補)
二九 千載集。→12注一。(補)
三〇 歌のさまは一つの傾向になって。「拾遺の頃より、その体ことのほかにもの近くなりて」というのに照応する考え方。
三一 趣向。
三二 歌に用いる言葉。歌の表現。
三三 歌道は時代が下るにつれて衰えてゆく。末法思想に影響された見方か。
三四 以下、和歌の表現での比喩の具体例を挙げる。
三五 単純な比喩では満足できず、複雑な表現の比喩が多くなってきたことをいう。
三六 気楽でなく、努力して考えるので。
三七 昔には及ばないと卑屈になって、だれもが昔を模倣する心だから。
三八 整っていない様子である。六

しは一つなれば、上手と秀歌とは何方《いづかた》にもそむかず。[四六]いはゆる清輔・頼政・俊恵・登蓮などが詠みくちをば、今の世の人も捨てがたくす。[四七]今様姿の歌の中にも、よく詠みつるをば[四八 6]謗家《ぼうけ》も謗ることなし。[四九]えせ歌どもに至りては、またいづれもよろしからず。[五〇]中頃のさしもなき歌をこの世の歌に並べてみれば、化粧したる人の中に[五一]尼顔にて交はるにことならず。[五二]今の世のいとも詠みおほせぬ歌は、あるいは[五三]すべて心得られず、あるいは[五四]悪気《にくいけ》はなはだし。されば、一方に偏執すまじきことにこそ」。

問ひていはく、「今の世の体をば新しく出できたるやうに思へるは、ひがことにて侍るか」。

答へていはく、「この難は[五五]いはれぬことなり。たとひ新しく出できたりとても、かならずしも悪《わろ》かるべからず。[五六]唐土《もろこし》には限りある文体だにも世々に改まるなり。[五七]この国の小国にて、人の心ばせの愚かなるにより、もろもろのこ

百番歌合で定家の「悲しきは境異なる中としてなき魂《たま》までもよそに浮かれむ」（八七三）の歌は、判者俊成に「少し砕けたるやうには聞え侍れど」と評されている。

三九　注目される部分。

四〇　格別な秀作。

四一　現代の歌人。

四二　改めて古い歌の姿に立ち戻って。

四三　㊋

四四　「中古の流れ」は「中頃の体」にほぼ同じか。

四五　よい歌を詠みたいという心は同じだから。

四六　「いわゆる」は、世間で言われている、の意。以下、本書を執筆した時、すでに一時代前の名歌人を挙げる。

四七　現代風の歌。当世風の歌。

四八　悪口をいう者。

四九　つまらない歌。

五〇　少し前のたいしたこともない

とを昔に違《たが》へじとするにてこそ侍れ。まして、歌は心ざしを述べ、耳を喜ばしめむためなれば、[五八]時の人の翫《もてあそ》び、好まむに過ぎたることやは侍るべき。いかにいはむや、さらにさらに今巧み出でたることにあらず。[五九]万葉まではこと遠し。古今の歌どもをよくも見分かぬ人の、この難をばし侍るなり。[六〇]かの集の中にさまざまの体あり。しかあれば、中古の[7]歌の姿も古今より出でたり。[8]また、この幽玄のさまもこの集より出でたり。たとひ今の姿を詠みつくして、また改まる世ありとも、[六一]ざれこと歌などまでも漏らさず選び載せたれば、なほ[六二]かの集をば出づべからず。これを一向に耳遠く思ひて誇り卑しむは、ひとへに[六三]中古の歌のさまに封ぜられたるなり」。

問ひていはく、「この二つの体、いづれか詠みやすく、また秀歌をも得つべき」。

答へていはく、「中頃の体は学びやすくして、しかも秀

歌。
五一 尼の化粧しない顔。
五二 現代のたいして詠みきれていない歌。
五三 全く理解できない。(補)
五四 いやみなこと。「あくき」と音読したかもしれない。(補)
五五 当たらないこと。
五六 「唐土」は古代中国。(補)
五七 (補)
五八 その時代の人の愛好する歌以上によいものがあるでしょうか。
五九 万葉集まで遡って考えるのは迂遠だ。
六〇 古今集の中にさまざまの風体の歌がある。
六一 古今集・巻十九雑体の誹諧歌をさす。
六二 どんな風体の歌も古今集から抜け出ることはできない。
六三 中古の歌の姿に呪縛されているのだ、の意か。(補)

歌は難《かた》かるべし。[六四]言葉古りてしかも[六五]風情ばかりを詮とすべきゆゑなり。今の体は習ひがたくて、よく[六六]心得つれば詠みやすし。そのさまめづらしきにより、[六七]姿と心とにわたりて興あるべきゆゑなり」。

問ひていはく、「聞くがごとくならば、いづれも良きは良し、悪《わろ》きは[六八]悪かなり。[六九]学者はまた、われもわれもと争ふ。いかがしてその勝劣をば定むべき」。

答へていはく、「かならず勝劣を定むべきことかは。ただ何方《いづかた》にも、よく詠めるをよしと知りてこそは侍らめ。

ただし、寂蓮入道申すこと侍りき。『この争ひ、やすく[七〇]ことさるべきやうあり。そのゆゑは、[七一]手を習ふも、「劣りの人の文字は学《まね》びやすく、われよりあがりさまの人の手跡は習ひ似すること難し」といへり。しかあれば、われらが詠むやうに詠めといはむには、[七二]季経卿・顕昭法師など、幾日《いくか》案ずとも、[七三]えこそ詠まざらめ。われはかの人々の詠む

六四　歌の言葉は新鮮でなくなっていて。
六五　趣向だけを眼目とすべきだからである。
六六　会得すれば。
六七　風体と意味内容との両方にわたって。
六八　悪いのでしょう。「悪かるなり」を「悪かんなり」と読んで撥音表記を省いたか。「なり」は推定の意か。
六九　学ぶ者。
七〇　決着をつける。
七一　手跡。書道。
七二　藤原季経。↓45注七。
七三　とても詠めないだろう。

やうには、ただ筆さし濡らして、いとよく書きてむ。さてこそことはきらめ』とぞ申されし。

人のことは知らず、[七四]身にとりては、[七五]中頃の人々あまたさし集まりて侍りし会に連なりて、人の歌どもを聞きしには、[七六]わが思ひ至らぬ風情はいと少なかりき。わが続けたりつるよりは、これはよかりけりなど覚ゆることこそありしかど、いささかも[七七]心の廻《めぐ》らぬことは[七八]ありがたくなむ侍りし。しかあるを、[七九]御所の御会《ごくわい》につかうまつりしには、[八〇]ふつと思ひも寄らぬことをのみ人ごとに詠まれしかば、[八一]この道ははやく底もなく、際《きは》もなきことになりにけりと、恐ろしくこそ覚え侍りしか。

されば、いかにも[八二]この体を心得ることは、[八三]骨法《こつぱふ》ある人の、[八四]境に入り、[八五]峠を越えてのち、あるべきことなり。それすらなほし外せば、聞きにくきこと多かり。いはむや[八六]風情足らぬ人の、いまだ[八七]峰まで登り着かずして、推し量りに学《まね》

七四 私自身。以下、「ある人」の言葉として、長明自身の体験を語る。
七五 歌林苑の会などはその典型。
七六 自分が思い及ばない趣向。
七七 思いつかないこと。
七八 滅多にありませんでした。
七九 後鳥羽院の御歌会。
八〇 全然思いもつかないこと。
八一 歌の道はもはやはてのないことになってしまったのだ。
八二 「今の体」というのに同じ。
八三 和歌を詠む基本的な技能を持った人。
八四 名人の境地に入り。
八五 頂点を極めて後。
八六 趣向を凝らすことの不十分な人。
八七 頂点に到達しないで。

びたる、[八八]さるかたはらいたきことなし。化粧《けさう》をばすべきこと知りて、[八九]あやしの賤《しづ》の女《め》などが、心に任せて[九〇]ものども塗り付けたらむやうにぞ覚え侍りし。かやうのたぐひは、[九一]われとはえ作り立てず、人の詠み捨てたる[10]言葉どもを拾ひて、そのさまを学《まね》ぶばかりなり。[九二]いはゆる、『[九三]露さびて』、『[九四]風ふけて』、『[九五]心の奥』、『[九六]あはれの底』、『[九七]月の有明』、『[九八]風の夕暮れ』、『[九九]春の古里』など、初めめづらしく詠める時こそあれ、ふたたびともなれば[一〇〇]念もなき言癖《ことぐせ》どもをぞ僅かに学《まね》ぶめる。あるはまた、[一〇一]おぼつかなく心籠《こも》りて詠まむとするほどに、はてにはみづからもえ心得ず、[一〇二]違《たが》はぬまた無心所着になりぬ。[11]かやうの列《つら》の[12]歌は、幽玄の境にはあらず。げに[一〇三]達磨ともこれらをぞいふべき」。

問ひていはく、「ことの趣は[一〇四]おろおろ心得侍りにたり。その幽玄とかいふらむ体に至りてこそ、いかなるべしとも心得がたく侍れ。そのやうをうけたまはらむ」といふ。

八八　そのような、はたで見ていられないことは他にない。
八九　身分の低い女。
九〇　白粉や紅など。
九一　自身では創出することができず。
九二　よく詠まれる。
九三　用例未詳。
九四　(補)
九五　句としては早く大斎院御集にも用例があるが、長明の時代では西行に三例、慈円に四例見られることが注目される。(補)
九六　南北朝時代、北朝の康永元年（一三四二）に催された歌合に二首の例が見られるが、長明の時代やそれ以前の用例は未詳。
九七　(補)
九八　(補)
九九　(補)
一〇〇　深く考えたのでもない、個人的な癖のような言い方。
一〇一　はっきりしないが深い意味が籠っているように詠もうとす

答へていはく、「すべて歌姿[13]は心得にくきことにこそ。[一〇五]古き口《く》伝《でん》・髄《ずい》脳《なう》などにも、難《かた》きことどもをば手を取りて教ふばかりに釈したれど、姿に至りて[14]は確かに見えたることなし。いはむや、幽玄の体、まづ名を聞くより惑ひぬべし。みづからもいと心得ぬことなれば、定かにいかに申すべしとも覚え侍らねど、よく境に入れる人々の申されし趣は、詮はただ[一〇六]言葉に現れぬ余《よ》情《せい》、[一〇七]姿に見えぬ景気なるべし。心にも理《ことわり》深く、言葉にも艶極まりぬれば、これらの[一〇八]徳はおのづから備はるにこそ。

たとへば、[一〇九]秋の夕暮れの空の気色《けしき》は、色もなく、声もなし。いづくにいかなるゆゑあるべしとも覚えねど、[一一〇]すずろに涙こぼるるがごとし。これを心なき列《つら》の者は、さらにいみじと思はず、ただ[一一一]目に見ゆる花紅葉をぞ愛《め》で侍る。また、よき女の恨めしきことあれど、言葉[15]にも表さず、深く[一一二]忍びたる気《け》色《しき》を、[一一三]さよとほのぼの見つけたるは、言葉をつくし

るうちに。

一〇二　正真正銘の無心所着の歌（意味の通じない歌）になってしまう。㊟

一〇三　「達磨宗」の意。

一〇四　不十分ながら。

一〇五　口頭で教え授ける秘伝や歌学書。

一〇六　言葉の形で表現されない美的情趣。

一〇七　視覚的に把握できない気配、様子。

一〇八　すぐれた点。長所。

一〇九　「暮れかかるむなしき空の秋を見て覚えずたまる袖の露かな」（新古今集・秋上・三五八・藤原良経）の歌のような、感傷的な心をいう。

一一〇　わけもわからずに。

一一一　春の桜の花や秋の紅葉といった目に美しく見えるもの。これらを「なかりけり」と打ち消した歌が、定家の「見わたせば花も紅葉もなかりけり浦の苫屋

て恨み、袖を絞りて見せむよりも心苦しう、あはれ深かるべきがごとし。これまた、幼き者などは、[二四]こまごまといはすよりほかに、いかでか気色《けしき》を見て知らむ。すなはちこの二つの譬へにて、[二五]風情少なく、心浅からむ人の悟りがたきことをば知りぬべし。

また、幼き子の[二六]らうたきが、片言して[二七]そことも聞こえぬこと言ひゐたるは、はかなきにつけてもいとほしく、聞きどころあるに似たることも侍るにや。これらをばいかでかたやすく学《まね》びもし、定かに言ひも表さむ。ただみづから心得べきことなり。

また、霧の絶え間より秋の山をながむれば、見ゆるところはほのかなれど、[二八]おくゆかしく、[二九]いかばかりもみぢわたりておもしろからむと、限りなく推し量らるる面影は、[三〇]ほとほと定かに見むにもすぐれたるべし。

すべては、[三一]心ざし言葉に[16]現れて、[三二]月をくまなしといひ、

の秋の夕暮れ」（新古今集・秋上・三六三）。
二二　隠している様子。こらえている様子。
二三　そうだ、恨んでいるのだよと。
二四　こまかに言わせる以外に、どうして様子を見て（泣いている理由が）わかるだろうか。
二五　趣向が乏しく、歌おうとする内容が浅い人。
二六　かわいらしい子。
二七　何ともわからないこと。
二八　見えない奥が見たく。
二九　一面に紅葉して感興をそそることであろうと。
三〇　ほとんど。
三一　歌おうと思っている心が言葉の形をとってあらわれ。
三二　暗いところがない。
三三　どこに歌が普通にものを言うのにまさっている長所があるとするのだろうか。
三四　実際には見ていない世の中

花を妙《たへ》なりと讃めむことは、何かは難からむ。[一二三]いづくかは歌のただものいふにまさる徳とせむ。一言《ひと》葉に多くの理《ことわり》を籠め、表さずして深き心ざしをつくし、[一二四]見ぬ世のことを面影に浮かべ、[一二五]卑しきを借りて優を表し、[一二六]おろかなるやうにて妙《たへ》なる[17]理《ことわり》を究むればこそ、心も及ばず、言葉も足らぬ時、これにて思ひを述べ、[一二七]わづかに三十一字がうちに天地《あめつち》を動かす徳を具し、鬼神《おにかみ》を和《なご》むる術にては侍れ」。

72　俊恵歌体を定むること

俊恵いはく、「世の常のよき歌は、たとへば[一]固文《かたもん》の織物のごとし。よく[二]艶すぐれぬる歌は[三]浮文《うきもん》の織物などを見るがごとく、[四]空に景気の浮かべるなり。

[五]ほのぼのと明石の浦の朝霧に島隠れゆく船をしぞ思ふ

[六]月やあらぬ春や昔の春ならぬわが身ひとつはもとの身

のことを幻影として思い浮かべ。
一二五　卑賤なものを使って優雅なものを表現し。
一二六　おろそかなようで霊妙な道理に到達するからこそ。
一二七　古今集・仮名序の「力をも入れずして、あめつちを動かし、目に見えぬ鬼神をもあはれと思はせ」、同・真名序の「動二天地一、感二鬼神一」を念頭に置いた叙述。

一　織物の文様の緯《よこいと》を浮かさず、固くしめて織ったもの。
二　優艶さのすぐれている歌。
三　織物の文様が地の上に浮き出るように織ったもの。
四　空にその美的情趣が浮かんで見える歌。
五　古今集・羇旅・四〇九。㊓

にして

[1]これらこそは余情内に籠もり、[2]景気空に浮かびて侍れ。

また、七させる風情もなけれど、言葉よく続けつれば、おのづから八姿に飾られて、九この徳を具することもあるべし。

一〇木工頭《むくのかみ》の歌に、

一一うづら鳴く真野の入江の浜風に尾花波よる秋の夕暮れ

これも違《たが》はぬ浮文に侍るべし。

ただし、よき言葉を続けたれど、一二わざと求めたるやうになりぬるをば、また一三失とすべし。一四ある人の歌に、

一五月さゆる氷の上にあられ降り心くだくる玉川の里

これは、たとへば一六石を立つる人の、よき石を一七え据ゑずして、少さき石どもを取り集めて、一八めでたくさし合はせつつ立てたれど、いかにもまことの大きなる石には劣れるやうに、一九わざとびたるが失にて侍るなり」。

またいはく、「二〇匡房卿歌に、

六　古今集・恋五・七四七・在原業平、長文の詞書がある。㊢
七　これといった趣向もないけれど。
八　歌の姿に引き立てられて。
九　この長所を備える。
一〇　源俊頼→1注二。
一一　金葉集・秋・二三九。㊢
一二　わざわざ言葉を探し求めたようになってしまった歌。作為が目立っているような歌。
一三　失敗。
一四　藤原俊成のことをあえてぼかして言った。㊢
一五　千載集・冬・四四三・藤原俊成。㊢
一六　庭石を立てる人。
一七　据えることができないで。
一八　みごとに組み合わせて立てたが。
一九　作為が目立っていることが。
二〇　大江匡房。→70注四六。

白雲と見ゆるにしるしみ吉野の吉野の山の花ざかりかも[二一]

これこそはよき歌の本[二二]とは覚え侍れ。させる秀句[二三]もなく、飾れる言葉もなければ、姿[二四]うるはしく、清げに[二五]いひくだして、たけ高く[二六]とほしろき[二七]なり。たとへば、白き色のことなる[二八]にほひもなけれど、もろもろの色にすぐれたるがごとし。よろづのこと、極まりて[二九]かしこきは淡く[三〇]すさまじきなり。この体はやすきやうにてきはめて難《かた》し。一《ひと》文字も違《たが》ひなば、あやし[三一]の腰折れになりぬべし。いかにも境[三二]に入らずして詠み出でがたきさまなり」。

またいはく、

「心あらむ人に見せばや津の国の難波わたりの春のけしきを[三三]

これは初めの歌のやうに限りなくとほしろくなどはあらねど、優深く[三四]たをよかなり。たとへば能書[三五]の書ける仮名[三六]の

二一 詞花集・春・二二。㊓
二二 手本。
二三 これといったすぐれた句。
二四 端正で。
二五 きれいに。
二六 壮大で。→70注一三。
二七 立派である。雄大である。㊓
二八 格別の美しい色や光沢もないけれど。
二九 極限に達するまですぐれていることは。
三〇 あっさりして面白みのないものである。㊓
三一 おかしな腰折れ歌。
三二 名人の境地に入らないでは。
三三 後拾遺集・春上・四三・能因。㊓
三四 優艶さが深く、ものやわらかである。
三五 書の巧みな人。能筆。
三六 ㊓

し文字などのごとし。させる点をば加へ、筆を振へるところもなけれど、ただ安らかに[三七]こと少なにて、しかも[三八]妙なるなり」。

またいはく、

「[三九]思ひかね妹《いも》がりゆけば冬の夜の川風寒み千鳥鳴くなり

この歌ばかり[四〇]面影あるたぐひはなし。『[四一]六月二十六日の寛算が日も、これをだに詠ずれば寒くなる』とぞ、ある人は申し侍りし。

おほかた、優なる心・言葉なれども、わざと求めたるやうに見ゆるは、歌にとりて失とすべし。ただ、[四二]結ばぬ峰の梢、[四三]染めぬ野辺の草葉に、春秋につけて、[四四]花のいろいろを表すがごとく、[四五]おのづから寄りくることを安らかにいへるやうなるが、秀歌にて侍るなり。

[四六]歌には故実の体といふことあり。[四七]よき風情を思ひ得ぬ時、

三七　言葉が少なくて。控えめな表現であることをいうか。「こと」を事柄と解して、歌う素材が少ないことをいったとも考えられる。
三八　すぐれている。
三九　拾遺集・冬・二二四・紀貫之。(補)
四〇　その情景が浮かぶような歌。
四一　寛算は、桓算・観算とも。平安中期の僧。(補)
四二　(花が咲く頃見に来ようと、目印として)栞りを枝に結んだのでもない、美しく花を咲かせる、峰の木の梢の意か。(補)
四三　人間が美しく染めたのではなく、野辺を美しく彩る草葉。前の比喩と同じく、人為的なものではなく、自然に生み出される美しさをいう。
四四　色とりどりの花。
四五　自然に集まってくること。無理なく連想されることをいうか。
四六　この一文から章段を改める本

四八心の工みにて作り立つべきやうを習ふなり。
一《ひとつ》には、させることなけれど、ただ言葉続きに四九ほひ深く
五〇いひ流しつれば、よろしく聞こゆ。

五一風の音に秋の夜深く寝覚めして見はてぬ夢のなごりを
ぞ思ふ

一には、古歌の言葉の五二わりなきを取りて五三をかしくいひな
せる、またをかし。

五四わが背子をかた待つ宵の秋風は荻の上葉をよきて吹か
なむ

五五狩人の朝踏[3]む野辺の草若み隠ろひかねてきぎす鳴くな
り

また、五六聞きよからぬ言葉を五七おもしろく続けなせる、五八わざ
とも秀句となる。

五九播磨なる飾磨《しかま》に染むるあながちに人を恋しと思ふころ
かな

もある。「故実の体」は、作法に従って詠む歌の意か。
四七 よい趣向。
四八 心の工夫。
四九 美しさを深く籠めて。
五〇 流れるように言葉を続ければ。
五一 忠度集・雑・八一。(補)
五二 (補)
五三 趣あるように作って言った歌。
五四 林葉和歌集・恋・六九二。(補)
五五 林葉和歌集・春・一八三。(補)
五六 耳ざわりのする言葉。
五七 おもしろいように工夫して言葉を続けた歌。
五八 格別にすぐれた歌句となる。
五九 曾禰好忠の歌↓2注一〇。

六〇 思ひ草葉末にむすぶ白露のたまたま来ては手にもたまらず

一には、秀句[4]ならねど、ただ言葉づかひをおもしろく続けつれば、また見どころあり。

六一 麻手ほす東《あづま》をとめの萱《かや》むしろしき忍びても[5]過ぐすころかな

六二 蘆の屋のしつはた帯の片結び心やすくもうちとくるかな

六三 今ははや天《あま》の門《と》渡る月の船またむら雲に島隠れすな」。

73 名所を取る様

一 一には、名所を取る[1]に故実あり。二 国々の歌枕数も知らず多かれど、その歌の姿に従ひて詠むべき所[2]のあるなり。たとへば、三 山水を作るに、松を植うべき所には岩を立て、池

六〇 金葉集・恋上・四一六。㊓

六一 千載集・恋三・七八九・源俊頼、第五句「過ぐるころかな」。㊓

六二 新古今集・恋三・一一六四・源俊頼。㊓

六三 林葉和歌集・秋・四五九。㊓

一 この章段も俊恵の教えか。名所を和歌に詠み込むこつを説く。

二 名所というのに同じ。

三 築山や遣水を設けて作った庭。

を掘り、花を咲かすべき地には山を築《つ》き、[四]眺望をなすがごとく、[五]その所の名によりて歌の姿を飾るべし。これら[六]いみじき口伝なり。もし歌の姿と名所とかき[七]合はずなりぬれば、[八]こと違《たが》ひたるやうにて、いみじき風情あれど、[九]破れて聞こゆるなり。

[一〇]よそにのみ見てややみなむ葛城《かづらき》の高間の山の峰の白雲

[一一]照射《ともし》する宮城が原の下露に花摺り衣かわくまぞなき

[一二]東《あつま》路を朝立ちくれば葛飾《かつしか》や真間[3]の継橋霞みわたれり

[一三]夕されば野辺の秋風身にしみてうづら鳴くなり深草の里

[一四]初めの歌は、姿清げにとほしろければ、高間の山、ことに適《かな》ひて聞こゆ。[一五]照射の歌、言葉づかひやさしければ、宮城が原に思ひ寄れり。[一六]東路の歌、わりなく思ふところある体なれば、葛飾の真[4]

四　よい眺めを作る。
五　名所の地名。
六　大切な口伝。
七　調和しなくなってしまうと。
八　事柄が違ったようで。
九　破綻して聞こえる。
一〇　新古今集・恋一・九九〇。(補)
一一　千載集・夏・一九四・大江匡房。(補)
一二　治承三年（一一七九）十月十八日右大臣家歌合・四・源頼政。
一三　藤原俊成の歌→58注四。(補)
一四　俊頼髄脳でもこの歌と貫之の「思ひかね」の歌（→72注三九）を「けだかく遠白き歌」の例とする。「とほしろければ」→72注二七。
一五　第三句以下を「言葉づかひやさし」と見るか。
一六　「わりなく」は、どうしようもなく深くの意か。そういう心間の継橋、さもと聞こゆ。

[一七]秋風の歌、ものさびしき姿なるにより、深草の里、ことにたよりあり。

[一八]尽くして書くべからず。これらにて心得つべし。

74　新古の歌

[一]一には、古歌を取ること、またやう[二]あり。古き歌の中にをかしき言葉の、歌に裁ち入れて飾りとなりぬべきを取りて、[三]わりなく続くべきなり。たとへば、

[四]夏か秋か問へど白玉岩根よりはなれて落つる滝川の水[1]

これら体なり。しかあるを、[五]古歌を盗むは一の故実とばかり知りて、よきあしき言葉をも見分かず、みだりに取りて[六]あやしげに続けたる、[七]いかにもあらはに取るべし。[八]ほの隠したるはいとわろし。

を詠んだ歌は評価される。(補)

一七 「深草の里」という地名から喚起される、草が深く生い茂ったイメージと縁があることをいう。

一八 書き尽くすことはできない。

一 大部分は前に続き、俊恵の教えのようだが、「また、御所の御歌合に」以下は長明の体験。本歌取りのし方を説く。

二 方法がある。

三 うまく続けるべきである。

四 藤原定家の歌。正治二年（一二〇〇）院初度百首・一三三七。(補)

五 古歌を取るというのと同じ。

六 奇妙に続けていることは。

七 何としてもはっきりと取るべきである。

八 僅かに隠しているのは。

また、古《ふる》歌にとりて[九]ことなる秀句をば取るべからず。何となく隠ろへたる言葉の[一〇]をかしくとりなしつべきを[一一]見はからふにあるなり。ある人、「[一二]空に知られぬ雪ぞ降りける」といふ古言《ふること》を取りて、月の歌に「[一三]水に知られぬ氷なりけり」と詠めりしをば、「これぞまことの盗みよ。[一四]さるほどなる生針妙《なましんめう》の衣《きぬ》盗みて、小袖になして着たるやうになむ[2]覚ゆる」とこそ、人申し侍りしか。

また、[一五]御所の御歌合に「暁の鹿」を詠み侍りし時、

[一六]今来むと妻や契りし長月の有明の月に牡鹿鳴くなり

この歌は「[一七]ことがらやさし」とて勝ちにき。されど、[一八]定《さだ》家《いへ》の朝臣、当座にて難ぜられき。「[一九]かの素性が[3]歌にわづかに二句こそは変はりて侍れ。かやうに多く似たる歌は、[二〇]その句を置きかへて、上《かみ》の句を下《しも》になしなど、作り改めたるこそよけれ。これはただ元の置き所にて、胸の句と結句とばかり変はれるは難とすべし」となむ侍りし。

九　ことにすぐれている秀句は取ってはいけない。
一〇　取っておもしろく作ることができそうな語句。
一一　見はからうことにこつがあるのだ。
一二　紀貫之の「桜散る木の下風は寒からで」の歌の下の句↓32注一四。
一三　月光を氷に喩えた。上の句・出典とも未詳。
一四　相当なところに奉仕している、裁縫をする新参の女房。
一五　後鳥羽院御所における歌合。
一六　正治二年九月院当座歌合・四八。(補)
一七　歌合での判詞は、「右歌、『いひしばかりに』といへる歌ぞ、むげに同じさまに侍れど、左にはまさり侍らむ」。
一八　藤原定家↓40注二〇。
一九　素性は平安前期の歌人。(補)
二〇　(補)

75　仮名の筆

[一]古人いはく、「仮名にもの書くことは、歌[二]の序は古今[三]の仮名の序を本とす。日記[四]は大鏡[五]のことざまを習ふ。和歌[六]の詞は伊勢物語[七]並びに後撰[八]の歌の詞を学《まね》ぶ。物語[九]は源氏[一〇]に過ぎたるものはなし。みなこれらを思はへて[一一]書くべきなり。

いづれもいづれも、かまへて[一二]真名《まな》[一三]の言葉を書かじとするなり。心の及ぶかぎりはいかにも和らげ書きて、力なき[一四]ところをば[1]真名[2]にて書く。

それにとりて、撥《は》[一五]ねたる文字、入声[一六]の文字の書きにくきなどをば、[3]みな捨てて書くなり。万葉には、新羅[一七]をば『しら』と書けり。古今の序には、喜撰[一八]をば『きせ』と書く。これらみなその証なり。

[4]また、言葉の飾りを求めて、対《つい》[一九]を好み[5]書くべからず。

一　誰かは不明。
二　和歌序。
三　古今集の仮名序。
四　行事の記録の意か。
五　平安後期の歴史物語。㊟補
六　詞書。
七　↓25注三。
八　後撰集の詞書。
九　作り物語。
一〇　源氏物語。平安中期の物語。
一一　㊟補　思いくらべて（思い及んで）書くべきである。「思はふ」は「思ひ合ふ」または「思ひ敢ふ」の約かという。
一二　下に打消しの表現を伴って、決して、の意。
一三　漢語。
一四　どうしても使う他ない箇所。
一五　撥音の「ん」。
一六　促音の「っ」。
一七　古代の朝鮮半島の王国。
一八　↓39注三。

わづかに[二〇]寄りくるところばかりを書くなり。対をしげく書きつれば、真名に似て、[二一]仮名の本意にはあらず。これはわろき時のことなり。かの古今の序に、『[二二]花に鳴く鶯、水に棲む蛙《かはづ》』などやうに、[二三]えさらぬところばかりをおのづから[二四]色へたるがめでたきなり。

[二五]言葉のついでといふは、『[二六]菅の根の長き夜』とも、『[二七]こゆるぎの急ぎて』とも、『[二八]いそのかみ古りぬる』などいふやうなることを、あるいは古きを取り、あるいはめづらしく工みなるやうにとりなすべし」。

[二九]勝命いはく、「仮名にもの書くことは、[三〇]清輔いみじき上手なり。中にも[三一]初度の影供《えいぐ》の日記、いとをかしく書けり。『[三二]花の下《もと》[6]に花の客人《まらうと》来たり。[三三]垣の下《もと》に[三四]柿本の影《えい》を懸けたり』とあるほどなど、ことに見ゆ。仮名の対はかやうに書くべきな[7]り」。

一九　対句を好んで書いてはならない。
二〇　自然に連想される部分。
二一　仮名で書くという本来の狙いではなくなる。
二二　(補)
二三　避けることができない箇所。
二四　言葉に彩りを添える。
二五　枕詞のこと。長明の時代にはまだ和歌の修辞として枕詞ということはなかった。
二六　菅（スゲ。カヤツリグサ科の草）の根が長いことから、「菅の根の」が「長し」の枕詞となる。
二七　(補)
二八　(補)
二九　↓5注八。
三〇　藤原清輔↓10注五。
三一　(補)
三二　桜の花の下。
三三　(補)
三四　柿本人麻呂の肖像画。(補)

76　諸の波の名

波の名はあまたあり。[一]範綱《のりつな》入道がいひけるとて人の語りしは、「[二]おなみ・[三]さなみ・[四]ささらなみ・[五]はうのてかへし・[六]はまならしといふ、みなこれ波の名なり」といひけれど、いかなるをしかいふと、わきてはいはざりけり。これは[七]その国のその所にとりていふことにて侍るにや。歌などはいとも見及び侍らず。顕昭に問ひ侍りしかば、「さなみ・[八]さざなみ・ささらなみといふことあり。これはみな少さき波の名なり。[九]言葉の広略なれば、時に従ひて用ゐるなり」と申し侍りしを、[一〇]筑紫のしまといふ所に通ふ者の、ことのついでに語り侍りしは、「筑紫にとりて南の方、[一一]大隅・[一二]薩摩のほど、いづれの国とかや忘れたり、大きなる港侍り。そこには四月・五月には明け暮れ波立ちて、静まるまもな

一　藤原範綱。平安末期の歌人。
二　(補)「男波」か。「小波」とも。底本の表記は「おなみ」。
三　後文によれば、五月に立つ波。「さ」は「さつき」「さをとめ」などの「さ」に同じか。
四　小さな波。さざ波。
五　未詳。
六　未詳。
七　その国のその地域でいう方言。
八　歌語としても詠まれる。
九　延言と略言。
一〇　未詳。(補)
一一　大隅の国。現在の鹿児島県の東部。
一二　薩摩の国。現在の鹿児島県の西部。

し。四月に立つをば[一三]うなみといひ、五月に立つをばさなみとなむ申し侍る」といひき。[一四]卯月・皐月《さつき》といふゆゑにや。いと興あることなり。

77 あさり・いさりの差別

ある人いはく、「[一]あさりといひ、[二]いさりといふは、同じことなり。それにとりて、朝《あした》にするをばあさりと名づけ、夕べにするをばいさりといへり。これ、[1]東《あづま》の海人《あま》の[三]口状なり」云々。まことに興あることなり。

78 五月五日かつみを葺くこと

ある人いはく、「[一]橘為仲、陸奥《みち》の国の守《かみ》にて下りたりける時、[二]五月五日家ごとに[三]菰《こも》を葺きければ、あやしくてこれ

一三 「卯浪」の字を宛て、卯月に立つ波と解した。
一四 「卯月」は陰暦の四月、「皐月」は同じく五月。

一 魚介類を取ること。
二 海で漁をすること。
三 口のきき方。口ぶり。

一 平安中期の歌人。(補)
二 五節供の一つの、端午の節供。
三 まこも。水辺に生える大形のイネ科の多年草。

を問ふ。その時庁官[四]いはく、『この国には、昔より今日[五]菖《さう》蒲《ぶ》葺くといふことを知らず。しかあるを、故中将の御館《みたち》の御時、「今日はあやめ葺くものを。尋ねて葺け」と侍りければ、この国には菖蒲なきよしを申し侍りけり。その時、「さらば、[六]安積《あさか》の沼の花かつみといふものあらむ。それを葺け」と侍りしより、かく葺きそめて侍るなり』とぞいひける。中将の御館といふは[七]実方《さねかた》の朝臣なり」。

79　為仲宮城野の萩を掘りて上ること

この為仲、[一]任果てて上《のぼ》りける時、[二]宮城野の萩を掘り取りて、[三]長櫃十二合に入れて持《も》て上《のぼ》りければ、人あまねく聞きて、京へ入りける日は、[四]二条の大路にこれを見《み》物にして、人多く集まりて、[五]車などもあまた立てりけるとぞ。

四　国衙《こくが》（諸国の国司の役所）の役。在庁官人。
五　水辺に生えるサトイモ科の多年草。「あやめ」ともいう。(補)
六　「安積の沼」は陸奥（岩代）の国、現在の福島県郡山市日和田町にあった沼という。(補)
七　→70注四九。
一　国守の任期が満了して上京した時。国守の任期は四年。(補)
二　「宮城野」→73注一一。(補)
三　「合」は蓋のある容器を数える場合にいう語。
四　平安京の東西に通ずる大路。現在の京都市中京区の二条通はその東の部分に当たる。
五　見物するために出た牛車。物見車。

80　頼実が数寄のこと

[一]左衛門尉蔵人頼実はいみじき[二]数寄者なり。和歌に心ざし深くて、[三]「五年が命をたてまつらむ。秀歌詠ませ給へ」と[四]住吉に祈り申しけり。そののち年経て、重き病を受けたりける時、[五]命生くべき祈りどもしける時、家にありける女に[六]住吉の明神憑《つ》き給ひて、「かねて祈り申し[1]しことをば忘れたるか。

[七]木《こ》の葉散る宿は聞き分くことぞなきしぐれする夜もしぐれせぬ夜も

といへる秀歌詠ませしは、なんぢが[八]信を致してわれに心ざし申ししゆゑなり。されば[九]この度はいかにも生くまじきなり」とぞ仰せられける。

一　源頼実。平安中期の歌人。(補)
二　和歌など、風雅を愛する人。(補)
三　五年の寿命。
四　住吉社。↓63注四。
五　命がたすかるようにとの祈禱。
六　住吉明神が頼実家に仕える女に憑依されて。女が神がかりになって託宣したのである。
七　後拾遺集・冬・三八二、詞書「落葉如ㇾ雨といふ心をよめる」、第三句「かたぞなき」。故侍中左金吾家集・冬・九三。
八　信仰して。
九　助かるまいぞ。(補)

81　業平髻切らるること

ある人いはく、[一]「業平朝臣、[二]二条の后の[三]いまだ只人《ただひと》におはしましける時、[四]盗み取りてゆきけるに、[五]兄人《せうと》たちに[六]取り返されたるよしいへり。このこと、また[七]日本記式にあり。[八]ことざまは[九]かの物語にいへるがごとくなるにとりて、奪《むば》ひ返しける時、兄人たち、その憤りを休めがたくて、業平の朝臣の[一〇]髻《もとどり》を切りてけり。しかあれど、[一一]たがためにもよからぬことなれば、人も知らず、[一二]心ひとつにのみ思ひて過ぎけるに、業平朝臣、髪生ほさむとて籠りてゐたりけるほど、[一三]歌枕ども見むと、[一四]数寄にこと寄せて、東《あづま》の方へゆきにけり。[一五]陸奥《みち》の国に至りて、[一六]八十島《やそ》といふ所に宿りたりける夜、野の中に歌の上の句を詠ずる声あり。その言葉にいはく、

『[一七]秋風の吹くにつけてもあなめあなめ』

一　在原業平→20注一。
二　藤原高子。平安前期の后。㊓
三　天皇・皇族などに対して、臣下の身分の人。㊓
四　ひそかに自分の恋人として連れ出して。㊓
五　高子の同腹の兄弟としては、基経・高経・弘経・清経がいる。国経は異母兄。
六　㊓
七　どのような本か不明。
八　事件の様子。
九　直前に挙げた「日本記式」をさすか、それとも伊勢物語の記述をいうのか、はっきりしない。
一〇「髻」は、髪を頭の上に集めて束ねた部分。たぶさ。㊓
一一　業平のためにも、また「兄人たち」や二条の后のためにも。
一二　業平は自分の心の中だけでこの屈辱を思って。
一三　歌枕は、歌に詠まれる名所。→73注二。歌枕が多いので、「歌枕ども」という。

といふ。あやしく覚えて、声を尋ねつつこれを求むるに、さらに人なし。ただ死人の頭《かしら》一つあり。明くる朝《あした》になほこれを見るに、かの髑髏《どくろ》の目の穴より、すすきなむ一本《ひともと》生ひ出でたりける。そのすすきの風になびく音のかく聞こえければ、あやしく覚えて、あたりの人にこのことを問ふ。ある人語りていはく、『[一八]小野の小町この国に下りて、この所にして命をはりにけり。すなはちかの頭、これなり』といふ。

82　小野とはいはじといふこと

ここに業平、あはれに悲しく覚えければ、涙を抑へつつ、[一]下の句を付けけり。

『[二]小野とはいはじすすき生ひけり』

とぞ付けける。その野をば[三-1]玉造《つくり》の小野といひけり」とぞ侍

一四　風雅にかこつけて。
一五　東北地方。
一六　補
一七　補
一八　平安前期の歌人。補
一　短連歌をしたことになる。
二　小野とはいうまい（小野小町の髑髏とはいうまい）。すすきが生えているなあ。
三　補

る。

[四]玉造の小町と小野の小町と同じ人か[五]、あらぬ者かと、人々おぼつかなきことに申して争ひ侍りし時、人の語り侍りしなり。

83　とこねのこと

ある人いはく、「[一]ある歌合に、さみだれの歌に、[二]『小屋の床寝も浮きぬべきかな』と詠めり。しかあるを、清輔朝臣判者にて、『床寝といふこと、聞きよからず』とて、負けたり。[三]この道の博士《はかせ》なれども、このこと、[四]心劣りせらる。後撰いはく、

　[五]竹近く夜床寝はせじうぐひすの鳴く声聞けば朝寝《い》せられず

と詠めり。この歌を覚えざるにや」と云々。

四　長文の序を有する古詩の玉造小町子壮衰書の女主人公である老女をこう呼んだ。(補)

五　(補)

一　どのような歌合か、不明。

二　小屋の寝床も、さみだれで増水して浮いてしまいそうだなあ、の意。上の句・出典とも未詳。

三　和歌の道での権威ある博識の人。

四　思っていたよりも劣っていると思われる。

五　後撰集・春中・四八・藤原伊衡。(補)

この難、はなはだ拙《つたな》し。すべて和歌の体を心得ざるなり。そのゆゑは、歌のならひ、世に従ひて用ゐる姿あり、賞する言葉あり。しかあれば、古集の歌とて、[六]みなめでたしと仰ぐべからず。これは古集を軽むるにはあらず。[七]時の風のことなるがゆゑなり。しかあれば、古集の中にさまざまの姿・言葉、[八]一偏ならず。その中に、今の世の風に適《かな》へるを見はからひて、これを本として、かつはその体を習ひ、かつはその[九]言葉を盗むべきなり。かの後撰の歌、このごろならば撰集に入るべくもあらず。[1]まづ、[一〇]題を賞せざるは歌の大きなる失なり。[一一]おぼろけの秀逸にあらざればこれを許さず。次に、[一二]「夜床寝はせじ」といひ、「朝寝せらず」といへる、姿・言葉よろしからず。しかあるを、かの「夜床寝」といへる、[一三]さしもなき言葉を取りて、なほ[2]「夜」の字を略して、「床寝」といへる、まことに[一四]ことやうなる言葉なり。これを[一五]後撰の威を借りて、僻《ひが》難と思へるは、よくこの道に

六　すべての歌がすばらしいと仰ぐことはできない。
七　その時代の流行。
八　一つの傾向にだけかたよっていることはない。
九　言葉（表現）を取るべきである。
一〇　本書の冒頭（1題の心）で詳述したことと同じことをいう。この歌では鶯を題に相当すると考えたか。
一一　よほどの秀歌。
一二　「夜床寝」「朝寝」などの語は人が寝る姿を連想させることから、日常卑近なことを避けようとする和歌的表現では「よろしからず」と見なされる。
一三　たいしたこともない言葉。
一四　おかしな言葉。
一五　勅撰集である後撰集の権威を借りて。

暗きなり。

本文校訂一覧

一、章段ごとに1・2……の番号を付して、底本の語句を改めた箇所、または底本の欠落を補った部分を掲げ、以下、底本での表記（底）、改める、あるいは補う根拠とした天理図書館本での表記（天）の順に示した。

二、底本・天理本ともに、もとの表記のままに示すこととし、天理本の片仮名表記も平仮名に改めなかった。また、清濁を分かつこともしなかった。

三、「ナシ（底）」というのは、底本がその語句や文を欠いていることを意味する。

四、みせけちは、その部分の左傍に―を引いて示した。

1　題の心

1文字は―文字（底）文字ハ（天）
2文字なり―文字あり（底）文字也（天）
3また、かすかにて優なる文字あり―ナシ（底）又カスカニテ幽《優》ナル文字アリ（天）
4入るは―いるゝ（底）イル、ハ（天）
5ごときは―ことくは（底）コトキハ（天）
6待つ心を詠みて、時雨・霰などをば―ナシ（底）待心ヲヨミテ時雨嵐《霰》ナトヲハ（天）
7従ひて―したかひ（底）随テ（天）

2　続けがら善悪あること

1悪《あ》しくも―ナシ（底）悪モ（天）
2あり―あなり（底）アリ（天）
3飾磨《しかま》に染むる―しかまのかちの（底）シカマニソムモ《ル》（天）
4あながちに―あなかち（底）アナカチニ（天）

3　海路を隔つるの論

1さること―あること（底）サルコト（天）
2隔てば―へたてゝは（底）ヘタテハ（天）
3浦にて―うみまて（底）浦ニテ（天）

4 「われ」と「人」と

1小因幡―こくなは（底）故《小》因幡（天）
2恋―ナシ（底）恋（天）
3いへるや―いへる（底）イヘルヤ（天）
4これに―これ（底）コレニ（天）

5 晴の歌を人に見せ合はすべきこと

1にては―にて（底）ニテハ（天）
2言葉をば―ことは（底）詞ヲハ（天）

6 名無しの大将のこと

1申しし―申（底）申シ（天）
2百首歌―百首（底）百首哥（天）
3名も―なを（底）ナヲ《モ》（天）
4入道―入道と（底）入道（天）
5笑はれ―いはれ（底）ワラハレ（天）
6侍りし―侍しを（底）侍シ（天）

7 仲綱の歌、いやしき言葉を詠むこと

1言葉―事（底）詞（天）

10 「このもかのも」の論

1召されて―とめされて（底）メサレテ（天）

11 瀬見の小川のこと

1光行、賀茂社の歌合とて侍りし時、予、月の歌に―ナシ（底）光行賀茂社ノ哥合トテ侍シトキ予月哥ニ（天）
2おして―おちて（底）ヲキ《シ》テ（天）
3大臣の―大臣なとの（底）大臣ノ（天）
4にや―にやと（底）ニヤ（天）

12 千載集に予一首入るを喜ぶこと

1かれらを―かられを（底）カレラヲ（天）

13 歌仙を立つべからざるの由教訓のこと

1人に馴らされたちなば、歌にとりて―ナシ（底）人ニナラサレタチナハ哥ニトリテ（天）
2何事をも―なに事も（底）何事ヲモ（天）

3思はるべきぞ—おもはるへき（底）思ハルヘキソ（天）

14 千鳥、鶴の毛衣を着ること

1人も—人（底）人モ（天）

15 歌の風情、忠胤の説法に相似ること

1といふは—なとは（底）トイフハ（天）
2色は—いこは（底）イロヲハ（天）

16 ますほのすすき

1など—なん（底）ナト（天）
2まそをの糸—まそう《を歟》のいと（底）マソホノイト（天）
3人—ナシ（底）人（天）

17 井手の山吹並びに蛙

1侍りし。されば—侍しかは（底）侍シサレハ（天）
2刈り取り侍りしほどに、今は跡もなくなりて—なんかりて（底）カリトリ侍リシホトニイマハ跡モナクナリテ（天）
3皆—ナシ（底）ミナ（天）
4やうに—やうにして（底）様ニ（天）
5年月に—年月を（底）年月ニ（天）

18 関の清水

1行く—ゆきて（底）ユク（天）
2水も—水の（底）水モ（天）

22 浅茂川の明神

1神拝《じんぱい》とか—神拝と（底）神拝トカ（天）

23 関の明神

1うち過ぐる—うちすくるに（底）ウチスクル（天）

24 和琴の起こり

1御《み》神楽—かくら（底）ミカクラ（天）

27　貫之・躬恒の勝劣
1御気色を―御気色（底）御気色ヲ（天）

29　同人、歌に名字を詠むこと
1三首―哥（底）三首（天）
2には―は（底）ニハ（天）

30　三位入道、基俊の弟子になること
1行き―ナシ（底）行（天）

32　腰の句のをはりのて文字、難のこと
1にて―に（底）ニテ（天）
2よ―を（底）ヨ（天）

33　琳賢基俊をたばかること
1にか―ときにか（底）ニカ（天）
2いと―ナシ（底）イト（天）

34　基俊僻難すること
1とかやが―とかゝ（底）トカヤカ（天）

35　艶書に古歌書くこと
1この歌―ナシ（底）此哥（天）

36　女の歌詠みかけたる故実
1それには―それは（底）ソレニハ（天）
2え聞かぬ―きかぬ（底）エキカヌ（天）
3聞きも知らぬ―きゝしらぬ（底）キ、モシラヌ（天）
4心得たらば―心えたれは（底）心エタラハ（天）

39　喜撰が跡
1喜撰―きせ（底）喜撰（天）

40　榎葉井
1もし―ナシ（底）モシ（天）
2跡は―ナシ（底）アトハ（天）
3詠まれて―よまれ（底）ヨマレテ（天）

41　歌の半臂の句
1あるぞ—ある（底）アルソ（天）
2言葉—こと（底）コトハ（天）
3増す—申（底）ナ《マ》ス（天）

42　蘇合の姿
1興—典興（底）興（天）
2いひ—いふ（底）イヒ（天）

43　上の句劣れる秀歌
1本—ナシ（底）本（天）

47　案じ過ぎて失となること
1いたく—いたり（底）イタク（天）

48　静縁こけ歌詠むこと
1これ—ナシ（底）コレ（天）
2ことのほかに—ことの外にこそ（底）事ノホカニ（天）
3ひがことを思ふか、人の悪《あ》しく難じ給ふか、ことをば—ひか事は（底）ヒカ事ヲ思カ人ノアシク難シ給カ事ヲハ（天）
4御房—みはう（底）御房（天）

49　代々恋の中の秀歌
1露は—つゆ（底）露ハ（天）
2常の—ナシ（底）ツネノ（天）
3詠まむぞ—よまん（底）ヨマムソ（天）

50　歌人は証得すべからざること
1ゆめゆめ—ゆめ（底）ユメ〳〵（天）
2一度—一座（底）一度（天）
3侍り—侍ぬ（底）侍リ（天）
4また—ナシ（底）又（天）
5ことを—事（底）事ヲ（天）

51　非歌仙、歌の難したること
1かなしく—ナシ（底）カナシク（天）
2なむ」と—なと（底）ナムト（天）
3げに—ナシ（底）ケニ（天）

52　思ひ余る頃、自然に歌詠まるること

1とて—と（底）トテ（天）

53　範兼の家の会優なること

1はえ—ゑ（底）ハヘ（天）
2艶—念（底）念《艶》（天）

54　近代の会狼藉のこと

1計らひて—はからひ（底）ハカラヒテ（天）

58　俊成の自讃歌のこと

1とりての—とりて（底）トリテノ（天）
2世に—世（底）世ニ（天）

60　俊恵の秀歌

1中には—中に（底）中ニハ（天）

61　俊成・清輔の歌の判、偏頗あること

1なくとも—なくも（底）ナクトモ（天）

64　隆信・定長一双のこと

1申し—申（底）申シ（天）
2に—時に（底）ニ（天）
3詠みくちとは—口とは（底）ヨミ口ト（天）

65　大輔・小侍従一双のこと

1小侍従—侍従（底）小侍従（天）
2ことは、誰にも—ことの（底）事ハタレニモ（天）
3とぞ—とて（底）トソ（天）

67　具親、歌を心に入れざること

1いみじがりて—いみしかりき（底）イミシカリテ（天）
2とて—ナシ（底）トテ（天）

68　会の歌に姿分かつこと

1まゐりて—まいり（底）マイリテ（天）
2予と—予（底）予ト（天）

3まの―まも（底）マノ（天）

69　寂蓮・顕昭両人の心のこと

1講ぜらるる―かうせるゝ（底）講セラル、（天）
2かの―ナシ（底）彼（天）
3歌に―哥（底）哥ニ（天）
4侍る―侍哥（底）侍哥（天）

70　式部・赤染勝劣のこと

1式部―式部（底）式部ト（天）
2歌の―哥（底）哥ノ（天）
3いひ侍る―侍る（底）イヒ侍ル（天）
4かの―ナシ（底）カノ（天）
5しかれば―しかあれと（底）シカレハ（天）
6なべて―すなはち（底）ナヘテ（天）

71　近代の歌体

1この頃の―この比（底）此比ノ（天）
2歌より―かたより《う》（底）哥ヨリ（天）

3述ぶる―のふ（底）ノフル（天）
4心―意こ《イ》（底）心（天）
5体を―躰なを（底）躰ヲ（天）
6謗家《ぼうけ》も―謗家とも（底）傍家モ（天）
7歌の―ナシ（底）哥の（天）
8また―ナシ（底）又（天）
9幾日《いくか》―いつる（底）イクカ（天）
10言葉ども―ことは（底）詞トモ（天）
11かやうの―かやう（底）加様ノ（天）
12歌は―哥（底）謌ハ（天）
13歌姿は心得にくきことにこそ。古き口伝《くでん》―哥口傳（底）哥スカタハ心ヱニクキ事ニコソフルキ口傳（天）
14至りては―いたりて（底）イタリテハ（天）
15言葉にも―こと葉に（底）詞ニモ（天）
16現れて―あらはれ（底）アラハレテ（天）
17理《ことわり》―ことは（底）コトハリ（天）

72　俊恵歌体を定むること

1これら―これ（底）コレラ（天）

2籠もり—もり（底）コモリ（天）
3踏む—ふす（底）フム（天）
4ならねど—なれと（底）ナラネト（天）
5過ぐす—すこす（底）スクス（天）

73　名所を取る様

1取るに—とる（底）トルニ（天）
2所の—ところ（底）所ノ（天）
3真間—まの（底）マノ（天）、次の4での「マ、（天）」により、「真間」と改める。
4真間—まの（底）マ、（天）

74　新古の歌

1滝川—たにかは（底）|谷《タキ》川（天）
2覚ゆる—おほゆ（底）オホユル（天）
3歌に—ナシ（底）謌ニ（天）

75　仮名の筆

1をば—は（底）ヲハ（天）
2真名—か《ま歟》な（底）マナ（天）

3みな—ナシ（底）ミナ（天）
4また—ナシ（底）又（天）
5好み書く—このむ（底）コノミカク（天）
6下《もと》に—もとには（底）本ニ（天）
7なり—そ（底）ナリ（天）

77　あさり・いさりの差別

1これ—ナシ（底）コレ（天）

80　頼実が数寄のこと

1申しし—申（底）申シ（天）

82　小野とはいはじといふこと

1玉造《つくり》の—たまつくりと（底）タマツクリノ（天）
2小町と—こまち（底）小町ト（天）

83　とこねのこと

1まづ—ナシ（底）マツ（天）
2字を—字（底）字ヲ（天）

補注

【1】

二　源俊頼　生没年未詳。天喜三年（一〇五五）頃生、大治四年（一一二九）没か。宇多源氏、大納言経信の男。母は源貞亮女。俊恵・祐盛他の父。木工頭従四位上に至る。金葉集の撰者。中古六歌仙。百人一首の歌人。家集は散木奇歌集。金葉集初出。俊頼髄脳は「俊頼無名抄」「俊秘抄」「唯独自見抄」とも。天永二年（一一一一）～永久二年（一一一四）の間に成るか。序に続き、歌体・歌病・題詠などの表現技法・歌語の由来や解釈・連歌・歌人の逸話などを、章立てをせず、叙述する。無名抄の以下の論は、俊頼髄脳の「大方、歌を詠まむには、題をよく心得べきなり。題の文字は、三文字、四文字、五文字あるを限らず、詠むべき文字、必ずしも詠まざる文字、まはして心を詠むべき文字、ささへてあらはに詠むべき文字あることを、よく心得べきなり。心をまはして詠むべき文字をあらはに詠みたるもわろし。ただあらはに詠むべき文字をまはして詠みたるも、砕けてわろし。かやうのことは習ひ伝ふべきにもあらず、ただわが心を得て、悟るべきなり」という論を受けている。無名抄以前では、上覚の和歌色葉・上の「四　詠作旨趣者」で「結びたる題には、三文字四文字五文字に、捨つる字あり、採る字あり。よくよくそれを心得よ」として、以下具体的に詠み方を説くが、そこでも「題をむねとする字」「詞を飾れる字」「ただことにいふべき詞」「詞をまはして詠む」などの技法の解説が見られる。

三　藤原俊成も六百番歌合の判詞で「題は結題をだに、まはす文字のあるべきことなりとこそ申すことなれ。いはんや、春曙などはあらはにいはざらむ、かへりて子細を知らざるに似たるべきことなり」（春中・二十六番）などと、題詠の方法について発言している。

四　六百番歌合にも、難陳の場で、題に対する「心ざし」の深浅を問題とした番が存する（春中・二番、四番）。

五　六百番歌合の俊成の判詞でも、「歌ざま、よろしくこそ侍るめれ」（秋上・十五番）、「歌ざまの善悪ぞあるべき」（恋一・四番）など、「歌ざま」はしばしば評価の基準とされている。

【2】

一　藤原定家の毎月抄でも「申さば、すべて詞にあしきもなく、よろしきもあるべからず。ただ続けがらにて、歌詞の勝劣侍るべし」という。六百番歌合の難陳の場でも、しばしば「続かず」という批判がなされ、判者俊成が「続き、続かずは、難に及ばざることなり」（恋十・三番）という場合もあった。

二　紀友則　生没年未詳。有朋の男。紀貫之は従兄弟。延喜四年（九〇四）大内記。古今集撰者の一人だが、その成立以前に没した。三十六歌仙。百人一首の歌人。家集は友則集。古今集初出。

三　佐保川は大和の国、現在の奈良市の北東に発し、市中を流れ、大和郡山市で初瀬川と合して大和川となる。

四　古今和歌集　二〇巻。醍醐天皇の勅命で、紀友則・紀貫之・凡河内躬恒・壬生忠岑が撰進した。仮名・真名（漢文）の両序を有する。両序にいう延喜五年（九〇五）四月は奉勅の時をいうか。総歌数は一一一一首。

五　上の句は、思いつめると心が身体から離れ出ると古人が考えていた、遊離魂のことをいう。「空しきから」はなきがら。「人」と「われ」、「心」と「身」が対をなす。

九　曾禰好忠　生没年未詳。長保五年（一〇〇三）生存。出自未詳。六位丹後掾となり、「曾丹」と呼ばれた。百首歌や三百六十首和歌（毎月集）を詠む。中古三十六歌仙。百人一首の歌人。家集は曾禰好忠集（曾丹集）。拾遺集初出。

一〇　曾禰好忠集・四五〇（第四句、人をつらしと）、後葉集・恋二・三五九にも。「飾磨」は播磨の国、現在の兵庫県姫路市飾磨区。褐《かち》（濃い紺）に染めた布の産地で、市もあった。この歌では初・二句が「褐」についていうので、「あながちに」の序詞となる。

一四　古今和歌六帖・第一・六〇三、和漢朗詠集・春・霞・七八にも。「立てるや」の「や」は疑問の係助詞。「み吉野」は、吉野（大和の国、現在の奈良県吉野郡一帯の地域）の美称。「み吉野の吉野」と続ける歌は少なくない。藤原俊成の歌論書、古来風躰抄では第二句を「たたるやいづく」として掲げ、「この歌は、『たてる』と書きたる本も侍れど、よき本にはみな『たたる』と書けるなり。歌のたけ・姿などいみじく侍るを、今の世には『たたる』の言葉の古りにたるなるべし。『たてる』にては、またあまり強くて、品のおくるるなるべし」という。西行の談を蓮阿が書きとめた西行上人談抄でも、「いづれの歌どもをか、殊には本とすべき」という蓮阿の質問に対して西行が空に覚えているものとして挙げた歌の最初に、第二句を「たたるやいづこ」の形で挙げ、「この歌、『たてるやいづこ』といふ人もあるを、上人は『たたるやいづこ』と侍りしなり」という。

一八　「神垣」は神社の周囲の垣。瑞垣。ここでの「立てるや」の「や」は間投助詞のような働きをしている。「枝たわに」は「枝がたわんで」の意。「花の白木綿」は、白菊を幣帛として神に捧げる白い木綿（楮の皮をさらしたもの）にたとえた。

一九　六百番歌合でも「手づつ」は歌評の場で時折用いられている語だが、難陳の場で「手づつなり」と難じられた表現を判者が弁護している例（秋下・九番）もあり、かなり主観的な要素を含んでいると思われる。

【3】

一　12で語る、鴨長明の千載和歌集に入集した一首の詞書は、「隔海路恋といへる心をよめる」。おそらくその一首を詠んだ時のことであろう。

七　「恋すてふもじの関守いくたびかわれ書きつらむ心づくしに」（金葉集・恋上・三七九・藤原顕輔）などと歌われる歌枕。「いささか海を渡る」という海は関門海峡だから、以下の記述は地理的には正しくない。

【4】

一　小因幡　権中納言藤原清隆の男時房に「母待賢門院女房小因幡」と注するのによれば、清隆の妻室であった女性か。従五位下藤原知仲の女で、越後権守藤原経仲の妹か。源師時の日記、長秋記の保延元年（一一三五）五月十七日条の待賢門院男女房扇紙合の左方にその名が見え、藤原実房の日記、愚昧記の安元三年（一一七七）五月十五日条の中宮（平徳子）女房中納言の死を述べた記事で、「是故帥入道殿之女也。母待賢門院女房小因幡也。経仲妹也」という。萩谷朴『平安朝歌合大成』増補／新訂／四でこれらのことを指摘し、「三四〇〔久安元年八月以前〕或所歌合雑載」という項を設け、「本文拾遺」として、無名抄の「惜しむべき」の歌を挙げている。

三 「惜しむべき春」は、普通ならば当然過ぎてゆくのを惜しむ筈の春。「人にいとはせて」は、私に早く春が過ぎてほしいと思わせて、の意。「そら頼め」は、空しい期待の意。

六 俊恵　永久元年（一一一三）生、没年未詳。源俊頼の男。公名《きみな》（寺院で、弟子となった公卿・殿上人の子弟を呼ぶ名）を大夫公といった。東大寺の僧。京の白河の坊を歌林苑と称し、多くの歌人の集会所とした。鴨長明の師。私撰集の歌苑抄や歌撰合は伝わらない。中古六歌仙。百人一首の歌人。家集は林葉和歌集。詞花集初出。

八 天理本は「思ヒタトル」と書き、「トル」をみせけちとして「マフ」と改める。

【5】

四 姝子内親王　永治元年（一一四一）十一月八日―安元二年（一一七六）六月十三日。三十六歳。鳥羽天皇の内親王。母は美福門院（藤原得子）。保元四年（一一五九）二月二十一日二条天皇の中宮となるも、翌永暦元年八月十九日出家、応保二年（一一六二）二月五日院号を蒙る。賀茂神官鴨氏系図や河合神職県主系図の「長明」の箇所に「応保元年十月十七日中宮叙爵」とある中宮で、長明が幼時から庇護を受けていた女院である。

五 院や女院の御所を警固する武士の詰所。

六 萩谷朴『平安朝歌合大成／増補／新訂／四』で、これは源有房・覚綱・平親宗等の家集に見える「高松宮（三条姫宮）の歌合」のこと、歌題の一致から建礼門院右京大夫集の三首も同じ折の詠で、催されたのは、藤原兼実の玉葉により、承安五年（一一七五）七月二日、無名抄にいう「菊合」は「歌合」の誤りであろうと考えているが、これに対しては、中村文『後白河院時代歌人伝の研究』・渡邉裕美子『新古今時代の表現方法』に批判がある。中村・渡邉両氏は、この高松宮は中納言藤原実衡女を母とする鳥羽天皇の皇女で、姝子内親王とは別人であるとする。

七 「涙の川」はおびただしく流れる涙の比喩。「人目つつみ」は他人の見る目をはばかること。「川」「瀬」「崩れ」の縁語「堤」を掛ける。「たぎつ瀬の早き心を何しかも人目つつみのせきとどむらん」（古今・恋三・六六〇・よみ人知らず）による。もしも有房集その他にいう「高松宮の歌合」の三題のうち、「隔レ関恋」の題を詠んだものであるとしたら、「人目つつみ」の語によって、「塞き」から「関」を暗示しようとしたか。

八 勝命　俗名は藤原親重。天永三年（一一一二）生、没年未詳。文治三年（一一八七）七十六歳で生存。親賢の男。美濃守・参河権守になった。顕昭の万葉集時代難事には勝命の意見をも引く。養和二年（一一八二）三月賀茂重保主催の尚歯会で仮名序を書いたという（古今著聞集・巻第五・二〇五話）。難千載という著書があったというが、伝わらない。新古今集初出。藤原季経（↓45注七）の季経入道集に、「鴨御祖の社の禰宜長継みまかりてのち、勝命法師、哀傷歌ども詠みたるよし聞き侍りしかば、乞ひて見侍りて、返しつかはすとて　よそに見る袂までにぞしをれぬる昔を偲ぶ和歌の浦波（一〇四）返し　勝命　思ひやれ和歌の浦波立ち返り昔を今になさんとぞ思ふ（一〇五）」という贈答歌があることから、長明の父長継と親交があり、従って長明の成長を暖く見守っていた人物であろうと考えられる。

二　もしこの歌を出していたならば、これが前兆だったと噂されたことであろう、の意。宮廷や皇族の御所での詠歌では、禁忌とされる言葉を避けねばならないという教えは、俊頼髄脳や藤原清輔の袋草紙・下などに、具体例を挙げて説かれている。和歌色葉・上・四でも「貴所貴人の前」での歌の詠み方に言及する。

【6】

一　藤原兼実　久安五年（一一四九）—建永二年（一二〇七）四月五日。五十九歳。忠通の男。良経の父。慈円の同母兄。内大臣・左大将等を経て、仁安元年（一一六六）十一月十一日右大臣に任ぜられ、承安四年（一一七四）一月七日従一位、文治元年（一一八五）十二月二十八日内覧の宣旨を蒙った。同二年三月十二日摂政氏長者、同五年十二月十四日太政大臣に任ぜられ、建久二年（一一九一）十二月十七日関白とされたが、同七年十一月二十五日上表なく免ぜられ（建久七年の政変）、以後復任することはなかった。建仁二年（一二〇二）正月二十八日出家、法名円証。日記は玉葉。千載集初出。

二　治承二年右大臣家百首　一題につき五首、二十題からなる百首歌。その構成は長秋詠藻所収の藤原俊成の百首によって知られる。治承二年（一一七八）三月二十日を第一度とし、同年六月二十九日の第十度まで、兼実家において毎度二題を披講し、完結後俊成が加点し、同年九月二十三日披露された。歌人は主催者兼実をはじめ、藤原実定・同季経・同経家・同隆信・源頼政・俊恵・寂蓮・宣秋門院丹後・俊成（後に詠進した）など十九名が知られるが、正確な人数は未詳。正本は散佚したが、「時鳥切」「五首切」などの名で古筆切として伝存する。千載集などの撰集資料とされた。

六　藤原実定　保延五年（一一三九）—建久二年（一一九一）閏十二月十六日。五十三歳。公能の男。母は藤原俊忠女豪子で、藤原俊成の姉妹。大納言・左大将・右大臣等を経て、正二位左大臣に至る。祖父の実能を徳大寺左大臣と呼ぶのと区別して、後徳大寺左大臣と称された。百人一首の歌人。家集は林下集。千載集初出。

八　藤原俊成　永久二年（一一一四）—元久元年（一二〇四）十一月三十日。九十一歳。権中納言俊忠の男。母は伊予守藤原敦家女。定家の父。俊成卿女の祖父。十歳の時父と死別、藤原顕頼の養子となり、顕広といったが、五十四歳の年に本流に復して俊成と改名した。正三位皇太后宮大夫に至る。安元二年（一一七六）九月病のため出家、法名を釈阿と号した。千載集の撰者。和歌所寄人の一人。百人一首の歌人。家集は長秋詠藻その他。歌論書は古来風躰抄。詞花集初出。

一〇　万葉集に「さ寝《ぬ》らくは玉の緒ばかり恋ふらくは富士の高嶺の鳴沢のごと（布自能多可禰乃　奈流佐波能具登）（巻十四・三三五八　東歌・駿河国の歌）」と歌われ

る。富士山西部の放射谷の大沢をさすかともいう。現在山梨県南都留郡に鳴沢の地名があるが、万葉集に歌われている地がここととは決められない。長秋詠藻付載、俊成の右大臣家百首の「五月雨」に「さみだれは高嶺も雲の内にしてなるさぞ富士のしるしなりける」（五二五）の歌がある。これが「なるさの入道」のあだ名の原因か。

三「思ひわたる」は、長く思い続ける、の意だが、ここでは、長く思い続けて、結果的に誤ってしまうことをいうか。時代的に下るが、了俊の師説自見集に、歌会などでの心得として、兼ねてしかるべき題の歌を詠んでおき、その題が出た時に用いる故実（→56注七）を述べた後に、「或いは老人、或いは物忘れする人などは、当座にては思ひわたる事もあるべければ、兼日題等には用に立つべきにや」とあり、また宗祇の連歌学書、筑波問答にも「点は、いかなる上手も当座に思ひわたることのあるべきなり。されば、上手のしたる句も、はづるることのみあるにや」という例がある。

【7】

二　源仲綱　大治元年（一一二六）―治承四年（一一八〇）五月二十六日。五十五歳。清和源氏、従三位頼政の男。正五位下伊豆守に至る。宇治川の合戦に敗れ、父と共に自害した。千載集初出。

三　安元元年（一一七五）十月十日右大臣家歌合の判者は藤原清輔。仲綱の歌は題「初雪」、三〇「さびしさはかねてふりにし山里にならはしがほな今朝の初雪」。判者は判詞で「右歌の「ならはしがほな」と侍る「な」の歌よりは、左にてこそは侍らめとぞ見ゆる」批判して、左の藤原隆信の二九「さ莚《むしろ》のにはかにさゆるあやしさに起きてこそ見れ夜半《よは》の初雪」を勝とした。

四　藤原重家　大治三年（一一二八）―治承四年（一一八〇）十二月二十一日。五十三歳。左京大夫顕輔の男。経家・有家等の父。清輔の異母弟。受領や刑部卿を経て、従三位大宰大弐に至る。安元二年（一一七六）出家、法名は蓮寂。家集は大宰大弐重家集。千載集初出。

【8】

一　平滋子　康治元年（一一四二）―安元二年（一一七六）七月八日。三十五歳。平時信女。母は藤原顕頼女。仁安二年（一一六七）一月二日後白河上皇の女御、翌同三年三月二十日皇太后となる。嘉応元年（一一六九）四月十二日院号を蒙る。「建春門女院の殿上の歌合」は、普通「建春門院北面歌合」「法住寺殿歌合」などと呼ばれる。嘉応二年（一一七〇）十月十九日（歌合本文は「十六日」）に催された。題は「関路落葉」「水鳥近馴」「臨レ期違レ約恋」の三題。作者は藤原実定・同隆季・同俊成・同重家・同清輔・同隆信・源頼政・同仲綱等二十名で、計三十番。判者は藤原俊成。

二　源頼政　長治元年（一一〇四）―治承四年（一一八〇）五月二十六日。七十七歳。清和源氏、仲正の男。仲綱・二条院讃岐の父。蔵人・兵庫頭を経て、右京権大夫従三位に至る。治承四年五月、後白河法皇皇子以仁王を戴き、平家追討の兵を挙げたが、宇治川の合戦で敗れ、平等院で自害した。家集は源三位頼政集。詞花集初出。

四　能因　永延二年（九八八）生、没年未詳。永承五年（一〇五〇）、六十三歳で生存。俗名は橘永愷《ながやす》。元愷の男

で兄為愷の養子となるか。大学の文章生となり、肥後進士と呼ばれたが、長和三年（一〇一四）以前出家、摂津国古曾部に住み、また陸奥・美濃・伊予・美作など、各地に旅した。出家以前から和歌を藤原長能に学んだ。私撰集の玄々集の撰者、歌学書の能因歌枕の著者。家集は能因集。中古三十六歌仙。百人一首の歌人。後拾遺集初出。

五 後拾遺集・羇旅・五一八、詞書「陸奥国《みちのくに》にまかり下りけるに、白河の関にてよみ侍りける」。能因集・一〇一、詞書「二年の春、陸奥国にあからさまに下るとて、白河の関に宿りて」。

八 『日本国語大辞典』は「へしげ〔圧げ〕」を形容動詞として立項し、「圧倒する意の『へす〔圧〕』の連用形『へし』に、接尾語『げ』のついたもの」として、語義を「相手を圧倒したり、おとしめたりして、いかにも優越するさま」と解説し、無名抄の本例と六波羅殿御家訓の「人をへしげに書たると」という例を掲げる。板本では「べしげに」と読んでいる。天理本は「一フシケニ」とし、書写者が「一節げに」と解したことが知られる。

二 俊成のこの番の判詞は「左歌、『音羽山幣と散りかふ』と置きて、『関守る神や』などいへる心、いとをかしくは見ゆるを、末の句や少しいかがと申し侍りしにや。右歌、かの能因法師の『秋風ぞ吹く白河の関』といへるを措きて、かやうに詠み出でむことありがたくは見ゆれど、但し上の句や、『霞とともに立ちしかど』といへるには及びがたくやと思う給ふれど、紅葉散り敷きたりけむ日数のほども心細く思ひやられて侍るうへに、人々もよろしきやうに侍りしかば、右をもちて勝とす」。

【9】

二 俊成のこの番の判詞は「左歌、詞続きいとをかしく侍り。『鴛の毛衣』は古歌合に、『鶴の毛衣』とこそいへ、鴛には詠まずと難じたることなりと申す人侍りしかど、その詞古く『鶴の毛衣年経《ふ》とも』といふ歌を詠みおきたるにこそあれ、大方鳥は毛衣をするものなれば、かの文選の鸚鵡賦にも、『緑の衣・青衣の領《くび》』などこそ作りつれ。また、文に鷗を作るには、毛衣といへり。また、衾《ふすま》の中にも鴛鴦の衾といふこともあれば、『鴛の毛衣』と詠めらむ、さらに咎《とが》あらじとぞ思う給へて、毛衣におきては難あるまじきよし申し侍りにき。右歌、『鳰の浮巣のゆられきて』といへるけしき、ことわりなく（イわりなく）求め出でてめづらしく見ゆる。『子を思ふ』と置ける五文字もあはれに聞こえ侍りしかば、右をもちて勝としをはりぬ」。

三 祐盛 元永元年（一一一八）生、没年未詳。正治二年（一二〇〇）生存か。宇多源氏、俊頼の男。俊恵の弟。公名は式部公。比叡山の僧で阿闍梨。兄俊恵の撰した秀歌選の歌撰合を難じた難歌撰を著したが、伝わらない。千載集初出。

五 顕昭の歌学書、袖中抄・第十三で「ニホノウキス」として詳論するが、顕昭は頼政の詠み方をよしとする。ただし、そこに引かれている「十郎蔵人行家」（新宮十郎源行家）の説は、無名抄に紹介されている祐盛の説とほぼ同じ。あるいは、祐盛は行家の説を受け売りしているか。

【10】

一　二条天皇　康治二年（一一四三）六月十七日―永万元年（一一六五）七月二十八日。二十三歳。後白河天皇の皇子。母は藤原経実女懿子。諱は守仁。保元三年（一一五八）八月十一日践祚、永万元年五月二十五日病により皇子順仁親王（六条天皇）に譲位した。藤原重家の大宰大弐重家集によって、内裏百首や「艶書御会」と呼ぶ歌会を催すなど、和歌を好んだことが知られる。千載集初出。

二　藤原範兼　嘉承二年（一一〇七）―長寛三年（一一六五）四月二十六日。五十九歳。能兼の男。東宮学士・大学頭を経て、刑部卿従三位に至る。歌学書は和歌童蒙抄・五代集歌枕。秀歌選の後六々撰の撰者。千載集初出。

五　藤原清輔　天仁元年（一一〇八）―安元三年（一一七七）六月二十日。七十歳。左京大夫顕輔の男。重家・季経等の兄。太皇太后宮大進正四位下に至る。続詞花和歌集を撰し、勅撰集とされることを望んだが、二条天皇が崩じて叶わなかった。奥義抄・和歌初学抄・袋草紙・和歌一字抄などの歌学書を著した。中古六歌仙の一人。家集は清輔朝臣集。千載集初出。

六　清輔が袋草紙に自記するのによれば、応保二年（一一六二）三月六日に昇殿したという。

八　袋草紙・上・雑談によれば、昇殿の翌日の御会（内裏における歌会）。範兼が出題した「躑躅夾路」と「恥人目恋」の二題を各人が詠み、名を隠しての歌合として披講、範兼が判者として勝負を決めた。その席にはまだ顕広といっていた藤原俊成や清輔の異母弟の重家もいた。

一〇　ただし、袋草紙には「躑躅の歌に『このもかのもと詠む歌出で来《く》』とあり、問題の歌を詠んだ人物は清輔ではない。源有房（村上源氏、師行の男）の有房集に「岩つつじこのもかのもに咲くころは過ぎぞやられぬ峰の細道」（五七）として載る歌が問題の歌であったか。

一一　古歌の「筑波嶺《ね》のこのもかのもに陰はあれど君が御《み》陰にますかげはなし」（古今・東歌・常陸歌・一〇九五）を念頭に置いていう。筑波山は常陸の国、現在の茨城県の中央部にある山。標高八七六メートル。

一二　京都府の丹波高地に発し、亀岡附近では保津川と呼ばれ、嵯峨の渡月橋を過ぎると桂川と呼ばれ、淀附近で宇治川・木津川と合流、淀川となる。「大井川の会」は、「大井川行幸和歌」の名で呼ばれる、延喜七年（九〇七）九月十日の宇多法皇の大井川御幸の際の歌会をさすか。しかし、古今著聞集巻十四遊覧第二十二・四七九話によれば、その時和歌の仮名序を書いたのは紀貫之で、同書にその全文が引かれている仮名序には「大井川のこのもかのもに」の句はなく、「われら短き心の、このもかのもとまどひ」という句がある。

一四　凡河内躬恒　生没年未詳。延長三年（九二五）頃生存。家系等未詳。甲斐少目・和泉権掾を経て、淡路掾に至る。古今集撰者の一人。三十六歌仙。百人一首の歌人。家集は躬恒集。古今集初出。

【11】

一　源光行　長寛元年（一一六三）―寛元二年（一二四四）二月十七日。八十二歳。清和源氏、光遠（光季）の

男。民部丞・大和守・河内権守となり、正五位下に至る。源氏物語の研究をし、同物語河内本の伝来に関わった。蒙求和歌・百詠和歌・新楽府和歌を著し、前二書は現存する。千載集初出。

二　「賀茂社」は、山城の国、現在の京都市北区上賀茂本山にある賀茂　別雷《わけいかずち》神社（上賀茂神社、祭神は賀茂別雷命《みこと》）と同左京区下鴨泉川町にある賀茂御《み》祖《おや》神社（下鴨神社、祭神は玉依《たまより》姫命と賀茂建角身《たけつのみ》命）の総称。二十二社の一つ、山城の国の一宮。「賀茂社の歌合」について、『平安朝歌合大成』では「四五二　元暦元年九月神主重保別雷社後番歌合」とし、長明の「石川や」の歌を含む十五首の佚文を集成しているが、無名抄によれば歌合の勧進者は源光行であるから、賀茂重保勧進の右の歌合とは別と考えるべきか。

三　詞書「鴨社歌合とて人々よみ侍りけるに、月を」。撰者名注記のある本では、藤原雅経の名がある。この「鴨社歌合」は現存しない。「瀬見の小川」は山城国風土記逸文に見える。賀茂川の異名。

四　源師光　生没年未詳。天承元年（一一三一）頃―建仁三年（一二〇三）頃か。村上源氏、大納言師頼の男。具親・宮内卿等の父。右京権大夫正五位下に至るも、出家して法名を生蓮といった。私撰集の花月集を撰したが、伝わらない。家集は師光集。千載集初出。

七　顕昭　生没年未詳。大治五年（一一三〇）頃生、承元四年（一二一〇）生存か。藤原顕輔の猶子。清輔の義弟。公名は亮公。仁和寺に入り、法橋となる。万葉集時代難事・柿本朝臣人麻呂勘文・袖中抄などの歌学書、古今集注・散木集注など多くの注釈書の著者。私撰集の今撰和歌集の撰者。千載集初出。

九　どのような縁起か、未詳。ただし、「石川・瀬見の小川」の名の起源は、本朝月令・袖中抄・釈日本紀などに引く山城国風土記の逸文によって知られる。山城国風土記逸文は次のごとくである。「山城国風土記曰　可茂社称二可茂一者　日向曾之峯天降坐神　賀茂建角身命也　神倭石余比古之御前立坐而　宿二坐大倭葛木山之峯一　自レ彼漸遷　至二山代国岡田之賀茂一　随二山代河一下坐　葛野河与二賀茂河一　所レ会至坐　見二廻賀茂川一而言　雖二狭小一然石川清川在　仍名曰二石川瀬見小川一　自二彼川一上坐定二坐久我国之北山基一　従二爾時一　名曰二賀茂一也　賀茂建角身命　娶二丹波国神野神伊可古夜日女一生子　名曰二玉依日子一　次曰二玉依日売一　玉依日売　於二石川瀬見小川一　遊為時　丹塗矢　自二川上一流下　乃取挿二置床辺一　遂孕生二男子一　至レ成レ人時一　外祖父建角身命　造二八尋屋一　竪二八戸扉一　醸二八腹酒一而　神集々而　七日七夜楽遊　然与レ子語言　汝父将レ思人　令レ飲二此酒一　即挙二酒坏一　向レ天為レ祭　分二穿屋甍一　而升二於天一　乃因二外祖父之名一　号二可茂別雷命一　所レ謂丹塗矢者　乙訓郡社坐　火雷神在　可茂建角身命也　丹波伊可古夜日売也　玉依日売也　三柱神者　蓼倉里三井社坐」（日本古典文学大系『風土記』による）。

三　鴨祐兼　生没年未詳。下鴨社の禰宜祐季の男。同社の禰宜となり、正四位に至った。長明の曾祖父と祐兼の曾祖父とは兄弟だから同族だが、源家長日記によれば、長明が後鳥羽院の意向によって河合社の禰宜にされようとした時、祐兼はその長子祐頼をさしおいて長明がその職に就くのは神慮にもとると抗議し、これが長明の出家の因をなした。

一五　藤原隆信　康治元年（一一四二）—元久二年（一二〇五）二月二十七日。六十四歳。長門守為経（寂超）の男。母は藤原親忠女美福門院加賀。上野介・越前守・若狭守・右馬権頭等を経て右京権大夫正四位に至る。和歌所寄人の一人。似絵の名手。作り物語「うきなみ」、歴史物語「いや世継」の作者だが、共に伝わらない。家集は藤原隆信朝臣集。千載集初出。

一六　藤原隆信の「石川やせみの小川の流れにも逢ふ瀬ありやとみそぎをぞする」（千五百番歌合・恋二・二四四八、千二百二十五番左負）の歌。千五百番歌合のこの部分の判者は顕昭で、「左歌は、左大臣家の百首歌合に、祈恋に、『石川や瀬見の小川に斎串《いくし》立てねぎし逢ふ瀬は神にまかせつ』と詠める歌侍りき。その作者達、定めて覚えられ侍らむ」と、自身の歌（→注一九）を引いて、隆信のこの歌を負けとした。

一七　藤原良経　仁安四年（一一六九）三月—元久三年（一二〇六）三月七日。三十八歳。関白兼実の男。左大将・内大臣・左大臣を経て、従一位摂政太政大臣に至るが、急逝した。和歌所の寄人の一人。新古今集仮名序の筆者。百人一首の歌人。筆名は式部史生秋篠月清・南海漁父（漁夫）。日記は殿記。家集は秋篠月清集。後京極殿御自歌合がある。千載集初出。

一八　六百番歌合　建久三年（一一九二）計画が始まり、同四年当時左大将であった良経の家で催された。四季五十首、恋五十首、計百首の題が出され（出題者は不明）、良経・藤原季経・同兼宗・同有家・同定家・顕昭（以上左）・藤原家房・同経家・同隆信・同家隆・慈円・寂蓮（以上右）の十二人がこれを詠んだ。判者は俊成、すでに出家して釈阿と号していた。何度かに分けて披講し、左右で互いに議論し（これを難陳という）、届けられたその記録にもとづいて俊成は判定したらしい。歌合としての成立は建久四年とされるが、あるいは翌五年にずれ込んだかもしれない。俊成の判に異を唱えて、顕昭が六百番陳状（顕昭陳状）を提出した。

一九　「石川やせみの小川に斎串立てねぎし逢ふ瀬は神にまかせつ」（六百番歌合・六六七、恋二・四番左負、題「祈恋」）の歌。

二〇　新古今和歌集　二〇巻。後鳥羽院の院宣で、源通具・藤原有家・同定家・同家隆・同雅経が撰進、院がさらに自身精撰した。元久二年（一二〇五）三月二十六日竟宴が行われたが、その後も切継《きりつぎ》と呼ばれる改訂が加えられた。仮名・真名の両序を有する。総歌数は一九七八首。

二一　これまで自身にとって最も嬉しかった、宮廷和歌界における、忘れられない晴れがましい思い出を縷々と述べてきて、ふと現実に立ち帰り、すでに出家している現在の自身を顧みた時、そのような楽しい思い出も所詮空しいものであると気付いて書きつけた一文。方丈記のおわり近くで、自身の「閑居の気味」を高揚した文体で述べた後、「そもそも一期の月影かたぶきて、余算の山の端に近し。たちまちに三途の闇に向かはむとす。何のわざをかかこたむとする」という部分から、自身を顧みて自問を発するが、それへの自答は得られぬままにおわる末尾までの部分に見られる感情の起伏に通じるものがある。

【12】

一　千載和歌集　二〇巻。後白河法皇の院宣で、藤原俊成が撰進した。仮名序に文治三年（一一八七）九月二十日撰進したというが、実質的な奏覧は翌文治四年四月二十二日で、その後も若干の改訂が加えられた。仮名序のみ。総歌数は一二八八首。

二　「思ひあまりうち寝《ぬ》る宵のまぼろしも波路を分けて行き通ひけり」（千載集・恋五・九三六）。詞書「隔二海路一恋といへる心をよめる」。白楽天の長恨歌の心を詠んだ歌で、「まぼろし」は、玄宗の意によって海上の仙山に楊貴妃の生まれ変わりである仙女太真を訪れた道士のこと。

七　中原有安　生没年未詳。頼盛の男。五位筑前守。建久五年（一一九四）二月二十七日、楽所預に補された。私撰集の寒玉集を撰んだというが、伝わらない。千載集に一首入るのみ。

九　具体的には、勅撰集が撰進されるとそれを論難する文書や私撰集が出廻るような傾向をいうか。

【13】

六　源家長日記にも「この長明、みなし子になりて、社の交らひもせず籠りゐて侍りしが」という。父の長継に早く先立たれたことをこう言ったのであろうが、その時期は明かではない。長継は保延五年（一一三九）の誕生であることが知られるが、没年は未詳。ただ、嘉応元年（一一六九）八月末を最後に、記録類からその名が見られなくなり、承安三年（一一七三）四月には下賀茂社の禰宜は鴨祐季（祐兼の父）であることが知られるので、この四年間に世を去ったと考えられる。5注八の㊢に、季経入道集に載る、長継の死を悼んだ藤原季経と勝命の贈答歌を引いたが、「全書」の解説で、細野哲雄氏は、勝命が承安二年十二月八日催行の広田社歌合には「親重」の俗名で出詠していることから、藤原親重が出家して勝命と号したのは広田社歌合以後のことで、それと前記の長継の動静を合わせ考えると、長継が没したのは、承安二年の末から翌三年の春にわたる間のことではなかったかと推測する。鴨長明集には、「父みまかりてあくる年、花を見てよめる　春しあれば今年も花は咲きにけり散るを惜しみし人はいづらは」（春・七）、「（述懐の心を）　住みわびぬいざさは越えん死出の山さてだに親の跡を踏むべく（雑・一〇〇）　これを見侍りて、鴨の輔光　住みわびていそぎな越えそ死出の山この世に親の跡もこそ踏め（同・一〇一）　と申し侍りしかば　なさけあらばわれ惑はすな君のみぞ親の踏む道は知るらん」（同・一〇二）などの歌が見え、父を失った長明の悲しみや自暴自棄的な心情をうかがうことができる。なお、通説では、承安三年に長明は十九歳であったかと考えている。

二　「遷度」は「先途」が正しく、「執柄の息、英才のともがらも、この職をもつて先途とす」（平治物語・上・信西信頼不快の事）という例のように、家柄によってきまる、昇進できる最高の地位などをいう語。天理本では「詮度」と表記する。

【14】

一　さまざまな階層の歌人が集まり、しばしば歌会・歌合が催され、歌苑抄・歌撰合などの私撰集も編まれた。

三　ただし、芭蕉の奥の細道の旅に同行した曾良が松島で吟じた「松島や鶴に身をかれほとゝぎす」の句が、猿蓑に「松島一見の時、千鳥もかるや鶴の毛衣とよめりければ」の前書を付して採られ、榑柯の猿みのさがしで、その句意を祐盛の「身にぞしる真野の入江に冬の来て千鳥もかるや鶴の毛衣」の歌を一転したものと説く。この歌の出典も未詳。しかし、この歌が「寒夜の千鳥」の題を詠んだものとは考えにくい。

四　素覚　生没年未詳。俗名は藤原家基。家光の男。橘姓だったこともあるか。刑部少輔従五位下に至るも出家した。千載集初出。

一〇　類句を含む古歌としては赤染衛門の「雲の上に昇らむまでも見てしかな鶴《たづ》の毛衣年経《ふ》とならば」（後拾遺集・賀・四三八）がある。

三　前引の実国の歌について判詞で「をしの毛衣は、古歌合に、『鶴の毛衣』とこそいへ、をしには詠まずと難じたることなりと申す人侍りしかど、その詞古く、『鶴の毛衣年経《ふ》とも』といふ歌を詠みおきたるにこそあれ。大方鳥は毛衣をするものなれば、かの文選の鸚鵡賦にも、『緑の衣青衣の領』などこそ作りつれ。また文に鷗を作るには、毛衣といへり。また衾の中にも、鴛鴦の衾といふこともあれば、『をしの毛衣』と詠めらむ、さらに咎《とが》

あらじとぞ思う給へて、毛衣におきては難あるまじきよし、申し侍りにき」と述べている。

【15】

一　外道を信じ、婆羅門の法に親しんでいたが、浄蔵・浄眼の二人の子が神変（超人的な不思議な力）を現じて見せたので、仏に帰依した。

二　浄蔵・浄眼の二人は、母浄徳の教えに従って、虚空に昇って、種々の神変をして、父の妙荘厳王を仏に帰依するよう導いた。「行住坐臥、身上出レ水、身下出レ火、……或現二大身一、満二虚空中一、而復現レ小、小復現レ大、於二空中一滅、忽然在レ地、入レ地如レ水、履レ水如レ地」（法華経・妙荘厳王本事品）

三　忠胤　仲胤とも。生没年未詳。保元二年（一一五七）生存。俗姓藤原氏、季仲の男。母は賀茂成助女。比叡山の僧。権少僧都。説法の巧みさで知られ、説話も多い。続詞花集や今鏡に西大寺の済円との戯咲歌の贈答が載る。

五　ここでの「風情」は、六百番歌合の俊成の判詞で「曲折微妙の風情」（春上・七番）というのに近いか。

【16】

四　顕昭の散木集注ではこの「聖」について、「登蓮といふ人、そのかみ天王寺にこのこと（ますほの薄のこと）知る人ありと聞きて、わざと行きて訪ひき」という。

六　登蓮　生没年未詳。治承二年（一一七八）生存。出自未詳。中古六歌仙の一人。家集の登蓮法師集の他、登蓮法師恋百首がある。詞花集初出。

三　「Fisŏ. ヒサゥ（秘蔵）大切にすること」（日葡）。以上の話は徒然草・兼載雑談にも引かれる。

一五 万葉集 二〇巻。巻一・巻二が早く成り、以後増補されて、八世紀末に成ったか。増補・編纂には大伴家持が深く関わっている。歌数は四五四〇首。平安前期から訓読が始まり、後期には、歌語の解釈をはじめ、集の成立や歌人の伝記などについての研究が次第に盛んになってきた。藤原清輔ら六条家の歌人も、藤原俊成ら御子左家の歌人も、ともに万葉集に深い関心を寄せていた。

一八 堀河百首の秋二十首、「薄」の題で、源俊頼が「花すすきまそほの糸を繰りかけて絶えずも人をまねきつるかな」(六三二)と詠む。散木奇歌集・秋・八月・四一七。顕昭の散木集注でこの歌につき、「まそほの糸、おぼつかなし。人々尋ぬれど、確かに言ひ切れたることなし」という。

一九 マメ科の落葉小高木の蘇芳から採れる。散木集注では俊頼の歌の注で、真蘇芳の略という説を疑っている。

二〇 長明がこの知識を秘伝としていることが知られる言葉。顕昭は散木集注で、このことは「ただ俊頼ばかり詠みたれば、とてもかくてもありぬべし。非二大事一歟」という。

【17】

三 橘諸兄 天武十三年(六八四)—天平勝宝九年(七五七)一月六日。七十四歳。敏達天皇の玄孫美努王《みののおおきみ》の男。母は県《あがた》犬養宿禰《すくね》三千代。初め葛城王《かずらきのおおきみ》といった。天平八年(七三六)十一月十七日皇族から離れ、橘姓となる。左大臣正一位に至った。万葉集の歌人。勅撰集は新勅撰集初出。諸兄は井手に相楽《さがらか》別業を営み、氏寺として円堤寺(井堤寺・井手寺)を創建したといわれる。玉川の北側の台地に平成十三年に発見された井堤寺跡がある。これが後文にいう「かの大臣の堂」か。

九 袋草紙・上・雑談に、数寄者の藤原節信が「井堤のかはづ」の干物を重宝として所持し、初めて能因と逢った時、彼が所持する長柄《ながら》の橋の鉋屑とこれとをお互いに見せあったと語る。

【18】

三 弘文天皇(大友皇子)の子大友与多王の草創と伝える。本尊は如意輪観音。西国三十三所の第十四番札所。

四 藤原実能(徳大寺左大臣。実定の祖父)の男に円実がおり、今鏡・藤波の下・宮城野に「三井寺などにおはすとぞ」というが、時代的にやや古すぎるから、円実房は円実に由縁ある僧房の意か。「阿闍梨」は、伝法灌頂を受けた僧に宣旨によって与えられる称号。

五 「建暦」は順徳天皇の年号。西暦一二一一・三・九—一二一三・一二・五。

【19】

一 紀貫之 生年未詳、天慶八年(九四五)没か。望行の男。紀友則の従兄弟。梨壺の五人の一人紀時文の男。御書所預・土佐守を経て、従五位上木工権頭に至る。古今集撰者の一人で、その仮名序を執筆した。新撰和歌の撰者、土佐日記の作者でもある。三十六歌仙。百人一首の歌人。家集は貫之集。古今集初出。

二 昔の近衛大路と中御門大路の間。現在の上京の下立売通。

三 昔の東京極大路と万里小路《までの》の間。鴨川に近い。京都市の中京区・下京区を貫通する現在の富小路通は昔の富小路と万里小路のほぼ中間にあたるという。「勘解由小路よりは北、富小路よりは東の角」は、現在の京都御苑の中になる。

【20】

一　在原業平　天長二年（八二五）―元慶四年（八八〇）五月二十八日。五十六歳。平城天皇の皇子阿保親王の男。母は桓武天皇の皇女伊都内親王。行平は兄。棟梁・滋春の父。従四位上右近権中将・蔵人頭に至る。六歌仙・三十六歌仙の一人。百人一首の歌人。家集は業平集。古今集初出。

二　昔の押小路と姉小路の間。現在の御池通にほぼ該当する。

三　「高倉」は高倉小路、「高倉面」は高倉小路の道に面した側。高倉小路は平安京の南北に通ずる小路。昔の万里小路と東洞院大路の間。現在の高倉通にほぼ該当する。現在の京都市中京区亀甲屋町の西側と錦屋町の東側一部が業平邸跡に比定されている（『京都市の地名』）。

六　「つひなる」は、あるいは形が崩れる、摩損するの意の「つひゆ」と関わりのある語か。

九　安倍晴明　延喜二十一年（九二一）―寛弘二年（一〇〇五）九月二十六日。八十五歳。益材の男。従四位下天文博士・大膳大夫・左京権大夫。その超人的能力を語る説話が多い人物。

【21】

一　周防内侍　生没年未詳。天仁元年（一一〇八）生存。桓武平氏、棟仲女。本名は仲子。後冷泉・後三条・白河・堀河の四帝に出仕し、正五位下掌侍に至った。百人一首の歌人。家集は周防内侍集。後拾遺集初出。

二　「住みわびてわれさへ軒のしのぶ草しのぶかたがた滋《しげ》き宿かな」（金葉集・雑上・五九一、詞書「家を人に放ちて立つとて、柱に書き付け侍る」）の歌。周防内侍集・三〇にも。今鏡に「堀河の御門の内侍にて周防といひし人の、家を放ちてほかに渡るとて、柱に書き付けたりける、住みわびてわれさへ軒のしのぶ草偲ぶかたがたしげき宿かなと書きたる。その家は残りて、その歌も侍るなり。見たる人の語り侍りし。いとあはれにゆかしく。その家は上わたりにや、いづことかや、冷泉《れいぜい》堀川の西と北との隅なる所とぞ人は申しし。おはしまして御覧ずべきことぞかし。まだ失《う》せぬをりに」（打聞・敷島の打聞）と見え、藤原信実（隆信の男）の今物語には「昔の周防内侍が家の、あさましながら建久の頃までは、冷泉堀川の西と北との隅に朽ち残りてありけるを、行きて見ければ、『われさへ軒のしのぶ草』と、柱に昔の手にて書きつけたりしがありける、いとあはれなりけり。これを見て、ある歌詠み書きつけける、これやその昔の跡と思ふにも偲ぶあはれの絶えぬ宿かな」（三十九話）と語られる。西行の山家集に「周防内侍、われさへのきのと書きつけける古里にて、人々思ひを述べける　いにしへはついゐし宿もあるものを何をかけふのしるしにはせむ」（七九九）、藤原隆信朝臣集に「昔、周防内侍の、古里の柱に、われさへのきのしのぶ草といふ歌書きおきたる跡の、近頃まで破れゆがみながらありしを、人々まかりて、故郷懐旧といへることを詠めりしに　これやその昔の跡と思ふにも偲ぶあはれの絶えぬ宿かな」（雑三・八六四）とある。長明は今鏡を詠んでいたか。西行や隆信の歌も知っていたかもしれない。

三「冷泉」は冷泉小路。平安京を東西に通ずる小路。昔の大炊御門大路と二条大路の間。現在の夷《えびす》川通にほぼ該当する。「堀川」は堀川小路。平安京を南北に通ずる小路。昔の油小路と猪熊小路の間。現在の堀川通にほぼ該当する。

【22】

六 水江の浦島子　浦島伝説の主人公。日本書紀・巻第十四・雄略天皇に「廿二年……秋七月、丹波国余社郡管川人瑞江浦嶋子、乗㆑舟而釣。遂得㆓大亀㆒。便化㆓為女㆒。於是、浦嶋子感以為㆑婦。相逐入㆑海。到㆓蓬萊山㆒、歴㆓覩仙衆㆒。語在㆓別巻㆒」とあり、丹後国風土記逸文に詳しく語られ、万葉集・巻第九・一七四〇―一七四一・高橋虫麻呂歌集に歌われている。中務・藤原師輔など、多くの王朝歌人にも歌われ、藤原為忠家初度百首では「浦島子」の題で、顕広といっていた頃の俊成や源頼政も詠んでいる。俊頼髄脳をはじめ、この伝説を語る歌学書も多い。

【23】

一 現在の滋賀県大津市逢坂にある関蟬丸神社。上社と下社がある。同市大谷町にも蟬丸神社があるが、これは万治三年（一六六〇）に猿田彦・豊玉姫を合祀したもの。

二 蟬丸　生没年未詳。伝説的人物で伝記は不明。逢坂の関近くに住んでいた芸能僧か。方丈記には「せみうたの翁」という。百人一首の歌人。後撰集初出。

三 蟬丸の歌として伝わる。「世の中はとてもかくてもありぬべし宮も藁屋もはてしなければ」（和漢朗詠集・述懐・七六四・作者名不記。新古今集・雑下・一八五一・蟬丸、第三句「おなじこと」。その他）と歌われた藁屋の跡。

四 仁明天皇　弘仁元年（八一〇）―嘉祥三年（八五〇）三月二十一日。四十一歳。嵯峨天皇の皇子。母は皇后橘嘉智子。諱は正良《まさら》。天長十年（八三三）二月二十八日践祚。承和の帝とも呼ばれる。経国集に漢詩一首、和歌は新拾遺集に一首が載る。

六 遍昭　遍照とも。弘仁七年（八一六）―寛平二年（八九〇）一月十九日。七十五歳。良岑安世（桓武天皇皇子）の男。素性の父。仁明天皇の廷臣として従五位上左近衛少将、蔵人頭に至るも、同天皇の崩後出家、比叡山で円仁より受戒、僧正に至る。六歌仙・三十六歌仙の一人。百人一首の歌人。家集は遍昭集。古今集初出。

【24】

二 楽人が神楽歌を歌い、和琴・大和笛・笏拍子・篳篥の四種の楽器を奏し、舞人が舞う。舞人の長を人長《にんじょう》といい、榊・杖などの採物《とりもの》を持って舞う。平安時代に形式が整えられた。

【25】

三 伊勢物語　作者は未詳。現存本は後撰集以後の成立か。歌を中心とした短い物語、流布本は一二五段から成る。在原業平の歌や逸話を基にした話が多いので、「在五が物語」とも呼ばれ、中世には物語の主人公の「男」（昔男）はそのまま業平のことと見なされていた。ここでも同じで、ここに述べることは伊勢物語・二十三段に、

「さて年頃経《ふ》るほどに、女、親なく頼りなくなるままに、もろともにいふかひなくてあらむやはとて、河内の国、高安の郡に、いき通ふ所出できにけり」と語られている事柄について述べている。

五 寂蓮法師集に「昔、業平朝臣、河内の国高安の郡に通ひける頃、沖つ白波心にかけける古里は、所の人、中将の垣内となむ申し伝へて今に侍るを、中の春の十日あまり、もろともに見にまかりたりける人のもとより　折る花のにほひ残れる古里の心にしみしなごりをぞ思ふ（七二）返し　いにしへのなごりも悲し立田山夜はに思ひし宿のけしきは（七三）」という贈答歌があり、殷富門院大輔集にも同じ時のものと見られる、「奈良の仏拝みにまゐりたるついでに、在中将のだう、沖つ白波心にかけけるすみかなど見て、具したる人のもとへつかはし　しをれたる花のにほひをとどめけむなごり身にしむすまひをぞ思ふ（二一六）返し　入道寂蓮　いにしへのなごりも恋し立田山夜はに越えけむ宿のけしきは（二一七）」の贈答歌がある。ここにいう「沖つ白波心にかけける古里（すみか）」は、現在の大阪府八尾市神立《こうだち》のあたりといわれ、業平が十三峠を越えて通ってきたので、十三峠の竜田道は業平道とも呼ばれるという（日本歴史地名大系28『大阪府の地名Ⅱ』）

【26】

一 柿本人麻呂　生没年未詳。藤原京の時代、持統・文武両天皇の宮廷の歌人で、万葉集にはその作の他、彼の私撰集と見られる柿本朝臣人麻呂歌集の作品も多く載る。後世、山部赤人とともに二歌聖とされ、平安後期からは柿本人麻呂（人丸）影供《えいぐ》も始まり、歌神として尊崇された。和歌三神、三十六歌仙の一人。百人一首の歌人。家集の柿本集は他撰。勅撰集は古今集初出。

二 和爾下神社は変形された古墳の上に位置するが、その古墳の東西に存する陪塚と見られる小古墳のうち、西側のものが歌塚、柿本人麻呂の墓と伝承されている。

三 奈良県桜井市大字初瀬。朱鳥元年（六八六）の創建という。本尊は十一面観音。西国三十三所の第八番札所。

四 清輔朝臣集に「大和の国石上といふ所に柿本寺といふ所の前に、人丸が墓ありといふを聞きて、卒都婆を立てけり、柿本人麻呂墓と記し付けて、かたはらにこの歌をなむ書き付けける　世を経ても逢ふべかりける契りこそ苔の下にも朽ちせざりけれ（四四四）その後、村の者どもあまた、あやしき夢をなむ見たりける」、殷富門院大輔集に「人麻呂の墓にて経供養すとて、人々の御歌申し具して詠み上ぐるついでに、古きを思ふ心を　いにしへの名のみ残れる跡にまたものがなしさもつきせざりけり」（二三四）、寂蓮法師集に「人丸の墓尋ねありきけるに、柿本の明神にまうでて詠みける　古き跡を苔の下までしのばずは残れるかきのもとを見ましや（七七）かくてぞ、思ひもかけず尋ねまかりたりける　思ひかね昔の末にまどひきぬとどめし道のゆくへ知らせよ（七八）」などと見え、平安末期の歌人たちの間では、大和の人麻呂の墓に対する関心がきわめて高かったことが知られる。顕昭の柿本朝臣人麻呂勘文はその最後に「墓所事」の項を設けて、人麻呂が死んだ場所、墓などについ

て、次のように考証している。「考二万葉一、人丸於二石見国一死去了。其間和歌等、度々前注了。而清輔語云、下二向大和国一之時、彼国古老民云、添上郡石上寺傍有レ杜、称二春道杜一。其杜中有レ寺。称二柿本寺一。是人丸之堂也。其前田中有二小塚一。称二人丸墓一。其塚霊所而常鳴云々。清輔聞レ之、祝以行向之処、春道杜者、有二鳥居一。柿本寺者只有二礎計一。人丸墓者四尺計之小塚也。無レ木而薄生。仍為二後代一、建二卒都婆一。其銘書二柿本朝臣人丸墓一。其裏書二仏菩薩名号経教要文一。又書二予姓名一。其下注二付和歌一。世をへてもあふべかりける契こそ苔の下にも朽せざりけれ　帰洛之後、彼村夢感云、正二衣冠一之士三人出来。拝二此卒都婆一而去云々。其夢風二聞南都一。知二人丸墓決定由一云々。私按、人丸於二石州一雖二死亡一、移二其屍和州一歟。其例惟多。彼惟仲帥者、於二宰府一雖二薨逝一、移二其屍於花洛東白川辺一而葬レ之云々。又漢朝王昭君者、於二胡国一而亡。故紀家作二三身化一、早為二胡朽骨一。家留二空作漢荒門一云々。而文集有下見二王昭君塚一之詩上。但或書曰、昭君後帰二漢地一云々。憖可二考尋一矣」

【27】

一　藤原実行　承暦四年（一〇八〇）―応保二年（一一六二）七月二十八日。八十三歳。春宮大夫公実の男。三条家の祖。右中弁・参議・権大納言・右大臣等を経て、従一位太政大臣に至る。金葉集初出。

二　検非違使は京中の違法行為を取り締まった令外の官職。別当はその長官で、唐名を大理という。実行が大理であったのは保安三年（一一二二）十二月二十一日から天承元年（一一三一）五月九日までの間。

三　藤原俊忠　延久五年（一〇七三）―保安四年（一一二三）七月九日。五十一歳（一説、五十三歳）。大納言忠家の男。俊成の父。侍従・蔵人頭等を経て、従三位権中納言に至り、大宰権帥を兼任した。家集は帥中納言俊忠集。金葉集初出。ただし、群書類従本は「長実」と注し、藤原長実とする。

七　白河天皇　天喜元年（一〇五三）六月十九日―大治四年（一一二九）七月七日。七十七歳。後三条天皇の皇子。母は藤原公成女茂子。諱は貞仁《さだひと》。延久四年（一〇七二）十二月八日践祚。応徳三年（一〇八六）十一月二十六日、皇子善仁親王（堀河天皇）に譲位。嘉保三年（一〇九六）八月九日出家。堀河・鳥羽・崇徳の三帝の時代を通じて院政の主であった。在位中藤原通俊に後拾遺集を、最晩年源俊頼に金葉集を撰進させた。後拾遺集初出。

【28】

一　藤原忠実　承暦二年（一〇七八）十二月―応保二年（一一六二）六月十八日。八十五歳。関白師通の男。権大納言・右大臣等を経て関白、さらに太政大臣従一位に至る。知足院、富家殿と号した。嫡男忠通を疎んじ、二男頼長を愛して、保元の乱の一因を作った。中外抄・富家語は忠実の談話を中原師元が聞書した書。新古今集初出。

二　梁塵秘抄口伝集・巻第十には、今様の名手として、「鏡の山のあこ丸」の名が見える。

四　神遊びの歌や歌楽歌などを謡物の曲節で歌った。広義の今様に含まれ、二句神歌・四句神歌がある。

五 千載集・雑下・雑体のうち短歌（長歌の意）・一一六一（長歌一一六〇の反歌）。堀河百首・雑二十首の「述懐」で、長歌（一五七六）の反歌（一五七七）として詠まれた。散木奇歌集・雑下・一五一九にも。

六 「評釈」「全書」「全講」「集成」は「俊頼」を地の文の語と見て、「至り候ひにけりな」の部分を俊頼の言葉と考えている。

七 永縁 永承三年（一〇四八）―天治二年（一一二五）四月五日。七十八歳。藤原永相の男。母は大江公資女。興福寺の僧で同寺の別当、法印権僧正に至る。花林院に住し、その詠歌から初音の僧正と呼ばれる。金葉集初出。

二 道因 俗名は藤原敦頼《あつより》。寛治四年（一〇九〇）生、治承三年（一一七九）九十歳で生存。清孝の男。右馬助従五位上に至り、出家。嘉応二年（一一七〇）住吉社歌合、承安二年（一一七二）広田社歌合を勧進した。その私撰集の現存集は伝わらない。百人一首の歌人。千載集初出。

【29】

一 藤原忠通 永長二年（一〇九七）閏一月二十九日―長寛二年（一一六四）二月十九日。六十八歳。関白忠実の男。兼実・慈円等の父。内大臣・左大臣等を経て、従一位摂政・関白に至る。漢詩文にも巧みで、能書として知られる。百人一首の歌人。家集は田多民治集。漢詩集は法性寺関白御集。金葉集初出。

二 源兼昌 生没年未詳。大治三年（一一二八）生存。宇多源氏、俊輔の男。従五位下皇后宮少進に至る。百人一首の歌人。金葉集初出。

六 散木奇歌集・夏・四月・二〇〇、詞書「殿下にて、卯花をよめる」。第五句「年寄りにけり」に「俊頼」の名を詠み入れた。

八 金葉集に「公任卿家にて、紅葉、天の橋立、恋と、三《みつ》の題を人々に詠ませけるに、遅くまかりて人々みな書くほどなりければ、三の題をひとつに詠める歌 藤原範永朝臣 恋ひわたる人に見せばや松の葉のしたもみぢする天の橋立」（恋下・四二一）という歌が載る。このことは袋草紙・上の「和歌に注を書く事」に語られている。同書はこの話を語った少し先で、「また、歌にわがことを詠むことあり。今の殿下にて、俊頼朝臣、卯の花を詠める歌にいはく、卯の花の身の白髪とも見ゆるかな賤が垣根もとしよりにけり 位署を書かずしてこれを献ず。人々思ひ寄らざるのところ、その名、歌の中に載ると云々。これ独歩の時のことなり」と、29と同じ話を載せている。

【30】

三 藤原基俊 康平三年（一〇六〇）―永治二年（一一四二）一月十六日。八十三歳。右大臣俊家の男。母は高階順業女。官位に恵まれず、左衛門佐従五位上にとどまった。新撰朗詠集・相撲立詩歌の撰者。中古六歌仙の一人。百人一首の歌人。家集は基俊集。金葉集初出。

四 藤原道経 生没年未詳。顕綱の男。藤原俊成の母の従兄弟。初名は家隆。和泉守従五位上に至る。金葉集初出。

五 藤原伊通 寛治七年（一〇九三）―長寛三年（一一六五）二月十五日。七十三歳。宗通の男。母は藤原顕季

女。蔵人頭・右衛門督・権大納言等を経て、正二位太政大臣に至る。九条、大宮と号した。金葉集初出。

一六　源雅定　嘉保元年（一〇九四）―応保二年（一一六二）五月二十七日。六十九歳。村上源氏、太政大臣雅実の男。侍従・右中将・権大納言・内大臣等を経て、正二位右大臣に至る。金葉集初出。

一九　袋草紙に「和歌は昔より師なし。而して能因、始めて長能を師とす」（上・雑談）と述べ、そのいきさつを語っている。

【31】

一　「文盲」「文蒙」などの表記もある。大鏡・伊尹伝に、藤原義懐のことを「その中納言、文盲にこそおはせしかど、御心だましひいと賢く、有識におはしまして」という。

二　韓非子・説林・上に「管仲隰朋、従二於桓公一而伐二孤竹一、春往冬反、迷惑失道、管仲曰、老馬之智可レ用也、乃放二老馬一而随レ之、遂得レ道」とあり、蒙求・中に「管仲随馬」という故事により、老馬が道に迷わないように、老人などが経験から物事によく通じていることをいう。「夕闇は道も見えねど古里はもと来し駒にまかせてぞ来る」（後撰集・恋五・九七八・よみ人しらず）という古歌があり、俊頼髄脳、奥義抄・中、和歌色葉・下などで、この歌の注としてこのことを指摘する。学識はないが、長年の経験で歌を詠んでいるのであろうの意。

四　菅原文時　昌泰二年（八九九）―天元四年（九八一）九月八日。八十三歳。高視の男。道真の孫。輔昭の父。大内記・文章博士を経て、式部大輔従三位に至り、菅三品と称された。和漢朗詠集・本朝文粋に詩文が載る。和歌は拾遺集に一首。

五　大江朝綱　仁和二年（八八六）―天徳元年（九五七）十二月二十八日。七十二歳。玉淵の男。大内記・文章博士等を経て、参議正四位下に至り、後江相公と称される。和漢朗詠集・本朝文粋等に詩文が載る。和歌は後撰集に三首。

六　詩人はよい詩を作ればよく、歌人は秀歌を詠めばそれで十分だ、基俊には自分のように秀歌とされるような歌がないではないかという気持ちで言った。

【32】

一　瞻西　生年未詳。大治二年（一一二七）六月二十日没。出自未詳。もと延暦寺の僧。京都東山の雲居寺を再興して住し、同寺でしばしば歌合を催した。金葉集初出。

三　散木奇歌集・秋・九月・五六八、千載集・秋下・三八四にも。いずれも第二句「なほ秋風は」。この歌合の判者は基俊で、判詞では「なほ秋風はおとづれてといへる続き、たをやかならねば」として、左（瞻西）との勝負を持と判した。

九　藤原俊成も広田社歌合の判詞で三首について「ささへて（ささへたるやうに）聞こゆ」というが、うち二首は第五句についての、一首は第三句（腰の句）についての評である。また、千五百番歌合では藤原定家が讃岐の「いづかたへ秋の送りをすまの関せきゆく舟もゆくへ知らねば」（一六三四）の「送りをすまの関」という言葉続きを「少しささへてや聞こえ侍らむ」と批判している。

二　琳賢　生没年未詳。保延四年（一一三八）生存。橘義済の男。比叡山の僧。造園も能くした。
三「ことよろしき」の「こと」は「事」か。「ことよろし」は、六百番歌合の判詞や難陳にも用いられた評語。
四 拾遺集・春・六四の紀貫之の歌、詞書「亭子院歌合に」。金玉集・深窓秘抄・和漢朗詠集・前十五番歌合等にも入り、貫之の秀歌とされる。

【33】

三 後撰和歌集 二〇巻。村上天皇の天暦五年（九五一）十月三十日、昭陽舎（梨壺）に設置された撰和歌所の役人、大中臣能宣・清原元輔・源順・紀時文・坂上望城が下命され、撰進した。成立年は未詳だが、天暦七年頃には撰進をおえていたか。序文はない。総歌数は一四二五首。
一〇 「梨壺」は内裏五舎の一つ昭陽舎。「梨壺の五人」は、ここに置かれた撰和歌所で後撰集を撰進、万葉集の訓読を行った五人の歌人。→注三

【34】

二 この歌合は三題、歌人は二十四人、計三十六番。歌人としても参加した基俊・俊頼の二人が判者とされた。歌合本文では番ごとに、「俊頼（俊）云」「基俊（基）云」と、二人の判詞を併記し、勝負も「両人共為レ勝」「俊持基勝」のごとく示している。
四 散木奇歌集・恋下・一二一九にも。この番の右の歌は「かつ見れどなほぞ恋しきわぎもこがゆつのつま櫛いかで刺さまし」（五二）で、作者は基俊。
五 基俊のこの番での判詞は、「基云、『くちをしや』など詠みたらむは、かやうの歌合などいまだ見侍らず。むげにこそ覚え侍れ。和歌・詩などは詞をえりて、先花後実とぞいにしへの人も申しける。さればにや、諸家集並びに歌合などにも、この詞詠みたりと見えず。況んやまた初めの句にもあらず。また、『雲居隠れにすむ田鶴』といふこと、和歌にいまだ見出し侍らず。唐の文の中にやと疑はれ侍る。もし世説といふ文に、『鳴鶴日下』といへる心を詠まれたるにや。次の句に『青き雲を披いて白き鶴を見る』とこそいひたれ。『雲居隠れに飛ぶ』などいはむことこそ侍らめ。鶴といひながら、雲の中にすみ侍るべきこそ。淮南鶏ぞ雲居には入り侍りければ、またもしは鶴といふことにや。然者、源近公相鶴経といふ文に、鶴は百八十歳にて雌雄相見て孕めることは侍れ。さらば、人といふことはいかに謂ふべきにか。また雲居隠れにすむといふ所もなければ、ことわりとも覚えず。大方、この歌は詞も心も及ばずぞ見給ふる。右歌、詞に誤つところもなく、歌がらもあしからねば、よろしとはひがことにや」で、自身の歌を勝とした。
八 俊頼のこの番での判詞は、「俊云、前の歌は心も得ず、ことやう極まりなき歌にこそ侍るめれ。後の歌は、『ゆつのつま櫛』とは、素盞烏尊の稲田姫に逢ひ初め給ひし時、御みづからに刺し給ひし櫛なり。この歌は『かつ見れど』と詠まれたれば、すでに逢ひにける心なむ見ゆる。末の句に『いかで刺さまし』とあれば、まだ刺さぬとこそ見ゆれ。本文にはたがひたるやうに見ゆる。よみ人に尋ぬべきことなり。昔承りしにたがひたり。ひがことの覚えけるにや。勝負論なし」で、この番は持とした。
九 顕昭の六百番陳状でも、俊成が漢籍に見える故事に

疎いと皮肉る文脈の中で、「昔より申し置くこと侍り。作者は浅きをも鴻《ひろ》きをも僻事をも詠ずる、常のことなり。また、判者も凡夫なれば、知らぬことも侍り。また、知れることの中にも、ひがざまに心得て難ずるほどに、作者、竜の眠りにあひて大きに高名するためし多かなり。法性寺殿の御歌合に、俊頼朝臣、恋歌に、くちをしや雲居隠れにすむ竜も思ふ人には見えけるものを　これは葉公が、竜を見むと願ひて、竜の形を画《えが》ける時、竜下つて棟梁の間にわだかまることを詠めりける。判者基俊、たづといへると存じて、『鶴、雲にすむといふことやはある』と、もろもろの鶴の才学を尽くせり。甚だもつて詮なきか」（恋九）と述べている。漢の劉向の新序・巻五雑事第五に「葉公子高好㆑竜、鈎以写㆑竜、鑿以写㆑竜、屋室雕㆑文以写㆑竜、於㆑是夫竜聞而下㆑之、窺㆓頭於牖㆒、拖㆓尾於堂㆒。葉公見㆑之、棄而還走、失㆓其魂魄㆒、五色無㆑主。是葉公非㆑好㆑竜也、好㆓夫似㆑竜而非㆑竜者㆒也」とある故事をいう。

【36】

一　袋草紙・上に、源経信（帥大納言）の言として、「女房の歌読み懸けたる時は、これを聞かざる由を一両度不審すべし。女房また云ふ。かくのごとく云々する間、風情を廻らし、なほ成らずんば、また問ふ。女房はゆがみて云はず。その間なほ成らずんば、『別の事に候ひけり』とて逃ぐべし。これ究竟《くつきやう》の秘説なりと云々」（連歌の骨法）というのが、以下の勝命の語る「故実」に似ている。

【37】

三　猿丸大夫　生没年未詳。伝未詳。伝説的人物。三十六歌仙の一人。家集は猿丸大夫集。

【38】

三　大友黒主　生没年未詳。大友皇子の子孫と伝えられ、光孝・醍醐両天皇の大嘗会和歌の作者という。六歌仙の一人。古今集初出。

【39】

三　喜撰　生没年未詳。出自・伝も未詳。六歌仙の一人。倭歌作式（喜撰式）はその仮託の歌学書。古今集初出。

四　寂蓮法師集に、「宇治山の喜撰跡などいふ所にて、人々歌詠みける、秋のことなり　あらし吹く昔の庵の跡絶えて月のみぞ澄む宇治の山本」（一六〇）とある。なお、袋草紙・上に、「ある人云はく、喜撰が住所は、宇治にとりて東の終《はて》と云々。尤も巽《たつみ》の方に当るべきか」（雑談）という。

【40】

一　源有賢　延久二年（一〇七〇）―保延五年（一一三九）五月五日。七十歳。宇多源氏、政長の男。資賢の父。宮内卿従三位に至る。郢曲・笛・和琴を能くした。

五　甘樫《あまかし》丘の北東麓、飛鳥川を隔てて雷《いかずち》丘と対してあった。推古天皇十一年（六〇三）、豊浦宮が小墾田宮へ遷った際、豊浦宮跡が寺とされ、等由良寺と号したという。日本書紀・万葉集などにもその名が見える。現存する向原寺付近に遺構が存する。

七　詞章は「葛城の　寺の前なるや　豊浦の寺の　西なるや　榎の葉井に　白璧沈《しらたましづ》くや　真白璧沈くや　おしとと　とおしとと　しかしてば　国ぞ栄えむや　我《わ》家らぞ富《とみ》せむや　おおしとと　としとんと　おおしとんと　と

しとんと」。

一〇 古今著聞集巻第六管絃歌舞第七・二四九話に次のような類話がある。「大弐資通卿、管絃者どもを伴ひて、金峰山《きんぶせん》に詣づることありけり。下向の時、路次《ろし》に古き寺あり。その寺に下りゐて休みけるついでに、その辺を見めぐりけるに、一人の老翁のありけるを呼びて、『この寺をば何といふぞ』と問ひければ、翁、『これをば豊等《とよら》寺と申し侍り』と答ふ。また、寺のかたはらに井あり。『これ、榎葉井と申す』といふ。また、『うしろの山は何山といふぞ』と問ふ。『この山は葛城山なり』と答ふ。人々これを聞きて、おのおの堂に入りて、寺を打ち払ひて、葛城を数反歌ひて帰りけり」。ここで語られる大弐資通は有賢の祖父である。

一一 源通親 久安五年(一一四九)―建仁二年(一二〇二)十月二十一日。五十四歳。村上源氏、雅通の男。通具・通光等の父。右中将・蔵人頭・参議等を経て、正二位内大臣に至る。高倉・後鳥羽両天皇の近臣で、養女在子(承明門院)所生の土御門天皇の即位を実現させた。和歌所寄人の一人。文章をも能くし、高倉院厳島御幸記・高倉院昇霞記の作者。千載集初出。

一二 影供は歌神と仰がれた柿本人麻呂の影(肖像画)を懸け、影前に供物を捧げて、讃頌し、和歌を披講すること。元永元年(一一一八)六月十六日、藤原顕季の家で行われたのが最初。

一四 後鳥羽院御集・明日香井和歌集により、正治二年(一二〇〇)十一月八日、「古寺月」を含む三題を詠む影供歌合の行われたことが知られる。その時のことか。

一五 夫木和歌抄・巻二十六雑部八・井・一二四六三に「題知らず」として載るが、あるいは無名抄に拠ったか。

一八 律旋と呂旋に分かれる。伴奏楽器は和琴・箏・琵琶・笛・笙・篳篥。宮廷や貴族の家での宴席や寺院の法会などで歌われた。古譜には律・呂合わせて六十一曲が載る。

一九 藤原重家が藤原忠通主催の「月三十五首」で、「葛城やその榎葉井に月澄めば光ことなりしづく白玉」(大宰大弐重家集・八九)と詠んでいるのは長明より早い。

二〇 藤原定家 応保二年(一一六二)―仁治二年(一二四一)八月二十日。八十歳。俊成の男。母は藤原親忠女美福門院加賀。侍従・左少将・同中将・参議・民部卿等を経て、正二位権中納言に至る。和歌所寄人、新古今集撰者の一人。新勅撰和歌集の撰者。百人一首の歌人。家集は拾遺愚草。歌論書に近代秀歌・詠歌之大概など。源氏物語はじめ多くの古典の校訂をした。日記は明月記。千載集初出。

【42】

二 狛近真の楽書、教訓抄・巻第二に、「蘇合香 有レ甲大曲 新楽 序四帖一・三・四・五帖。破三帖一・二・三帖。急五帖但、初一返非レ舞乎。此曲ハ、陳後主所レ作歟。一名、古唐急。或書ニ曰、中印度ノ楽也。而モ中印度ヨリ出タルカ。(中略)唐急五帖、拍子各廿。初一返ハ謂二之空立《そらだち》一。元祚《サ》拍子有レ之歟。不レ舞踏廻許也」とある。

【43】

一 六百番歌合でも、たとえば藤原隆信の「むばたまの闇をあらはす稲妻も光のほどははかなかりけり」(三二六）は、判者俊成に「上下相叶はずや聞こえ侍らむ」（秋上・十三番）と批判されている。一方、顕昭の「あはれとて聞き知る人はなけれども恋しき琴の音《ね》こそ絶えせね」（一〇九九）は、上下よろしきに似たり」（恋九・十番）と賞されている。

三　治承三十六人歌合・二一・月詣和歌集・二一にも。林下集の詞書により藤原公通家十首での詠と知られる。「なごの海」は、摂津の国、越中の国、丹後の国など、諸説ある。

五　「住吉の松」は摂津の国、現在の大阪市住吉区住吉の住吉大社の周辺の松。「淡路島山」は淡路島。淡路の国、現在は兵庫県に属する。

【44】

一　藤原雅経　嘉応二年（一一七〇）―承久三年（一二二一）三月十一日。五十二歳。頼経の男。侍従・左少将・右兵衛督等を経て、従三位参議に至る。若い時鎌倉に下り、大江広元女を妻とした関係で、京に復帰した後もしばしば関東に下った。鴨長明を伴って鎌倉に下っている。和歌所寄人・新古今集撰者の一人。百人一首の歌人。蹴鞠の名手で、飛鳥井流の祖。家集の明日香井和歌集は孫雅有の編。新古今集初出。

三　源兼資　生没年未詳。醍醐源氏、下野守季広の男伊予守兼資か。

四　天理本は「イクメクリカハ《トイ》」。建久九年（一一九八）から翌年の頃にかけて成った御室五十首（守覚法親王の主催）で、藤原俊成が「あはれとはわれをも思へ秋の月いくめぐりかはながめきぬらむ」（一二七六）と、類想の歌を詠んでいる。あるいは兼資の歌はこれと関係があるか。

五　「すが島を渡る秋沙の音なれやささめかれても世を過ぐすかな」（散木奇歌集・雑上・一四六七）

六　形容詞「きらきらし」を歌評に用いた例は、千五百番歌合で藤原忠良の「跡絶えぬ誰に問はましみちのくの思ひしのぶの奥の通ひ路」（恋三・二五六五）の歌に対する顕昭の「右歌は、詞きらきらしくして、ありつきふるまはれて侍れば、勝とこそは申し侍らめ」という判詞などがある。

【45】

一　覚盛　生没年未詳。正治二年（一二〇〇）生存か。出自未詳。比叡山の僧で阿闍梨。秀歌選の三十六人十八番を撰したというが、伝わらない。千載集初出。

七　藤原季経　天承元年（一一三一）―承久三年（一二二一）閏十月四日。九十一歳。左京大夫顕輔の男。宮内卿正三位に至る。家集は季経入道集。枕草子注を著わしたという。千載集初出。なお、→5注八の㊑。

【46】

一　円玄　生没年未詳。醍醐源氏、肥前守俊保の男。山階寺権別当。千載集に二首入るのみ。

二　「眺望の心をよめる　円玄法師　難波潟潮路はるかに見わたせば霞にうかぶ沖の釣り舟」（千載集・雑上・一〇四九）の原型か。「難波の浦」は、現在の大阪湾の海岸。

九　歌評で「手づつ」という例は、六百番歌合にしばしば見られる。たとえば藤原経家の「秋来ぬと風のけしきは見ゆれどもなほ涼しさは音せざりけり」（三〇二）という歌の下の句は、判者俊成に「手づつに聞こえ侍れば」といわれた。なお、→2注一九の㊓

【47】

二　上句は、しぐれが木々を紅葉させるという考えにもとづいて、しぐれにあっても何の変化もなく常緑の松を、の意。

三　「わかせる」の「わかせ」は、あるいは「沸かせ」で、「沸かす」を、熱中して何かをする意に用いたか。「全講」は「歌らしく仕立てた」と訳し、語釈で「〇わかせる程に　和歌らしく作っているうちに。『わかせる』は珍しい語である。「和歌」をサ変動詞風に用いたのであろう」と考え、「集成」もこれに従うが、いかが。

五　藤原公通家十首歌会。承安二年（一一七二）三月から十月までの間に催されたか。大宰大弐重家集により、十首題のすべてが知られる。その最初は「晩霞」。

七　清輔朝臣集・春・七の「海上晩霞　夕潮に由良の門渡る海人小舟霞の底に漕ぎぞ入りぬる」の歌をさすか。

九　歌評に「のさび」といった例は、仁安二年（一一六七）八月の太皇太后宮亮平経盛朝臣家歌合で、藤原資隆の「初時雨ふりにし里を来て見れば御垣《みかき》が原はもみぢしにけり」（七八）という歌を、判者藤原清輔が「姿もうるはしく、のさびに詠みすまして、昔の歌を見るここちおはすれば」として、勝と判したことなど。

一四　歌評に「風情」の語を用いた例は少なくないが、たとえば六百番歌合で寂蓮の「鶯の涙のつらら声ながらたよりにさそへ春の山水」（春上・三二）に対する判者俊成の「風情過ぎたるべし」という判詞での「風情」は、趣向・着想の意と考えられる。

【48】

一　静縁　生没年未詳。建久六年（一一九五）生存。出自未詳。比叡山の僧で阿闍梨。私撰集の閑林抄を撰したが、伝わらない。勅撰集は千載集に二首入るのみ。

【49】

一　藤原顕輔　寛治四年（一〇九〇）―久寿二年（一一五五）五月七日。六十六歳。修理大夫顕季の男。清輔・重家・季経等の父。左京大夫正三位に至る。詞花集の撰者。家集は左京大夫顕輔卿集。金葉集初出。

二　後拾遺和歌集　二〇巻。白河天皇の勅命により、応徳三年（一〇八六）九月十六日に藤原通俊が撰進、翌年再奏覧された。仮名序を有する。総歌数は一二一八首。

三　相模集・五九六、詞書「かれがたになりゆく人のもとに、夕暮れにさしおかする」。「待たれし」は、夫公資の訪れが心待ちされたの意。「れ」は自発の助動詞「る」の連用形。「ゆくらむ方」は、公資が訪れているであろう方（現在の愛人の家）の意。玄々集・三奏本金葉集に載り、古来風躰抄にも抄出された歌。

四　「夕暮れは」の歌は後拾遺集の現存伝本には見えず、詞花集の歌であるから、顕輔がこのように語ったとは考えにくい。俊恵の記憶違いか。

五　金葉和歌集　一〇巻。白河法皇の院宣により、源俊頼が撰進した。初度本・二度本・三奏本の別がある。前二本は改撰を命じられ、大治元年（一一二六）末か翌年初め頃奏覧された三奏本が嘉納された。しかし広く流布した本は二度本。序文はない。総歌数は二度本が六六五首、三奏本が六五〇首。

六 詞書「語らひける人のかれがれになりて恨めしかりければ、つかはしける」

七 詞花和歌集 一〇巻。崇徳院の院宣により、藤原顕輔が撰進した。初奏本に若干の改訂を加えて、久安六年（一一五〇）から翌仁平元年までの間に成った。序文はない。総歌数は四一五首。

八 詞書「題知らず」。後葉集にも載る。「忘らるる人目」は、恋人に忘れられた自身を見る世間の人の目の意。「なからましかば」は言いさした表現で、なかったらなあの意。

一二 現存しないが、諸歌集の注記などによって、約九十首の歌が知られる。

一三 詞書「恋歌とてよめる」。二条院讃岐集・五四。「やがても」は、そのままの意。続詞花集・歌仙落書にも載る歌。

一五 「かくてさは」は、このようにして、それで、の意。「命やかぎり」は、命は終わってしまうか、の意。「いたづらに」は、無駄に。

一六 建仁二年（一二〇二）九月十三夜水無瀬殿恋十五首歌合・二二、十一番右勝、題「秋恋」。「袖」は自身の袖で、その上には色づいた露、紅涙が宿り、「荻の上風」がそれを散らして吹き過ぎることを暗示させる。歌合では判者俊成が、『色もなくてや』といひ、『袖より過ぐる荻の上風』、いみじくをかしく侍る」と評して、例外的に左の後鳥羽院の歌に対して勝と判定した。

一七 拾遺愚草・上・三七九、文治三年（一一八七）冬閑居百首での詠。「帰るさ」は、男が恋人を訪れての帰途、の意。「人」は、自分の恋人（男）のこと。「待つ」の主語は「われ」。「有明の月」は、夜が更けてから出て、明けても空に残っている月。恋人に忘れられた女の心で詠んだ歌。

一八 詞書「顕季卿家にて、恋歌人々よみけるによめる」。左京大夫顕輔卿集・三二、題「恋」。「うつつ」と「夢」とは対をなす。

二一 袋草紙では「故将作（顕季）のもとにて、左京（顕輔）の詠める歌にいはく」としてこの歌を挙げて、「俊頼、当座に感嘆していはく、『人は「うつつ」とこそ詠まむ《（ママ）》。「の」の字、油瑩《あぶらみがき》の上に鼻脂引く所なり』とて、深くこれを感ずと云々。詩歌はただ一字なり」（上・雑談）と賞讃したと語る。

【50】

二 実定は永万元年（一一六五）八月十七日、二十七歳で権大納言を辞し、安元三年（一一七七）三月五日、三十九歳で大納言に還任するまでの十二年間、前権大納言であった。その間彼が強い不遇意識を抱いていたことは、古今著聞集・巻第一神祇第一・二〇話に詳しく語られている。

【51】

五 鴨長守 生没年未詳。下鴨社の禰宜長継の男。長明の兄または弟。五位。

【52】

一 藤原清輔の袋草紙でも「大様意に染みぬる事には、

宜しき歌出で来る者か。然れば、道雅三位はいと歌仙とも聞こえざるに、斎宮に秘かに通ふ間、歌は多く秀逸なり」と述べて、五首の歌を挙げ、「この外は聞かざる者なり。思ふままのことを陳ぶれば、自然に秀歌にてあるなり。これ、志中に在れば、詞は外に顕はるるの謂《いひ》か」(上・雑談)という。

二 「思ひしとけば」の「解け」と「とどこほらぬ」の掛詞「凍らぬ」が「冬の夜」の縁語。頓阿の井蛙抄に、後宇多院の下問に対して二条為藤が「歌は別の子細候はず。太秦法師が妻の、世にありわびて、年の暮れに　身の憂さを……　と、灰の手習ひにして候。これが歌の本にて候由申されけるを、後まで叡感ありける由」(巻六・雑談)と語る。

三 光孝天皇の勅願により着工、仁和四年(八八八)落慶供養が行われた。住職に相当する僧を御室という。第一世の御室は宇多法皇で、以後も皇族出身の僧が御室となった門跡寺院。

【54】

一五 「夜の錦」の句は紀貫之の「見る人もなくて散りぬる奥山の紅葉は夜の錦なりけり」(古今集・秋下・二九七)にある。史記・項羽本紀に「富貴不レ帰二故郷一、如二衣レ繡夜行一。誰知レ之者」とあるのにもとづく。

【55】

二 底本は「まのなく」に「本ノマ、」と注記する。天理本は「ヒィマノナキ」と書き、「キ」をみせけちとして「ク」と改める。ひまなくの意か。この語句を欠く本もある。

四 後鳥羽院御口伝でも、「俊頼、堪能の者なり。歌の姿二様に詠めり。うるはしくやさしき様《やう》もことに多く見ゆ。また、もみもみと、人はえ詠みおほせぬやうなる姿もあり」と評する。

【56】

三 「萩の葉にそそや秋風吹きぬなりこぼれやしぬる露の白玉」(詞花集・秋・一〇八・大江嘉言)。

七 江談抄に「又被レ談云、擬作之起天神始被二作儲一。可レ有之由也云々」(第六)というのによれば、漢詩文に関していわれたことが始まりか。今鏡に源俊頼の歌の詠み方について、「大方は、見るもの聞くことにつけてなむ、詠みまうけられ侍りける。当座に詠むことは少なきぎさくと書きてぞ侍りける」(すべらぎの中・玉章)という。

【57】

六 清輔は歌学書の奥義抄や和歌初学抄で万葉集に見える地名や語句・和歌などについて述べることも多く、袋草紙では万葉集の成立・撰者について論じ、「人丸勘文」の項で柿本人麻呂について考証し、その他万葉歌人について注記している。

【58】

四 「年を経て住みこし里を出でていなばいとど深草野とやなりなむ　在原業平　野とならば鶉と鳴きて年は経むかりにだにやは君は来ざらむ　よみ人知らず」(古今集・雑下・九七一、九七二)の贈答歌について語る伊勢物語・一二三段の世界にもとづく歌。歌仙落書・治承三十六人歌合にも載る。

五 俊成自身、古来風躰抄で千載集の秀歌例に自詠としてはただ一首、この歌を挙げ、慈鎮和尚自歌合でも、慈円に求められて同自歌合に加えた自詠七首のうちにこの歌を入れて、判詞で「この右、崇徳院御百首の内に侍り。これまた殊なることなく侍り。ただ伊勢物語に、深草の里の女の、『鶉となりて』といへることを初めて詠み出で侍りしを、かの院にもよろしき御気色侍りしばかりに、記し申して侍りしを」という。

六　俊成の生前には続詞花集・玄玉集・治承三十六人歌合などに載り、死後は定家が新勅撰集・春上・五七に選んだ歌。

【59】

九　「常々人の秀逸の体と心得て侍るは、無文なる歌のさはさはと詠みて、心おくれ、たけのあるのみ申しならひて侍る」（毎月抄）。

【60】

一　底本、前文に追い込んで書くが、文頭に朱斜線を付して、章段落を分かつことを示し、「み吉野の」の歌の右傍に見出しを朱書する。

二　中古六歌仙・玄玉集・治承三十六人歌合にも載る。

【62】

三　判者がその歌の作者を全く知らないのも大変な重大事である。全く知らぬまま、貴人の歌を負と判する危険があることを恐れていう。

【63】

四　祭神は底筒男命・中筒男命・表筒男命と息長足姫命（神功皇后）。摂津の国の一宮。

七　藤原兼実の日記、玉葉・承安三年（一一七三）三月二十一日に「今日、清輔朝臣来、談二和歌事等一。去年冬、教長入道結二構和歌合一。件判者、彼朝臣也。而作者道因敦頼法師、和歌五首之中、二首負、三首持。因レ之大怒、以下自歌無二其難一之由上、書二陳状一、送二清輔之許一。件状之間、太嗚呼也云々。余粗見レ之、一々不レ得二道理一」とあるのは、あるいはこの話と関係あるか。

四　「みづはさす八十あまりの老の浪海月《くらげ》の骨に逢ひにけるかな」（発心集・第一・多武峰僧賀上人遁世往生事）。

【64】

三　寂蓮　生年未詳。一説に、保延五年（一一三九）頃生。建仁二年（一二〇二）七月二十日頃没。藤原俊成の兄弟阿闍梨俊海の男。俊成の猶子となり、定長と名のり、従五位上中務少輔に至るも、出家した。和歌所寄人・新古今集撰者の一人とされたが、同集撰進以前に没した。百人一首の歌人。家集は寂蓮法師集。千載集初出。

四　藤原頼輔の刑部卿頼輔集に「十座百首の中、すくわいを　寝覚めして思ひとくこそあはれなれこのよの夢をいつまでか見む」（一〇八）とある。

六　四季各二題と祝・恋の十題を詠む試みだった。長秋詠藻をはじめ、林葉集（俊恵）・林下集（藤原実定）・風情集（藤原公重）・貧道集（藤原教長）・藤原隆信朝臣集・源三位頼政集・刑部卿頼輔集などに各人のこの時の歌を収める他、月詣集や玄玉集などにより、他の作者も若干知られるが、寂蓮のこの時の歌は知られない。

八　「当初詠二出此歌一時、父母忽落二感涙一、将来可レ長二此道一之由、被レ放二返抄一」（拾遺愚草員外・堀河題百首前書）。

三　定長の出家の時は不明だが、承安二年（一一七二）頃かと想像される。

三　「少輔入道が百首（寂蓮無題百首）がこれかとする説もある。その中には「はかなさは寝覚めてのみや思ふべきいそぢは夢のあなたなりけり」（八七）という歌が存する。寂蓮の誕生を一説のように保延五年（一一三九）とすれば、右大臣家百首が催された治承二年（一一七八）には四十歳となるので、それ以前に詠んだ歌で「いそぢ」というのは余りにも早いので、この百首を無名抄にいう「無題の百首」と考えるのは無理か。

一七　後鳥羽天皇　治承四年（一一八〇）七月十四日―延応元年（一二三九）二月二十二日。六十歳。高倉天皇の皇子。母は藤原信隆女殖子（七条院）。諱は尊成《たかひら》。寿永二年（一一八三）八月二十日践祚。建久九年（一一九八）一月十一日、皇子為仁親王（土御門天皇）に譲位。土御門・順徳・仲恭の三帝の代を通じて院政の主であった。承久三年（一二二一）五月承久の乱を起こして敗れ、同年七月出家、北条氏により隠岐に移された。和歌所を設置し、藤原定家ら五人に新古今集を撰進させ、自身精撰した。歌論書は後鳥羽院御口伝。百人一首の歌人。家集は後鳥羽院御集。新古今集初出。和歌所開闔であった源家長の源家長日記に、後鳥羽院は長明の歌才を認めて彼を和歌所の寄人に加え、その奉公ぶりを賞して、闕員の生じた河合社の禰宜に補そうとしたが、下賀茂社惣官の鴨祐兼の訴えによってこれを断念し、氏社の宇良社を官社として、長明をその禰宜にしてやろうとしたにもかかわらず、長明がこれを辞して籠居し、その後出家したことを詳しく記している。

【65】

一　殷富門院大輔　生没年未詳。正治二年（一二〇〇）頃、七十歳ほどで没したか。藤原信成の女。殷富門院（後白河天皇皇女亮子内親王）の女房。多作で知られ、「千首大輔」の異名がある。文治三年（一一八七）、藤原定家・同家隆・同公衡・寂蓮等に百首歌を詠ませた。百人一首の歌人。家集は殷富門院大輔集。千載集初出。

二　小侍従　生没年未詳。建仁元年（一二〇一）八十余歳で生存か。石清水八幡別当光清の女。二条天皇・太皇太后宮藤原多子の女房。その歌により「待宵小侍従」の異名がある。家集は小侍従集。千載集初出。

【66】

二　俊成卿女　生没年未詳。承安元年（一一七一）頃生か。建長四年（一二五二）頃生存。藤原盛頼の女。母は藤原俊成女八条院三条。祖父俊成の養女となり、俊成卿女と呼ばれた。源通具と結婚したが、後に離別し、後鳥羽院に女房として出仕した。建保元年（一二一三）出家した。家集は俊成卿女集。歌論書は越部禅尼消息。新古今集初出。

三　宮内卿　生没年未詳。元久元年（一二〇四）生存、その後まもなく二十歳ほどで没したか。源師光の女。母は絵師巨勢宗茂女後白河院安芸。後鳥羽院の女房。歌人としての登場は正治二年（一二〇〇）院第二度百首で、俊成卿女より若干早いか。新古今集初出。

【67】

二　源具親　生没年未詳。弘長二年（一二六二）八十余

歳で生存。村上源氏、師光の男。母は絵師巨勢宗茂女後白河院安芸。宮内卿は同母妹。左近少将従四位下に至った。和歌所寄人の一人。新古今集初出。

三　源家長日記に「歌詠みども召し出だされ、思ひ思ひの朝恩にあづかる人々数知らず」として、まず寂蓮が後鳥羽院に召し出されたことを述べ、ついで「また具親といふ人侍り。右京権大夫入道師光の子なり。仁和寺のほとりにかすかなるさまにて住み給ひしかば、召し出だされてやがて兵衛佐になされ侍りしを、父の入道の、涙もかきあへず喜ばれしこそ、ことわりと見え侍りしか」という。

【68】

四　他資料での呼び方は「大ニフトキ歌」（明月記）、「高歌」（秋篠月清集）、「高体」（後鳥羽院御集）、「長高様」（壬二集）

五　他資料では「からび（やせすごき由也云々）」（明月記）、「痩歌」（秋篠月清集）、「疲体」（後鳥羽院御集）、「有心様」（壬二集）

六　他資料では「艶躰」（明月記）、「艶歌」（秋篠月清集）、「艶体」（後鳥羽院御集）、「幽玄様」（壬二集）

二　慈円　久寿二年（一一五五）四月十五日—嘉禄元年（一二二五）九月二十五日。七十一歳。関白忠通の男。兼実の同母弟。良経の叔父。幼少より比叡山延暦寺に入り、大僧正に至る。建久三年（一一九二）を最初として、生涯に四度天台座主となった。贈名は慈鎮。著書に史論の愚管抄、自歌合に藤原俊成が加判した慈鎮和尚自歌合がある。家集の拾玉集は他撰。和歌所寄人の一人。百人一首の歌人。千載集初出。

三　藤原家隆　保元三年（一一五八）—嘉禎三年（一二三七）四月九日。八十歳。権中納言光隆の男。侍従・越中守・上総介・宮内卿等を経て、従二位に至り、壬生二品と称された。和歌所寄人・新古今集撰者の一人。家集は壬二集（玉吟集）。他に家隆卿百番自歌合がある。百人一首の歌人。千載集初出。

三　「高間の山」は大和の国、現在の奈良県御所市高天の金剛山（標高一一一二メートル）のこととされる。高間山の花（桜）を歌った歌は、これ以前にも「白雲の立てるやいづこ葛城の高間の山の花盛りかも」（江帥集・三四）、「白雲の八重立つ山と見えつるは高間の峰の花盛りかも」（同・三五）、「葛城や高間の山の桜花雲居のよそに見てや過ぎなむ」（千載集・春上・五六・藤原顕輔）、「葛城や高間の桜咲きしより春は晴れせぬ峰の白雲」（林葉集・一三七）、「思ひ寝の夢に見えけり葛城や高間の山の花の盛りは」（林下集・二四）、「葛城の峰の白雲かをるなり高間の山の花盛りかも」（秋篠月清集・花月百首・六）などがある。これらのうち、長明は良経の「葛城の」の歌などを特に意識していたか。

四　古歌の「五月山卯の花月夜時鳥聞けども飽かずまた鳴かぬかも」（万葉集・巻十・一九五三・作者未詳、新古今集・夏・一九三）を念頭に置くか。ただし、三体和歌での長明の夏の歌は「住みなれし卯の花月夜時ふけて垣根にうとき山ほととぎす」（三八）。

五　「月の桂」は、古代中国で考えられていた、月の中に生えているという桂の木。壬生忠岑の「久方の月の桂も秋はなほもみぢすればや照りまさるらむ」（古今集・秋上・一九四）の本歌取り。

二六 ただし、三体和歌では、下の句「落葉がうへの今朝の初雪」。「跡」は、人が通った足跡。

二七 顕昭の「よしさらば涙に朽ちね唐衣干すも人目を忍ぶかぎりぞ」（千載集・恋三・八一七）に応和したような歌。

二八 「たつ」は「衣」の縁語「裁つ」と「旅」「別れ」の縁語「立つ（発つ）」の掛詞。「宮城野」は陸奥、現在の宮城県仙台市宮城野区とされる。古歌に「みさぶらひ御《み》笠《かさ》と申せ宮城野の木の下露は雨にまされり」（古今集・東歌・一〇九一・陸奥歌）と歌われ、「露」は宮城野の景物だが、この「旅衣」の歌では、旅愁の涙の隠喩でもある。

【69】

一 三体和歌の「葛城や高間の桜咲きにけり竜田の奥にかかる白雲」（三一）の歌。新古今集・春上・八七。「葛城や高間」は、「葛城連山の高間山」の意。→68注一三。「竜田の奥」は竜田山（大和の国、現在の奈良県生駒郡三郷町）の奥の意。「よそにのみ見てややみなむ葛城の高間の山の峰の白雲」（和漢朗詠集・雲・四〇九・作者名不記）の本歌取り。後鳥羽院口伝の寂蓮評で「あまり案じ砕きしほどに、たけなどぞいたくは高くはなかりしかども、『いざ、たけある歌よまむ』とて、『竜田の奥にかかる白雲』と、三体の歌に詠みたりし、恐ろしかりき」と述べている。

二 覲子内親王 養和元年（一一八一）十月五日―建長四年（一二五二）六月八日。七十二歳。後白河法皇の皇女。母は高階栄子。文治五年（一一八九）十二月五日、内親王・准三宮とされる。建久二年（一一九一）六月二十六日院号を蒙った。

三 藤原兼実の日記、玉葉によって、後白河院は多年五月と九月に供花を行うことを続けていたと知られる。そして、供花の際には歌会も行われたことが、藤原俊成・同重家・同隆信・源頼政・同有房・平親宗その他の歌人の家集によって確かめられる。「宣陽門院の御供花の会」もおそらくこれらから知られる、後白河院の供花に伴う歌会に近い性格のものであったであろう。

四 歌題の「契り久し」によって「動きなき世」に主催者宣陽門院への慶祝の心を籠め、「動きなき世の山」から、歌題の「常夏」によって秋の七草の一つの「大和撫子」と続けた。この頃の歌では常夏と撫子を区別していない。

五 不明だが、章段を設ける本はこの段を「寂蓮顕昭両人心事」（底・天）のように記す。これによれば、文中ではこのように朧化した表現をしているが、顕昭をさすと考えざるを得ない。ただし、章段の題が長明の自記したものか、後人が加えたものかは、はっきりしない。もしも後人が加えたとしても、長明の自筆本のたぐいに何らかの根拠が（たとえばみせけちのような形で）あったのでこう記したのか、それとも全くの臆測にすぎないのかも、はっきりしない。「集成」は、この段での長明の筆致は執拗であり、章段名に真実性があるとする。

【70】

一　無名抄の以下の部分に相当する俊頼髄脳の原文は、「歌のよしあしをも知らむことは、殊の外のためしなり。四条大納言に子の中納言の、『式部と赤染と、いづれかまされるぞ』と尋ね申されければ、『一口にいふべき歌よみにあらず。式部は「隙こそなけれ蘆の八重葺き」と詠める者なり。いとやむごとなき歌よみなり』とありければ、中納言はあやしげに思ひて、『式部が歌をば、「はるかに照らせ山の端の月」と申す歌をこそよき歌とは、世の人申すめれ』と申されければ、『それぞ人のえ知らぬことをいふよ。「暗きより暗き道にぞ」といへる句は、法華経の文にはあらずや。されば、いかに思ひ寄りけむとも覚えず。末の「はるかに照らせ」といへる句は、本に引かされてやすく詠まれにけむ。「こやとも人を」といひて、「隙こそなけれ」といへる詞は、凡夫の思ひ寄るべきにあらず。いみじきことなり』とぞ申されける」。なお、袋草紙にも、「和歌は、人の心々なり」という書き出しで、定頼と公任の和泉式部・赤染衛門優劣論を記し、次いで、「江記にいはく、『良暹《りやうせん》いはく、「式部・赤染共にもつて歌仙なり。ただし、赤染は鷹司殿の御屛風の歌十二首中十首は秀歌なり。また賀陽院歌合の時、秀歌多し。屛風のごときは、式部かの人に及ぶべからず」と云々』。予これを案ずるに、仰ぎて大納言の説を信ずべし。何ぞ良暹の儀に付かむや。ただし、誠にも歌合のごときは、赤染たしかなる歌読みなり。また、式部の歌、度々の歌合に入らず。いはゆる、花山院ならびに長元等なり。ただし、長元歌合の時、中宮亮為善・権亮兼房・大進義通・蔵人橘季通・源頼家・平経章あり。この輩の歌入らずと云々」（上・雑談）と論ずる。西行上人談抄も、公任の論と同様の評価のし方で、和泉式部の「暗きより」の歌より「津の国の」の歌の方が勝ると述べている。

二　藤原定頼　長徳元年（九九五）―寛徳二年（一〇四五）一月十九日。五十一歳。公任の男。母は昭平親王女。権中納言正二位に至る。中古三十六歌仙。百人一首の歌人。家集は権中納言定頼卿集。後拾遺集初出。

三　藤原公任　康保三年（九六六）―長久二年（一〇四一）一月一日。七十六歳。関白頼忠の男。母は代明親王女厳子女王。権大納言正二位に至る。拾遺抄・和漢朗詠集をはじめ、多くの秀歌選の撰者。中古三十六歌仙。百人一首の歌人。家集は大納言公任集。拾遺集初出。

四　和泉式部　生没年未詳。万寿四年（一〇二七）生存。大江雅致の女。母は平保衡女。橘道貞の妻として小式部内侍を産んだが、道貞とは離別した。冷泉天皇の皇子為尊親王、その弟の敦道親王に愛されたがともに死別し、上東門院に出仕、藤原保昌の妻となった。日記に和泉式部日記がある。中古三十六歌仙。百人一首の歌人。家集は和泉式部集・和泉式部続集。拾遺集初出。

五　赤染衛門　生没年未詳。長久二年（一〇四一）生存。赤染時用《ときもち》の女。実父は平兼盛という。藤原道長室源倫子に仕え、大江匡衡の妻。栄花物語正編の作者かといわれる。中古三十六歌仙。百人一首の歌人。家集は赤染衛門集。拾遺集初出。

六　和泉式部集・六九〇・詞書「わりなく恨むる人に」。

「津の国」は摂津の国。「こや」は「小屋」に地名「昆陽」（現在の兵庫県伊丹市から尼崎市にかけての地）を響かせ、「来や」を掛ける。「人」は相手をさしていう。「蘆」は「津の国」の縁語。「津の国の蘆の八重葺き隙をなみ恋しき人に逢はぬ頃かな」（古今六帖・第二・一二五八・作者名不記）その他、類似表現を含む先行歌がある。

八　和泉式部集・一五〇、詞書「播磨の聖のおもとに、結縁のために聞こえし」、八三四にも重出。

九　「衆生常苦悩、盲冥無ニ導師一、不レ識ニ苦尽道一、不レ知レ求ニ解脱一、長夜増ニ悪趣一、減ニ損諸天衆一、従レ冥入ニ於冥一、永不レ聞ニ仏名一」

三　紫式部　生没年未詳。寛仁三年（一〇一九）生存。藤原為時の女。母は藤原為信女。藤原宣孝の妻として賢子（大弐三位）を産むが、夫と死別、寛弘二年（一〇〇五）頃一条天皇の中宮藤原道長女彰子（上東門院）に出仕、源氏物語を書いた。中古三十六歌仙。百人一首の歌人。家集は紫式部集。後拾遺集初出。「紫式部が日記」は紫式部日記。平安中期の仮名日記。二冊または一冊。紫式部作。十一世紀初めに成る。寛弘五年（一〇〇八）九月の皇子（後一条天皇）誕生前後の記事に始まり、同時代の後宮女房の人物批評をしている書簡体の部分、寛弘七年正月の記事などから成る。藤原公任も登場して、源氏物語の成立過程をうかがわせる記事も注目される。無名抄に引く部分に相当する原文は、「和泉式部といふ人こそ、おもしろう書きかはしける。されど、和泉はけしからぬ方こそあれ、うちとけて文走り書きたるに、その方の才ある人、はかない言葉のにほひも見え侍るめり。歌はいとをかしきこと。もの覚え、歌のことわり、まことの歌よみざまにこそ侍らざめれ、口に任せたることどもに、かならずをかしき一節の目にとまる、詠み添へ侍り。それだに、人の詠みたらむ歌、難じことわりゐたらむは、いでやさまで心は得じ。口にいと歌の詠まるるなめりとぞ見えたる筋に侍るかし。恥づかしげの歌よみやとは覚え侍らず。丹波の守の北の方をば、宮・殿などのわたりには、匡衡衛門とぞいひ侍る。ことにやむごとなきほどならねど、まことにゆゑゆゑしく、歌よみとて、よろづのことにつけて詠み散らさねど、聞こえたるかぎりは、はかなき折節のことも、それこそ恥づかしき口つきに侍れ」。

三〇　大江匡衡　天暦六年（九五二）―寛弘九年（一〇一二）七月十六日。六十一歳。重光の男。赤染衛門の夫。匡房の曾祖父。従五位下文章博士・式部大輔。漢詩集は江吏部集。中古三十六歌仙。家集は匡衡集。後拾遺集初出。

四〇　円融天皇　天徳三年（九五九）三月二日―正暦二年（九九一）二月十二日。三十三歳。村上天皇の皇子。母は右大臣藤原師輔女安子。安和二年（九六九）八月十三日践祚。永観二年（九八四）八月二十七日花山天皇に譲位。寛和元年（九八五）八月二十九日出家。家集は円融院御集。拾遺集初出。

四二　藤原実資の日記、小右記に「召ニ和歌人於御前一、先給レ座。兼盛朝臣・時文朝臣・元輔真人・重之朝臣・曾禰善正・中原重節等也。公卿達称レ無ニ指召一、追ヲ立善

正・重節等一。時通云、善正已在二召人内一云々」（永観三年二月十三日条）という。

四三 このことは今昔物語集・巻第二十八・円融院御子日参曾禰吉忠語第三に詳しく語られている。

四四 一条天皇 天元三年（九八〇）六月一日―寛弘八年（一〇一一）六月二十二日。三十二歳。円融天皇の皇子。母は太政大臣藤原兼家女詮子（東三条院）。諱は懐仁《やすひと》。寛和二年（九八六）六月二十三日践祚。寛弘八年六月十三日、三条天皇に譲位。後拾遺集初出。

四六 大江匡房 長久二年（一〇四一）―天永二年（一一一一）十一月五日。七十一歳。大学頭成衡の男。母は橘孝親女。匡衡は曾祖父、赤染衛門は曾祖母。正二位に叙され、権中納言・大宰権帥に任ぜられた。続本朝往生伝・江家次第・遊女記他、漢文の著述が多い。百人一首の歌人。家集は江帥集。後拾遺集初出。

四七 四十二人の往生人の伝記を漢文で記したもの。康和三年（一一〇一）以後同五年頃までの間に成る。その冒頭に一条天皇を挙げ、「一条天皇者円融院之子也。母東三条院。七歳即位。御宇廿五年間。叡哲欽明。広長二万事一。才学文章。詞花過レ人。糸竹絃歌。音曲絶レ倫。年始十一。幸二於円融院一。自吹二竜笛一以備二宸遊一。佳句既多悉在二人口一。時之得レ人。也於斯為レ盛」と述べて、親王・貴族・官僚・管絃・文士と、各方面の名士を挙げ、「和歌則道信。実方。長能。輔親。式部。衛門。曾禰好忠」と述べ、さらに画工・舞人・陰陽師・僧侶・医師他についても著名人を挙げて、「皆是天下之一物也」という。

四八 藤原道信 天禄三年（九七二）―正暦五年（九九四）七月十一日。二十三歳。太政大臣為光の男。母は摂政藤原伊尹女。左中将従四位上に至る。中古三十六歌仙。百人一首の歌人。家集は道信朝臣集。拾遺集初出。

四九 藤原実方 生年未詳。長徳四年（九九八）十一月十三日没。侍従定時（貞時）の男。母は左大臣源雅信女。右馬頭・左中将等を経て、長徳元年（九九五）陸奥守を兼任、正四位下に叙され、任地で没した。中古三十六歌仙。百人一首の歌人。家集は実方集。拾遺集初出。

五〇 藤原長能 生没年未詳。一説、天暦三年（九四九）―寛弘六年（一〇〇九）か。倫寧《ともやす》の男。母は源認《みとむ》女。藤原道綱母の異母弟。従五位上伊賀守に至る。能因はその弟子。中古三十六歌仙。家集は藤原長能集。拾遺集初出。

五一 大中臣輔親 天暦八年（九五四）―長暦二年（一〇三八）六月二十二日。八十五歳。祭主能宣の男。神祇伯正三位に至る。中古三十六歌仙。家集は輔親家集。拾遺集初出。

【71】

一 文学史でいぅ新古今時代に主流であった、藤原定家に代表される新しい歌。

二 禅宗は坐禅して自ら悟るとする宗派なので、保守派の歌人達が定家ら新進歌人達の難解な新しい傾向の和歌を誹謗し、渾名として「達磨歌」「達磨宗」などといった。上覚の和歌色葉に「近来の歌仙どもみな達磨を好み詠む。よくよく天性を受けずよりは、ゆめゆめ達磨を宗とすべからず」（上・四）といい、定家も後年、自身が誹謗されたことを「自二文治建久一以来、称二新儀非拠達磨歌一、為二天下貴賤一被レ悪已欲レ被二弃置一」（拾遺愚草員外・堀河題百首前書の頭書）と回想している。その他、慈円の家集、拾玉集の建久二年（一一九一）閏十二月二十八日慈円と藤原良経が贈答した十首歌中に、「花よ月霞めすごしのつひになほ雪の朝《あした》も達磨なりけり（五三〇六　慈円）　いな達磨人□もなし雪の歌深き心は密宗といはん（五三一六　良経）」と、「達磨」の語が詠まれている。また、建久九年夏に藤原定家が詠んだ御室五十首の草稿（軸物之和歌写）に、父俊成かと思われるある人物が加えた評語として、「顕宗申すには、いたく達磨に霞みてや候ふらん」という例がある。

七　「俗に近し」は歌合判詞でしばしばいわれる評語。たとえば、六百番歌合で慈円の「茂りあふ青き紅葉の下涼み暑さは蟬の声にゆづりぬ」（二九〇）は、判者の俊成に「下の句の『暑さは』といひ、結句の文字遣ひなどや、俗に近く侍らむ」と批判されている。

一五　古事記では「八雲立つ出雲八重垣妻籠《ご》みに八重垣作るその八重垣を」（上・一）、日本書紀では第三句を「妻ごめに」、第五句を「その八重垣ゑ」とする（巻第一神代上・一）。

一七　紀貫之は古今集の歌を精選した新撰和歌の序で「詞人之作、花実相兼而已」という。俊成は古来風躰抄で古今集について、「この集の頃ほひよりぞ歌のよきあしきもことに選び定められたれば、歌の本体にはただ古今集を仰ぎ信ずべきことなり」と述べ、万葉集とは「歌の姿、詞づかひもことのほかに変はれるべし」という。

一八　古来風躰抄では「古今集の後、後撰集の撰ばるることは、延喜五年より後、朱雀院の御時をこそは隔てたれば、僅かに四十余年などやほど経て侍りけむ」と、やはり古今集との間隔が短いことをいうが、その時代の歌人が多くいた上に、古今集の歌人の同集以後詠んだ歌も多かったので、「君も詩歌の道深くおましまして、勅撰も重ねてありけるなるべし」と述べて、ここではその歌風を論評しないが、後拾遺集の項で、同集との関連で、「後撰は、いかなるにか、歌も古き姿をむねとし、詞もことに古きさまに書かれたるがいみじきことなるとぞ申し伝ふめる。歌の中にぞ、贈答などの多く続きたるところの、少し乱れたるところもあるなるべし」という。

一九　拾遺和歌集　二〇巻。藤原公任が私に撰した拾遺抄（一〇巻）を花山法皇が増補して親撰したか。その際藤原長能・源道済が助力したともいわれる。寛弘二年（一〇〇五）から同四年頃までの成立か。序文はない。三代集の一つ。総歌数は一三五一首。

三　古来風躰抄では花山法皇撰の拾遺集を公任が抄出して拾遺抄を撰したと考え、拾遺集については「よき歌もまことに多く、また少し乱れたることもまじれる」、拾遺抄については「ことによき歌のみ多く、また時世もややう下りにければ、今の世の人の心にもことにかなふにや、近き世の人の歌詠む風体、多くはただ拾遺抄の歌をこひねがふなるべし」という。

二五　古来風躰抄では、「この集どもの歌を見るに、歌の道の少しづつ変はりゆける有様は見ゆるものなり。……多くの歌詠みどもの歌積もれる頃ほひ撰びければ、いかによき歌多く侍りけん。されば、げにまことにおもしろく、聞き近く、ものに心得たるさまの歌どもにて、をかしくは見ゆるを、撰者の好む筋や、ひとへにをかしき風体なりけむ。ことによき歌どもはさることにて、はさまの地の歌の、少し先々の撰集に見合はするには、たけの立ち下りにけるなるべし」という。

三六　古来風躰抄では、金葉集については撰進の事実、十巻であることを述べるのみで、歌風については言及しない。

三七　俊成卿女の歌論書、越部禅尼消息で「金葉集、詞花、軽々なるやうに候」という。

三八　古来風躰抄では、能因の私撰集である玄々集の歌を多く入れたためか、「後拾遺の歌よりもたけある歌どもの入りて、集のたけもよく見ゆるを、また今の世の人の歌の、さまでならぬにや、ことのほかの歌どものあるとぞ、人申すべき。また地の歌は多くはみな誹諧歌の体に、みなざれをかしくぞ見えたるべき」と評する。

三九　古来風躰抄では、同時代の人々の打聞（私撰集）がすべて撰者の思い思いで選歌しているのに対して、「この千載集は、ただわが愚かなる心一つに、よろしと見ゆるをば、その人はいくらこそといふこともなく記しつけて侍りしほどに、いみじく会釈少なきやうにて、人すげなかるべき集にて侍るなり」という。

四〇　「幽玄」の語は、日本文学の分野では、古今集・真名序での「或事関㆓神異㆒、或興入㆓幽玄㆒」という例が早く、壬生忠岑の著作と伝える和歌体十種の高情体で「此体、詞雖㆓凡流㆒、義入㆓幽玄㆒」というのが、これに次ぐか。「幽玄の体」は、藤原宗忠の詩作法書である作文大体に「余情幽玄体」を設けていることが注目される。歌合の歌論に「幽玄」の語を用いたのは藤原基俊に始まるか。藤原俊成はしばしば用い、西行や慈円の歌について「幽玄の体」「幽玄の風体」と評した例も知られる。

四一　六百番歌合の難陳や判詞には「心得られず」「心得がたし」などの評語が頻出する。

四二　六百番歌合で顕昭の「海原の根柔ら小菅今さらに誰に引かれて見えずなるらむ」（七五三）という歌の「根柔ら小菅」の句は判者俊成に「悪気なきにあらずや」と難ぜられた。

四三　文選・沈休文の「宋書謝霊運伝論」に「自㆑漢至㆑魏四百余年、辞人才子、文体三変」とあり、西行の宮河歌合での藤原定家の判詞でこれを「もろこしの昔の時だに、幾百年《ももとせ》のうちとかや、詞人才子の文体三度《みたび》改まりにければ」と引き、俊成の古来風躰抄でも「もろこしにも、文体三度改まるなど申したるやうに」という。

四四　日本を小国と見なす考え方は、同じく長明の著作である発心集にも、三井寺の名僧禅仁が言ったという言葉、「この小国辺鄙の位、何ぞ愛するに足らん」（第五・乞児物語の事）や、長明自身の意見として述べられる、「中にも、我が国の有様、神明の助けならずは、いかにか人民も安く、国土も穏かならむ。小国辺卑の境なれば、国の力弱く、人の心も愚かなるべし」（第八・下山の僧川合の社の前において絶え入る事）などの叙述にもうかがわれる。早く、大鏡にも、「狛人」の相人が藤原仲平を「あまり御心うるはしくすなほにて、へつらひかざりたる小国にはおはぬ御相なり」と相したと語っている（巻六・昔物語）。無名抄より少し後では、古今著聞集で、同じ空海が唐で書いた字と日本で書いた字との筆勢が異なることをいぶかった嵯峨天皇に対して、空海が「唐土は大国なれば、所に相応して勢かくのごとし。日本は小国なれば、それに従ひて当時の様をつかうまつり候なり」と答えたと語る（巻第七能書第八・二八六話）。

九三　諸注は「対せられたるなり」の本文により、「比較して考える」と解する冨倉徳次郎『随筆・日記・評論文学』の説に従っている。「全講」もこれに従いつつ、語釈で「感じとしては、ひきつけられて、しばられるに近いものかと思う」と述べ、「全く中古風の歌の様相にしばられて、ほかのものをそれとの比較によってしか考えられないようになっているためなのです」と訳している。底本でも天理本でも、「封」と「対」とは異なった字体で書かれており、この箇所は両本とも「封」と読むべきであると考える。

九四　藤原定家が建久元年（一一九〇）「花月百首」で「さむしろや待つ夜の秋の風ふけて月を片敷く宇治の橋姫」（拾遺愚草・六六〇、新古今・秋上・四二〇）と詠み、その後に慈円が建久四年の六百番歌合で「思ひかぬる夜はの袂に風ふけて涙の川に千鳥鳴くなり」（一〇五二、拾玉集・一六八三）と詠んでいる。

九五　有名な作例は建仁元年（一二〇一）二月老若五十首歌合での慈円の「花ならでただ柴の戸をさして思ふ心の奥もみ吉野の山」（四六三、新古今・雑中・一六一八）。

九七　俊恵が藤原重家家で「み空には雲もたなびけ卯の花の月の有明澄まぬ宿かは」（林葉集・一九六）と詠み、定家が花月百首で「長月の月の有明の時雨ゆゑあすの紅葉の色もうらめし」（拾遺愚草・七〇〇）と詠む。その後も散発的にこの句を詠んだ歌が知られる。

九八　慈円が建久二年（一一九一）六月、良経に求められた「いろはの和歌」で「残りゐて思ふもかなし浅茅原露こぼれぬる風の夕暮れ」（拾玉集・四五九九）、やはり建久の初め頃良経に送った歌で「袂知るや深山の秋のものうきに荻かあらぬか風の夕暮れ」（同・三九四九）と詠んでいる。

九九　定家が六百番歌合で「木の本《こ》は日数ばかりをにほひにて花も残らぬ春のふるさと」（一七五、拾遺愚草・八一五）と詠んだのが早い例か。ほぼ同じ頃か、式子内親王も「たえだえに軒の玉水おとづれて慰めがたき春のふるさと」（式子内親王集・一一七）と詠む。有名な作例は良経が正治二年（一二〇〇）の後鳥羽院初度百首で詠んだ「あすよりは志賀の花園まれにだにたれかは訪はむ春のふるさと」（四二三、新古今・春下・一七四）。後鳥羽院や俊成卿女も詠んでいる句。

一〇三　「無心所着」は万葉集・巻第十六に載る、安倍子祖父の「我妹子が額に生ふる双六《すぐろく》の牡《ことひ》の牛の倉の上の瘡《かさ》」（三八三八）、「我が背子が犢鼻《たふさき》にするつぶれ石の吉野の山に氷魚《ひを》ぞ懸《さが》れる」（三八三九）のように、意味の通じない歌。

【72】

五　「題知らず」「よみ人知らず」だが、左注に「この歌は、ある人のいはく、柿本人麻呂が歌なり」という。

「明石の浦」は播磨の国、現在の兵庫県明石市の海岸。「明《あか》し」を掛ける。新撰和歌・三四一、古今六帖・第三・一八一八、和漢朗詠集・行旅・六四七をはじめ、多くの秀歌選・歌学書に載る歌。

一六　業平集・三七、伊勢物語・四段・五にも。古来風躰抄・西行上人談抄・近代秀歌にも引かれる歌。瑩玉集・一五では「幽玄を姿とする歌」として掲げる。

二一　詞書「堀河院御時、御前にておのおの題を探りて歌つかうまつりけるに、薄をとりてつかまつれる」。散木奇歌集・秋・八月・四一四。「真野」は近江の国、現在の滋賀県大津市真野。「波よる」の「波」は「入江」「浜風」の「浜」と縁語。古来風躰抄・西行上人談抄・近代秀歌・後鳥羽院御口伝にも引かれる歌。瑩玉集・二一では「詞続き妙なる歌」として掲げる。

二四　俊恵自身が遠慮してこういう言い方をしたとも、長明の所為とも、両様に考えられるが、あるいは後者か。

二五　久安六年（一一五〇）百首・八五五。長秋詠藻・上・五五。「玉川の里」は、六玉川のうちどの玉川かはっきりしないが、あるいは陸奥の野田の玉川か。「あられ」「くだくる」と縁語の「玉」を響かせる。月詣和歌集・十月・九三一。

二六　高陽院七番歌合・四、桜二番持。江帥集・春・三九。後葉集・春上・四四。「み吉野の吉野の山」→2注一四。瑩玉集・一にも掲げ、無名抄に近い言い方で賞讃する。

二七　形容詞「とほしろし」は、万葉集の「明日香の　古き都は　山高み　川とほしろし」（巻三・三二四・山部赤人）などの例から、雄大だの意と知られる。平安時代には「遠白し」と解され、俊頼髄脳では崇高感のある大きな対象を遠くから望むような歌をこの語で表した。藤原定家に仮託される歌論書の愚秘抄や三五記では長高体に付属する風体として、遠白体を立てている。

三〇　瑩玉集では注二一の歌他二首について、「たとへば、五色の中に白色を第一とするがごとし。殊なるにほひなけれど、清くうるはしくて、よろづの色にすぐれたるなり。かの君子の交りを淡水にたとふるも、極まりてかしこきは淡くすさまじきゆゑなるべし」という。

三二　詞書「正月ばかりに津の国に侍りける頃、人のもとにいひつかはしける」。能因集・中・八三、新撰朗詠集・春・春興・二一、ともに第四句「難波の浦の」。「津の国の難波」は摂津の国、現在の大阪市。古来風躰抄にも引かれる。瑩玉集・五では「たをやかにて妙なる歌」として掲げ、無名抄に近い言い方で賞讃する。

三六　梁塵秘抄にも「直《すぐ》なるものはただ、連枷《からさを》や篦竹《のだけ》、仮《かん》名《な》のし文字……」（巻第二・四三五）と歌われている。

三九　詞書「題知らず」。「妹がり」は、妻（恋人）のもと。貫之集・第三・三三九、詞書によれば、屏風歌。拾遺抄・冬・五八三。古今六帖・第六・四四六二。和漢朗詠集・冬・冬夜・三五八。俊頼髄脳・奥義抄・古来風躰抄・西行上人談抄にも引く。瑩玉集・一一では「面影ある歌」として掲げる。

四一　寛算　生没年未詳。嵯峨源氏、河原左大臣融の曾孫掃部頭准の男に寛算がいる。一説に、その人かという。内供奉《ないぐぶ》（宮中で御斎会に奉仕し、夜居の勤めをする僧）になった。大鏡・巻一・三条院に、三条天皇の眼病について、「桓算供奉」が「御物の怪」として現れて、「御首に乗りゐて、左右の羽をうち覆ひ申したるに、うち羽ぶき動かす折に、少し御覧ずるなり」と言ったと語り、同・巻三・師輔にも、藤原元方と並ぶ怨霊として語られ、平家物語・巻第三・赦文にも「三条院の御目も御覧ぜざりしは、観算供奉が霊なり」と語る。十訓抄・第九には「寛算が雷となり」という。「六月二十六日」はその死した日か。藤原定家の日記、明月記・寛喜元年（一二二九）六月二十二日条に「此三ヶ日暑熱殊甚。雷鳴殊猛。大雨即晴。今日貫算之昇天之日歟。末代猶不レ忘歟」とある。

四二　諸注は、「まだ花の咲いてゐない峯の梢」（全書）、「まだ花をつけぬ峯の桜」（全講）、「ことさら造りたてたものでない峰の梢」（集成）などと解する。

五一　詞書「閨冷夢驚といふことを、人に代りて」。

五二　どう扱っていいかわからないもの、無理な感じを伴うものの意か。形容詞「わりなし」は、歌評では、評価する意味でいわれる場合と評価しない意味でいわれる場合がある。六百番歌合で寂蓮の「鶯の涙のつらら声ながらたよりにさそへ春の山水」（三二）について、難陳の場で左方が、「涙のつらら、声ながら水の誘はむこと、余りにわりなくや」（春上・十六番）といっている「わりなく」は、ここでの「わりなき」に近いか。天理本は「ツタナキヲトリテ」とする。諸注は「非常にすばらしいものを取り用いて」（全講）、「素晴らしいところ」（集成）など、評価する意味に解している。

五四　詞書「師光君家にて人々百首歌よみ侍りしに、恋歌十首」。永暦元年（一一六〇）七月太皇太后宮大進清輔朝臣家歌合・二十八番左負、題「恋」。「わが背子」は夫、または恋人。「かた待つ」は、ひたすら待つの意とも、待つともなく待つの意ともいう。「梅の花咲き散る園にわれ行かむ君が使ひを片待ちがてり」（万葉集・巻十・一九〇〇・作者不詳）。この二語が「わりなき」古語に相当するか。

五五　詞書「きぎすをよめる」。「狩人の朝踏む野辺」は、万葉集の「たまきはる宇智の大野に馬並《な》めて朝踏ますらむその草深野」（巻一・4・間人老）を念頭に置くか。「草若み」は、草が若いので。「隠ろひかねて」は、隠れることができなくての意。「隠ろふ」は「隠らふ」に同じ。万葉集の「さ雄鹿の朝伏す小野の草若み隠らひかねて人に知らゆな」（巻十・二二六七・作者未詳）の本歌取り。「朝踏む」「隠ろふ」が「わりなき」古語に相当するか。

六〇　詞書「俊忠卿家にて恋歌十首人々よみけるに、頓来不レ留といへることをよめる」。「たまたま」は、たまに。まれに。歌語として用いられることはあまり多くないので、「聞きよからぬ言葉」としたか。散木奇歌集・恋下・一一八一。中古六歌仙・五三。近代秀歌や詠歌之大概に付される秀歌之体大略にも引かれる。和歌に詠まれる「思ひ草」については諸説ある。万葉集で「道の辺の尾花が下の思ひ草今さらさらに何をか思はむ」（巻十・二二七〇・作者未詳）と歌われている「思ひ草」はハマウツボ科の一年草の南蛮煙管《なんばんぎせる》とする説が比較的有力だが、この草は寄生植物で葉がないから、「葉末にむすぶ」という表現には合わない。順徳院の八雲御抄では、露草（和歌では「月草」ともいう）であるとし、それは源通具の説であるとも記す。また、中世の新古今集の注釈では、竜胆《りんどう》であるとしている。

六一　堀河百首・一一四四、恋十首の「不レ被レ知レ人恋」。散木奇歌集・恋上・九九六。月詣集・恋中・四八六。「麻手」は麻。「萱むしろ」は萱を編んで作ったむしろ。「しき忍びて」は常陸娘子が藤原宇合《うまかい》に贈った「庭に立つ麻手刈り干し布さらす東女《あづまをみな》を忘れたまふな」（万葉集・巻四・五二一）によって詠んだ。

六二　堀河百首・一一七六、恋十首の「初遇恋」。散木奇歌集・恋上・九九七。「蘆の屋」は、蘆で屋根を葺いた小屋。「しつはた帯」は、日本で織った粗末な帯。「片結び」は、一方を真直にし、もう一方をそれに巻きつけて結ぶ、ほどけやすい結び方。ここまでの上の句が、下の句の序詞となる。

六三　詞書「雲間月　歌林苑歌合」、第二句「天の門渡れ」、第五句「島隠れせで」。「天の門」は、天空を海に見立てて、「月の船」が通る、海峡に相当する箇所を想像していう。万葉集の「天《あめ》の海に雲の波立ち月の船星の林に漕ぎ隠る見ゆ」（巻七・一〇六八・柿本人麻呂歌集）の本歌取り。

【73】

一〇　題知らず・よみ人知らずの歌。深窓秘抄・恋・六八。和漢朗詠集・雲・四〇九。「葛城の高間の山」下の句は近づくことのできない恋人の隠喩。俊頼髄脳・一〇八で「けだかくとをしろき歌」、瑩玉集・六で「長高くとをしろき歌」として引く。

二　堀河百首・四一八、夏十五首の「照射」。ともに下の句は「しのぶもぢずり乾く夜ぞなき」。続詞花集・夏・一三九、第四句「しのぶもぢずり」。「照射《ともし》」は、夏の夜、狩人が鹿などをおびき寄せるために松明（火串《ほくし》）を焚くこと。「宮城が原」は、「宮城野」に同じ。陸奥の国、現在の宮城県仙台市宮城野区とされる。露と萩が景物。「花摺り衣」は、ここでは萩の花を摺りつけて染めた衣。古来風躰抄にも引く。瑩玉集・二二では「詞続き妙なる歌」として掲げる。

三　二番右負、題「霞」、第二句「朝立ちゆけば」「葛飾や真間の継橋」は、下総の国、現在の千葉県市川市真間。万葉集の東歌に「足《あ》の音せず行かむ駒もが葛飾の真間の継橋やまず通はむ」（巻十四・三三八七・下総国の歌）と歌われている。「霞みわたれり」は、一面に霞んでいるの意。「わたれり」は「継橋」の「橋」の縁語。

一六　六百番歌合で藤原家隆の「春風に下ゆく波の数見えて残るともなき薄氷かな」（三四）について、判者俊成が「薄氷の下に波の数の透ける心、わりなく見ゆ」（春上・十七番）はその例。なお、→72注五二。

【74】

四　拾遺愚草・上・九三四。「問へど知らず」の意から、「白玉」（水滴）と続け、「岩根」に「言はね」（「ね」は「ず」の已然形）を掛ける。本歌は「主《ぬし》や誰《たれ》問へど白玉いはなくにさらばなべてやあはれと思はむ」（古今集・雑上・八七三・源融）。ここでの「白玉」は五節の舞姫の簪の玉。

一五 正治二年（一二〇〇）九月当座歌合　同年九月三十日、後鳥羽院の御所で催された。作者は後鳥羽院・源通親など、計十六人。判者は藤原俊成。三題で各題八番、計二十四番。

一六 暁更聞レ鹿八番右勝。左の歌の作者は藤原隆実（隆信の男。後に信実と改名）。

一九 素性　生没年未詳。延喜九年（九〇九）生存。俗名良岑玄利《よしみねのはるとし》。頭少将宗貞（遍昭）の男。左近将監になったが、父により出家させられたと伝える。大和の石上寺良因院に住んだ。三十六歌仙。百人一首の歌人。家集は素性集。古今集初出。「素性が歌」とは、「今来むといひしばかりに長月の有明の月を待ち出でつるかな」（古今集・恋四・六九一）の歌。

二〇 定家は近代秀歌でも本歌取りのし方について、「かの本歌を思ふに、たとへば五七五の七五の字をさながら置き、七七の字を同じく続けつれば、新しき歌に聞きなされぬところぞ侍る。五七の句はやうによりて去るべきにや侍らむ」と述べ、毎月抄でも「本歌の詞をあまりに多く取ることは、あるまじきことにて候。そのやうは、詮と覚ゆる詞二つばかり取りて、今の歌の上下の句に分かち置くべきにや」という。本歌を多く取り過ぎることを戒める態度は、六百番歌合における俊成の判詞にも認められる。すなわち家隆の「思ふどちそこともいはずゆき暮れぬ花の宿貸せ野辺の鶯」（七二）の歌に対して、「素性法師の『思ふどち春の山辺にうちむれてそこともいはぬ旅寝してしか』といへる歌を取り過ぐせるにや侍らむ」と批判している。

【75】

五 大鏡　三巻、六巻、八巻など、本により異なる。「世《よ》継《つぎ》の物語」とも。作者未詳。白河院政期の成立か。雲林院の菩提講で、百九十歳の大宅《おおやけ》世継が文徳天皇から後一条天皇まで、十四代の歴史を語り、百八十歳の夏山繁樹《しげき》がそれを補足し、若侍が批評を加えるのを聞き手が筆録したという体裁をとり、天皇中心の本紀、藤原氏中心の列伝を本体とする紀伝体で構成される。いわゆる鏡物の祖であり、序や末尾の物語的設定は、歴史物語のみならず、和歌色葉や歌仙落書、治承三十六人歌合などの歌書にも影響を及ぼしている。

一〇 源氏物語　五十四巻。紫式部作。桐壺帝の皇子で臣籍に下った源氏を主人公とする正編と、源氏の子とされるがじつは柏木の子である薫を中心とする続編から成る。作り物語として最高の作品で、以後の物語に大きな影響を及ぼした。六百番歌合の判詞で藤原俊成が「源氏見ざる歌詠みは、遺恨のことなり」（冬上・十三番）と述べたことはよく知られる。後鳥羽院御口伝も源氏物語と詠歌との関係に言及しており、平安末期からは和歌にも深い影響を及ぼした。

二一 「花に鳴く鶯、水に棲むかはづの声を聞けば、生きとし生けるもの、いづれか歌をよまざりける」（古今集仮名序）。

二七 「こゆるぎ」は「小余綾」、相模の国、現在の神奈川県大磯市付近一帯の海岸を「小余綾の磯」といったことから、「こゆるぎの」が「急ぐ」の枕詞となる。

二八 「いそのかみ」は「石上」と書き、大和の国、現在の奈良県天理市の地名。布留の社ともいわれる石上神宮があることから、「古し」の枕詞となる。

三二　第一回の柿本人麻呂の影供歌合の日記の意か。この催しがいつのことかは不明。「日記」は、その記録。

三三　「垣下」と書きて「かいもと」、または「ゑんが」と読み、饗宴での正客の相伴の人をいうので、「垣下の座」の意か。

三四　古今著聞集にその由来と伝来を、藤原兼房が夢に見た人麻呂の姿形を絵師に語って描かせたものが原本で、これは白河院が召し上げて鳥羽の勝光明院の宝蔵に収められていたが、藤原顕季が懇願してその写しを取ることができた。その後、原本は焼失したが、写しは顕季の男顕輔に譲られ、さらにその男清輔に伝えられたが、承安二年（一一七二）三月十九日の「暮春白河尚歯会」での異母弟重家が礼を尽くしたことに感激して、人丸影を重家の男経家に譲った。その後はやはり一門の藤原保季へ、さらに藤原成実へと伝来したが、現在は後嵯峨院のもとにあると語る（巻第五和歌第六・二〇三話、二〇四話）。関連説話は十訓抄・上・第四・二話にも載る。

【76】

一　藤原範綱　生没年未詳。治承三年（一一七九）生存。永雅の男。初め永綱といった。従五位上右馬助に至る。永万元年（一一六五）頃か、出家して法名を西遊といった。詞花集初出。

一〇　天理本は「ツクシノ嶋津ト云所」と記す。ここは現在の福岡県遠賀郡遠賀町島津か。諸注、『大日本地名辞書』の記述により、筑前国の旧地名「島門《しまと》」かとする。島門駅・島戸関などがあったとされる地で、現在の福岡県遠賀郡芦屋町・浜口町一帯に当たるという（日本歴史地名大系41『福岡県の地名』）。

【78】

一　橘為仲　生年未詳、応徳二年（一〇八五）十月二十一日没。丹波守義通の男。左衛門権佐・蔵人・越後守・陸奥守・太皇太后宮亮等を歴任、正四位下に至る。藤原範永を中心とする受領層歌人六人のグループ六人党の補充メンバーだったか。家集は橘為仲朝臣集。後拾遺集初出。為仲が陸奥守として赴任したのは承保三年（一〇七六）九月のことと考えられている。

五　五月五日の端午の節句に菖蒲を葺く習慣については、後代の文献であるが、世諺問答に「問ひていはく、五月五日に菖蒲を用ゆるいはれは、何のゆゑにて侍るぞや。答、昆明百節の菖蒲とて、一寸が内に百節《ふし》のある菖蒲あり。かの菖蒲の根、万病を癒すといへり。されば、百節なけれども、これを祝ひ侍るなり」という。

六　「花かつみ」は、「みちのくの安積の沼の花かつみかつ見る人に恋ひやわたらむ」（古今集・恋四・六七七・よみ人しらず）と詠まれている草。真菰・野花菖蒲など、諸説があるが、未詳。為仲に関するこの話は、藤原範兼の和歌童蒙抄・第七や今鏡・打聞などにも見えるが、和歌童蒙抄では、陸奥で五月五日に菰を葺くのを見て腹を立てた為仲が在庁の者を咎めたところ、「中将の御館の御時に、菖蒲や候はざりけむ、安積の沼のかつみを葺くべきよし候ひければ、その後、かく例になりて仕るなり」と答えたので、為仲は恥じたというので、「はなかつみとは、花咲きたる菰をいふ」という自説を裏付けるために語られている（第七・草部・蒋）。無名抄に近いのは今鏡であるが、小異はある。すなわち、「五月の四日、館《たち》に庁官とかいふ者、年老いたる出て来て、あやめ葺かするを見れば、例の菖蒲にはあらぬ草を葺きけるを見て」、為仲が尋ねると、庁官が安積の沼の花かつみを葺けという実方の指示に従って、菰を葺いているのですと答えたといおうとしているらしいが、文章にやや飛躍があって、「菰と申すものをなん葺き侍るとぞ、武蔵入道たかよりと申すは語り侍りける」と、話者がずれてしまっている。また、実方の言葉も、「さみだれの頃、軒の雫も、あやめこそ、いま少し見るにも聞くにも、心澄むことなれ。はや葺くべきなり」などと、詳しい（打聞・敷島の打聞）。無名抄は今鏡と関係があるか。

【79】

一　為仲が上京の途についたのは永保元年（一〇八一）の秋かと考えられている。

二　萩は宮城野の景物として、「宮城野のもとあらの小萩露を重み風を待つごと君をこそ待て」（古今集・恋四・よみ人知らず）などと詠まれて、有名だった。

【80】

一　源頼実　長和四年（一〇一五）―長久五年（一〇四四）六月七日。三十歳。清和源氏、左馬権頭頼国の男。蔵人を経て左衛門尉従五位下に至る。叔父の源頼家と共に六人党のメンバー。家集は故侍中左金吾家集。後拾遺集初出。

九　以上の説話は、袋草紙では次のように語られる。「源頼実は術《ずち》なくこの道を執して、住吉に参詣して、秀歌一首詠ましめて命を召すべきの由、祈請すと云々。その後、西宮において、木の葉散る宿は聞き分く方ぞなきしぐれする夜もしぐれせぬ夜も　といふ歌は詠むなり。当座はこれを驚かず。その後また住吉に参詣して、同じく祈請す。夢に示していはく、『秀歌は詠みをはんぬ。かの落葉の歌にあらずや』と云々。その後秀逸の由、謳歌せり。また、その身六位なる時夭亡すと云々」（上・雑談）。今鏡・打聞・敷島の打聞に語ることは、無名抄とほぼ同じ。西行上人談抄では、頼実が「齢三十の時」重病にかかった際、寿命の半分を召して秀歌を詠ませてくださいと「賀茂大明神」に祈ったのに、たいした秀歌も詠まずに死ぬのは残念だといった時、「七、八ばかりなる者」に明神が憑いて、六十まであるべき命の半分を召して、「木の葉散る」の歌を詠ませたのであると託宣し、頼実は心安く死んだと語る。

【81】

一　藤原高子　承和九年（八四二）―延喜十年（九一〇）三月二十四日。六十九歳。贈太政大臣長良の女。母は藤原総継女。陽成天皇の母。貞観八年（八六六）十二月二十七日、清和天皇の女御となり、同十年十二月十六日皇子（陽成天皇）を産み、皇太夫人とされ元慶六年（八八二）一月七日、陽成天皇の宣制により皇太后とされた。寛平八年（八九六）九月二十二日、僧善祐と密通により、皇太后を廃されたが、没後の天慶六年（九四三）五月二十七日、本位に復した。古今集に一首が載る。

三　「二条の后の、まだ帝にも仕うまつり給はで、ただ人にておはしましける時のことなり」（伊勢物語・三段）。

四「女のえ得《う》まじかりけるを、年を経てよばひわたりけるを、からうじて盗み出でて」（伊勢物語・六段）。

六　伊勢物語・六段は、「男」が盗み出した女を、雷雨を避けるために蔵に入れていたが、蔵の中に潜んでいた鬼が女を食ってしまったという話を語った後に、後注のような形で、「これは、二条の后の、いとこの女御の御許《もと》に、仕うまつるやうにてゐ給へりけるを、かたちのいとめでたくおはしければ、盗みて負ひて出でたりけるを、御兄人《せうと》堀河の大臣《おとど》（基経）、太郎国経の大納言、まだ下﨟にて、内へ参り給ふに、いみじう泣く人あるを聞きつけて、とどめて取り返し給うてけり。それを、かく鬼とはいふなりけり。まだいと若うて、后のただにおはしける時とや」と語る。

一〇　自身で髻を切るのは出家を意味するが、他人が本人の意志に反して、その髻を切ることは、その人をひどく侮辱することになる。

一六　能因の「世の中はかくても経けり象潟の海人の苫屋をわが宿にして」（後拾遺集・羈旅・五一九）という歌の能因集での詞書は、「出羽の国に、八十島に行きて」。これによれば、「八十島」は現在の秋田県にかほ市象潟町。

一七　早くこれに類する話を伝えているのは、江家次第である。すなわち、同書巻第十四・即位で、業平の「大原や小塩の山も今日こそは神代のことも思ひ出づらめ」（古今集・雑上・八七一）の歌を引いて、二条の后と業平との間に「密事」があったかと述べた後、「或云、在五中将為㆑嫁㆓件后㆒、出家相構。其後為㆓生髪㆒、到㆓陸奥国㆒。向㆓八十島㆒求㆓小野小町尸㆒。夜宿㆓件島㆒、終夜有㆑声曰、秋風之吹仁付天毛阿那目々々。後朝求㆑之、髑髏目中有㆓野蕨㆒。在五中将涕泣曰、小野止波不㆑成薄生計里。即斂葬」と語る。無名抄に時代的に近い作品では、袋草紙・上で、「小野小町、秋風のうち吹くごとにあなめあなめ小野とはいはじすすき生ひたり　人の夢に、野の途《みち》に目より薄生ひたる人あり。小野と称し、この歌を詠ず。夢覚めて尋ね見るに、一の髑髏あり。目より薄生ひたり。その髑髏を取りて閑所にこれを置きぬと云々。小野の屍と知りぬと云々」（希代の歌・亡者の歌）と、「秋風の……」を連歌ではなく、一首の歌として語り、業平は登場しない。和歌童蒙抄・第七でも「秋風の吹くたびごとにあなめあなめ小野とはならじすすき生ひけり」という一首の歌として掲げ、人の夢ではなく、実際に野中を行く人が、風の音のように聞こえるこの歌を聞いて、髑髏を見つけ、葬った後、夢に小野小町が現れて礼を述べたので、この歌を小町集に入れたと語り、やはり業平は登場しない。そして、「あなめとは、あな目痛《めいた》といふなり」と解釈を加えている（第七・草部・薄）。この解釈は顕昭の袖中抄・第十六に踏襲された（「あなめあなめ」の項）。物語評論書の無名草子でも、死んだ後に小町が詠んだ、「秋風の吹くたびごとにあなめあなめ小町とはいはじすすき生ひけり」の歌が薄の茂った広い野中で聞こえたので、薄を引き捨てた人の夢に、小町の髑髏であることが告げられたと語り、その夢を見た人は藤原道信というのは本当だろうかともいう。無名抄の話と極めて類似しているのは、源顕兼の古事談・第二臣節の二七話で、話の末尾に「この事、日本紀式に見えたり」と記している。

六 小野小町 生没年未詳。伝説の多い人物で確かな伝記は不明だが、安倍清行・小野貞樹・文屋康秀らと交渉があった。六歌仙・三十六歌仙の一人。百人一首の歌人。家集は小町集。古今集初出。

【82】

三『大日本地名辞書』に、陸前玉造郡大崎村新田に小町塚があるという。中世から近世にかけて、宮城県玉造郡内の各地に「玉造の小野」を比定する諸説が生じたらしい(日本歴史地名大系4『宮城県の地名』)。

四 同書中には「小野小町」「小町」などの名は見えない。同書の作者は空海とか三善清行とか伝えるが、現在では平安時代の中期か後期に成ったかと考えられている。

五 藤原清輔の袋草紙では、古今集の歌人として小野小町を挙げ、その注に「衰形伝の如きは、その姓玉造氏なり。小野はもしくは住む所の名か。ただしある人云はく、件の伝は弘法大師等の作る所なり。小町は貞観比の人なり。かの衰形は他人か」という。

【83】

五 詞書「ねやの前に竹のある所に宿り侍りて」。古今和歌六帖・第六・鶯・四三九八。竹と鶯は取り合わされることが多い。「夜床寝」は、夜、床に寝ること。この歌は俊頼髄脳に、鶯をやや変わって詠んだ歌として引かれ、建久二年(一一九一)三月の若宮社歌合では、藤原隆親がこの歌を取って「今しばし朝寝《い》せさせで鶯の声を夜床へ送る谷風」(一〇)と詠み、判者の顕昭に伊衡の歌を詠み移した作であるが、「目も驚かず(ママ)侍る上に、かれは閨の前に竹のある所に寝侍りて、とことはかられて侍るにや。さやうのをりにかなひたる風情と歌合とは、似ぬことにや侍らむ」と評されて、負けている。藤原定家の僻案抄はこの歌を「よどこね、夜臥す床、あらはに聞こゆ。朝いせられず、褻《け》なる詞なれど、古き歌はただありに詠めれば、かやうのこと多かり」と評する。

現代語訳

1　題の心

歌は題の意味をよく理解すべきである。このことは源《みなもとの》俊頼《としより》の髄脳《ずいのう》（歌学書）という書物（俊頼髄脳）に記しているようです。題にはかならず曲折をつくして詠むべき文字、かえって曲折をつくしては悪く聞こえる文字がある。かならずしもしっかりと詠み込まなくてもおのずとわかる文字もある。よく言われる「暁天の落花」「雲間の郭公《ほととぎす》」「海上の明月」、これらのような題では、「天」「間」「上」などの第二の文字はかならず詠むとは限らない。みな下の題の文字を詠むのに伴ってその意味がはっきりする文字なのである。また、題の中には明確ではないが情趣のある文字がある。これらのことは教えたり、習ったりすべきことではない。よく理解すれば、その題を見ればはっきりわかることである。

また、題詠の歌はかならず思いを深くこめて詠まねばならない。たとえば、祝いには限りなく久しいという心を表現し、恋にはどうしようもなく愛情が深いことを詠み、もしくは命と引き替えに花を惜しみ、家に帰るのを忘れて紅葉を尋ねるというように、対象に対する思いを深くこめて詠むべきなのに、古い歌集の歌でそのように見えないのは、歌の姿がよいのでその欠点を許容しているのである。いろいろな欠点のある歌をこの斟酌によって集に選び入れるのは、普通のことである。けれどもそれを例としてはいけない。いかにも歌合などで、同程度である場合は、もう少し題を深く思って詠んだ歌を勝っていると判定するのである。たとえば説法する人が持仏に向かってよく讃嘆するようなものである。

ただし、題をかならず大事にすべきであるといって、古くから詠まないような事柄は注意すべきである。たとえば、時鳥《ほととぎす》などは山野を尋ね歩いて聞く心を詠む。鶯《うぐいす》のような鳥は、鳴く声を待つ心を詠むけれども、尋ねて聞くということはさほど詠まない。また、鹿の声などは、聞くと何となく心細くあわれであるという趣意を詠むが、鳴くのを待つことはそんなには言わない。このようなことは、特別なすぐれた表現などがないならば、かならず避けるべきである。また、桜を見ようと尋ねるが、柳は尋ねない。初雪などは降るのを待つ心を詠んで、時雨や霰などの場合は待たない。花を命と引き替えて惜しむなどと言うが、紅葉をそれほどには惜しまない。これらを理解しないのは和歌の先例を知らないようであるから、よくよく古歌などをも会得して、歌の程度に従い、配慮すべきことである。

2　続けがら善悪あること

歌はただ同じ言葉であっても、続け方、言い方によって、よくも悪くも聞こえるのである。あの紀友則《きのとものり》の歌に「（夕されば佐保の河原の川霧に）友まどはせる千鳥鳴くなり」といっているのはやさしく聞こえるが、同じ古今集の恋の歌に、「恋しきにわびて魂まどひなば（空《むな》しきからの名にや残らむ）」と歌い、また「（人を思ふ心はわれにあらねばや）身のまどふだに知られざるらむ」などと詠んでいるのは、ただ同じ「まどふ」という言葉でも大仰に聞こえる。これはみな続け方によるのである。であるから、「古歌にたしかにこれこれとある」などと証歌を出すことは、場合によるであろう。その歌にとってよしあしがあるに違いないからである。

曾禰好忠《そねのよしただ》の歌で、

播磨なる飾磨《しかま》に染むるあながちに人を恋しと思ふころかな

（播磨の国の飾磨産の褐《かち》、濃い紺色の染め物ではないが、あながちに、一途に、人を恋しいと思うこのごろだなあ）

この「あながちに」という言葉は普通は歌に詠むだろうとも思われない言葉である。けれども「飾磨に染むる」と続いて、とくに優艶でやさしく聞こえるのである。

古今集の歌で、

春霞立てるやいづこみ吉野の吉野の山に雪は降りつつ

（春霞が立っているのはどこだろうか。吉野地方の山には雪が降り続いている）

これはたいそうすばらしい歌である。中でも「立てるやいづこ」という言葉がずば抜けて優雅だが、ある人が「社頭の菊」という題を詠みました時に、

神垣に立てるや菊の枝たわに誰《た》が手向《たむ》けたる花の白木綿《しらゆふ》

（神社の垣根に立っている菊の枝が花の重みでたわんでいる。これは誰が神に幣《ぬさ》として手向けた白木綿なのだろうか）

同様に「立てるや」と詠んでいるが、これはとくに言葉も効果的でなく、拙い感じです。

3　海路を隔つるの論

ある所で歌合をしました時、「海路を隔つる恋」という題で、（その歌は忘れたが）九州にいる人が恋しいということを詠んだところ、歌合の一方の人はこれを批判した。「そうだ、九州は海を隔てているから、思い続ければそうであるが、歩いてゆく人にとっては、門司の関まで多くの山野を過ぎて、ただほんの少し海を渡るのであろうから、『海路を隔つる』という題の本来の意図も通らず、ひどく漠然とした感じもある。たとえばみちのくに住む人を恋しく思うということを詠むには、この歌一首で『野を隔つる恋』にも『山を隔つる恋』の題にも、あるいは里を隔て、川を隔てている場合にも用いようとするのだろ

うか。題詠の歌は、いかにもそうだと聞えるのがよいのだ。これは余りにも茫漠《ぼうばく》としている」と批判する。ある人は、「歌はそのように詠むのだ。まさに海を隔ててさえいれば、かならずあの磯にいる人をこの浦で見わたさなければならないだろうか。余りにも厳しい批判だ」と言って論争しあったが、その場に大勢おられた先輩歌人も両方に分かれて、大きな論争でした。しかし、その発言が気になるような人の多くは、批判を「どちらかといえば言う通りだ」と判定しました。

4 「われ」と「人」と

また、おなじ場所で小因幡《こいなば》といった女房が「夏を契る恋」という題で、

をしむべき春をば人にいとはせてそら頼めにやならむとすらむ

（去ってゆくのを惜しむのが当たり前の春をわたしに厭わせておいて、あの人は夏になったら逢おうと約束したものの、それは結局空頼めになるのだろうか）

と詠んだのを、「よい」などと人々は定めましたが、ある人が『春をばわれに』と言っているのは、少しはっきりしないのではないか。ただ『春をば人に』と言ったならば意味がはっきりしてもっとよいだろう」と言う。これに同調する人が多くいましたが、俊恵《しゅんえ》がこ

れを聞いて、「ひどくがっかりさせられることをおっしゃるものだなあ。『人に』と言ったとしても、他人のことと判断するだろうか。『われに』と言ったならば、ひどく品がなくいやに聞こえるものなのに。歌は華麗を優先させるものだ。他人はどうかわからない、私はたとえ批判があっても、『人に』と詠もう」と申しました。

5　晴の歌を人に見せ合はすべきこと

晴の歌はかならず人に見せて相談すべきである。自分の心一つでは間違いがあるであろう。私は昔、高松女院の北面で菊合ということがありました時、恋の歌に、

人しれぬ涙の川の瀬を早み崩れにけりな人目つつみは

(恋の悲しみで人に知られず流す涙の川の、川瀬の流れが早いので、崩れてしまったなあ、人目から涙を包み隠すべき堤は。とうとう秘めた恋が顕れてしまったなあ)

と詠んだが、まだ晴の歌などを詠みなれていない頃で、勝命《しょうみょう》入道に見せて相談しましたところ、「この歌は大きな欠点がある。帝や后がお隠れになることを『崩ず』と言う。その文字を『崩る』と訓読するのだ。どうして院の中で詠む歌にこの言葉を用いてよいだろうか」と申しましたので、別の歌を出してすんだ。その後まもなく女院はお隠れになられ

た。もしこの歌を出していたならば、この歌が前表だったと噂されたでありましょう。

6　名無しの大将のこと

九条《くじょう》殿兼実《かねざね》公がまだ右大臣と申した時、人々に百首歌をお詠ませになるということがありました。その際、立派な歌人たちが間違ったことを詠んで、おしまいには渾名《あだな》さえつけられなさった。後徳大寺《ごとくだいじ》左大臣実定《さねさだ》公は、無明《むみょう》の酒を「名もなき酒」とお詠みになられたので、「名なしの大将」と言われ、五条三位入道俊成《としなり》は、歌道の長老でいらっしゃる。それなのに、富士の鳴沢を「富士のなるさ」と詠んで、「なるさの入道、名なしの大将」と一対にして人々に笑われなさったので、歌道にとってのひどく残念なことでした。お二人ともこの程度のことをご存知ないことはないであろうが、思い違いなさったのであろう。

7　仲綱の歌、いやしき言葉を詠むこと

同じ時の百首で、伊豆守源仲綱《みなもとのなかつな》の歌に「ならはしがほ」などと詠んだのを大弐入道藤《ふじ》原重家《わらのしげいえ》が聞いて、「このような言葉などを詠む人を、たとえ百千の秀歌を詠んだとしても、

どうして歌人と言おうか。ひどくいやなことだ」と申された。これらはみな人に見せて相談しないための失敗である。

8　頼政の歌、俊恵選ぶこと

建春門院《けんしゅんもんいん》の殿上歌合で、「関路の落葉」という題で源頼政《みなもとのよりまさ》卿の歌に、

都にはまだ青葉にて見しかども紅葉散りしく白河の関

（旅立った時の都ではまだ青葉の状態で見たが、紅葉が散り敷いているよ、ここ白河の関では）

とお詠みになられましたが、その時この題の歌をたくさん詠んで、歌合の当日まで思い悩んで、俊恵《しゅんえ》を呼んでお見せになったところ、彼が「この歌は、あの能因《のういん》の『（都をば霞とともに立ちしかど）秋風ぞ吹く白河の関』という歌に似ています。しかし、これは歌合の場に出ていっそう栄えるに違いない歌だ。あの能因の歌でないが、このように変えて詠むこともできるだろうと、あの歌を圧倒する意気込みで詠んだと見えた。似ているからといって、欠点とすべき歌の姿ではない」と意見を述べたので、今にも車を寄せてお乗りになろうとする時、頼政卿は「あなたの御判断を信じて、それではこの歌を出すことにしよう。

後の責任はとってもらいますよ」と言葉を掛けてお出になった。その時、この歌は思った通り歌合の場で引き立って勝ったので、頼政卿は帰ってすぐにお礼の使いをつかわしたということである。「わたしがよいと見たところがあったのでそう申したけれども、勝負を聞かないうちはわけもなくよそながら胸がつぶれるようでしたが、『たいそうな手柄を立てた』と、自分の心だけでは思われました」と、俊恵は語りました。

9 鳰の浮巣

同じ歌合で、「水鳥近く馴る」という題で同じ人（源頼政《みなもとのよりまさ》）が、

子を思ふ鳰《にほ》の浮巣のゆられきて捨てじとすれや水隠《みがく》れもせぬ

（親鳥が子を思う鳰の浮巣が波に揺られ漂ってきて、それを見捨てまいとするのだろうか、親鳥は水中に潜って隠れようともしない）

「この歌は着想がめずらしい」ということで勝った。祐盛《ゆうせい》法師がこれを見てたいそう批判して言うには、「作者は鳰の浮巣の有様をよくわかっておられないのであろう。あの浮巣は揺られ漂うようなものではない。海の潮は満ちたり干いたりするものだから、それを知っていて鳰が巣作りをする時は、蘆《あし》の茎を中に入れて、しかもそれを拡げて、そのまわり

に巣を作っているから、潮が満ちると上へあがり、潮が干るとそれにつれて下るのである。ただ揺られ動いたならば、風が吹いたらどことなく揺られ出て、大きな波にも砕かれ、人にも取られてしまうだろう。けれどもその歌合の座にこのことを知っている人がいなかったのであろう。それで勝と決められたので、言ってもそのかいがない」と申しました。

10「このもかのも」の論

二条院が和歌をお好みになっていらっしゃった時、岡崎三位藤原範兼《のりかね》卿が御侍読として伺候しておられた時に、歌道の名人という評判が高いことによって、藤原清輔《きよすけ》朝臣が召されて殿上にうかがった。たいそうな名誉であったが、ある時の御会で清輔が、どこの山だったか、「このもかのも」という言葉をお詠みになったところ、三位がこれを批判して言うには、「筑波山にこそ『このもかのも』という言葉は詠むが、普通のどの山にも言うべきことではない」と論難されたので、清輔が申して言うには、「筑波山までは申すまでもない。川などにも詠みますでしょう」とつぶやいた。すると三位はあたりかまわず大笑いして、「証歌を申し上げよ」と申された時、清輔が言うことには、「大井川の歌会で凡河内《おおしこうちの》躬恒《みつね》が序を書いた時、『大井川のこのもかのも』と書いたことが確かにありますのに」と言い出したので、人々は黙ってしまってそれきりになった。確かな根拠もなく物事を批判すべきではないことである。

11 瀬見の小川のこと

源光行《みつゆき》主催の賀茂社奉納の歌合ということで歌合がありました時、私の詠んだ「月」の題の歌に、

石川や瀬見の小川の清ければ月も流れをたづねてぞ澄む

(石川の瀬見の小川が清らかなので、月もその流れを探し求めて川面に宿り、澄んでいるよ)

と詠みましたところ、判者だった源師光《もろみつ》入道が、「このような川はありはしない」と言って、負けとなりました。思うところがあって詠んだのですが、こういう結果になったので不審に思っておりますうちに、「その時の判者には総じて理解できないことが多くある」ということで、また改めて顕昭《けんしょう》法師に判をさせました時、この歌の箇所に判をしていうには、『石川・瀬見の小川』というのは、全く聞き及んでおりません。ただし、この歌はおもしろく続けている。このような川などがあるのでしょうか。土地の者に尋ねて勝負を決

めよう」として、結論を出しませんでした。

後に顕昭に会った時、このことを話題に出して、「これは賀茂川の別名です。賀茂社の縁起にあります」と申したところ、顕昭は驚いて、「うまい具合に強く批判しないですませましたよ。それでも、この私が聞き及んでいない名所がありはしないと思って、ともすれば批判をしそうに思われたのですが、誰の歌とは知らないが、歌の姿がなかなかよく見えたので、遠慮してあのように申したのです。これはまさに年の功です」と申しました。

その後、このことを聞いて、禰宜鴨祐兼《かものすけかぬ》がたいそう非難しました。「このような由緒あることは、大事な晴れの歌会、または国王や大臣などの御前などでこそ詠むべきであるのに、このような公でもない催しに詠んだのは残念なことである」と申しますうちに、藤原隆信《たかのぶ》朝臣がこの川を詠んだ。また顕昭法師も左大将藤原良経《よしつね》公の百首歌合（六百番歌合）の時、これを詠みました。祐兼は「だからこそ言わないことではない。自分ではすばらしく最初に詠んだとお思いになっても、後世には、どれが先であったか、人はどうして知るだろうか。（あなたが最初に詠んだことは）何ということなくまぎれてそのままになってしまうであろう」と残念がっていましたが、新古今和歌集が撰ばれた時、この歌が入れられた。とくに人も知らないことなのに、取り立てて申し上げた人などがいたのでしょうか。全部でこの時のこの集に十首の歌が入りました。これは分に過ぎた名誉である中でも、この歌が入りましたことが、死後の執念となるほどに嬉しいことです。ああ、役にも立たない事柄だなあ。

12 千載集に予一首入るを喜ぶこと

千載和歌集には私の歌が一首入りました。「これといった重代の歌人でもない。巧みな歌人でもない。また、さしあたって人に認められた数寄者でもない。それなのに一首でも入ったのはたいそう名誉なことだ」と喜んでおりましたのを、今はなき筑州（中原有安《なかはらのありやす》）が聞いて、「このことはただいい加減に言われるのかと思ううちに、たびたびお聞きした。本当にそう思っておっしゃるのであろう。それならばこの歌の道できっと冥加がおありになるに違いない人だ。そのわけは、道理はそうであっても人がそう思うことは滅多にないことである。この集を見ると、たいしたことのない人々が、みな十首、七、八首、四、五首と入っているといった場合が多くある。それらを見ればどれほどおもしろくなく思っておられるだろうと推量するのに、そうでないばかりかこのように喜んでおられるのは、すばらしいことだ。道を尊ぶには、まず第一に心を美しく使うことにあるのである。現在の世間の人はみなそうではない。自身の分際も弁えず、気位が高く傲慢で、口やかましい憤《ふん》瀰《まん》を抱いて、何かというと間違ったことを多くしている。今に思い合わせてごらんなさい」と申しました。

本当に、この歌の道の冥加は私の分際にも過ぎたものであった。古老の言ったことは必ずわけがあるものだ。

13　歌仙を立つべからざるの由教訓のこと

同じ人（筑州）がいつも教えていうことには、「決して決して、歌人であることを表に立てなさいますな。歌はよく注意しなくてはならない道だ。私たちのように、あるべき身分が決まってしまった者は、どんなふるまいをしても、それによってその身の落ちぶれることはない。（それに対して）君などは重代の家に生まれて、幼い時にみなし子となった。たとえ他人が用いなくても、心だけは思うところがあって、立身しようと頑張るのが当然だ。ところで、歌の道はその身に得意なことだから、あちこちの会に、『かならず、かならず出てほしい』と招くであろう。よい歌を詠んだならば、面目でもあり、歌道の名誉にもなるであろう。ではあるが、あちらこちらに追従して歩いて、人に馴れ馴れしく、軽く扱われてしまうと、人に知られる点はそれでよいとしても、きっと将来の出世の支障となるであろう。君たちのような人は、よく人にも知られなくて、出席した所では、『誰だ』などと尋ねられるような状態で、もっと知りたいと思われるのがよいのだ。そして、何ごとも好いてするうちに、その道に勝れると、諺の『錐、嚢《ふくろ》にたまらず』(勝れている者はいつまでも隠れていない)というわけで、評判になって、しかるべき所の歌合にも参加し、殿上人や公卿の歌の席の末に連なることもあるであろう。それこそが歌の道での出世であるのだ。あちこちのたいしたこともない人々の仲間と一緒になって、人に知られ、名を上げたところで、それが何だというのか。たとえ自分の心にはおもしろく気が進むと思っても、かならず場所選びをして、もったいぶっていると人に言われるようになろうとお思いになるべきだ」と教えました。

今思い合わせると、たいそう恩をこうむったことである。というのは、大切な芸道での学習であるから、わが子などにさえ、いい加減では教訓することもなかったのは、このように隠し隔てなく話して教えてくれたのは、また他でもない、音楽の道に関して、自分の跡を継ぐべき者として、私が世間にも他人にも注目されるようになってほしいと思ったのであろう。落ち着いて思うと、たいそうしみじみとありがたく思われる。

14　千鳥、鶴の毛衣を着ること

俊恵《しゆんえ》法師の家を歌林苑と名づけて毎月歌の会をしましたが、祐盛《ゆうせい》法師がその会のメンバーで、「寒夜の千鳥」という題で、「千鳥も着けり鶴の毛衣」（千鳥も着たよ、鶴の毛衣を）という歌を詠んだところ、人々が「めずらしい」などと言ううちに、素覚といった人が何度もこれを朗吟して、「おもしろうございます。ただし、（千鳥に鶴の毛衣では）寸法が合わないのではありませんか」と言い出したので、皆がどよめいて大声で笑ったので、興ざめとなっておわってしまった。「たいそうな秀句だが、こうなってしまうとそのかいもないものだ」と、祐盛が語りました。

大体、この歌は理解できないものです。鳥はみな毛衣を衣とするものだから、その大きさに応じて千鳥も自身毛衣を着ないことがあるだろうか。かならずしも寸法がひどく違う借り物をするはずがない。あの、「しろたへの鶴の毛衣年経《ふ》とも」（白い鶴の毛衣は年が経っても）という古歌があるにせよ、どの鳥に詠んでもさしさわりあるはずはない。先に申しました建春門院《けんしゆんもんいん》の殿上の歌合でも、「鴛鴦《をし》の毛衣」と詠んだ歌がありました。いささか疑問視する人もいたけれども、判者は、問題はないだろうというように説得された。ただし、「鶴の毛衣は毛の意味ではない。別のことである。鶴だけが持っているのだ」と申す人もいますが、まだその証拠を見ることができません。博識の人に尋ねるべきです。

15　歌の風情、忠胤の説法に相似ること

祐盛《ゆうせい》法師が言うことには、「妙荘厳王《みょうしょうごんおう》の二人の子の神変《じんぺん》を解説するのに、『大きな身体で出現すれば虚空に充満し、小さな身体で出現すれば芥子《けし》粒に入ってしまう』というのは世間の当たり前のことだが、あの忠胤《ちゅういん》の説法では、「大きな身体で出現すれば虚空にいっぱいになり、小さな身体で出現すれば芥子粒の中にその場所がある」といったのが、たいそうよい歌の趣向であります。歌はこのように考えて、古い言葉に色を添えて、めずらしいように作るべきである。そう新しい色ばかりはどうであろう。それはわざと詠むことができるだろう」と語りました。

16　ますほのすすき

雨の降った日、ある人のところに気の合った同士が集まって昔のことなどを話し出したついでに、「ますほのすすきというのは、どんなすすきだろう」などと言いあううちに、

ある老人がいうには、「渡辺という所に、このことを知っているひじりはいると聞きました」と、ぼんやりと言い出しました。

登蓮《とうれん》法師がその中にいて、このことを聞いて、口数も少なくなって、再び尋ねることもなく、家の主に、「蓑《みの》と笠をしばらくの間お貸しください」と言ったので、主はおかしいと思いながらそれらを取り出しました。登蓮は話を聞くのをやめて、蓑を着、藁沓《わらぐつ》を履いて、急いで出ようとするのを、人々が不思議がって、その訳を尋ねる。すると「渡辺へ出掛けるのです。永年疑問に思っていましたことを知っている人がいると聞いて、どうして尋ねていかないでいられようか」と言う。驚きながら、「それにしても、雨がやんでからお出掛けなさい」と忠告したけれども、「さて、はかないことをおっしゃるものですね。命は私の場合も人の場合も、雨の晴れ間など待っているだろうか。何事もすぐ戻ってからゆっくりと」とだけ言い捨てて、出ていってしまった。たいそう熱心な数寄者であるよ。そして、思った通り渡辺のひじりに尋ね逢えて、すすきのことを聞いて、たいそう大事に秘めていたという。

このことについて、私は第三代の弟子で、伝授されて学んでいます。このすすきは同じようであってたくさん種類があります。「ますほのすすき」「まそをのすすき」「まそうのすすき」といって、三種類あるのです。「ますほのすすき」というのは、穂が長くて一尺ばかりあるのをいう。あのます鏡を万葉集では「十寸の鏡」と書いていることで理解すべきです。「まその」というのは、真麻の意味である。これは源俊頼《としより》朝臣の歌に詠んでいます。「まそをの糸を繰りかけて」とあるのでしょうか。糸などが乱れているようなすすきである。「まそをのすすき」というのは、まことに蘇芳色であるという意味だ。真蘇芳のすすきというべきところを、言葉を略したのである。色の濃いすすきの名なのであろう。これは古い歌集などに確かに見えていることではないが、和歌の習慣として、このような古い言葉を用いることもまた世間に常にあることだ。このことは人に広く知られていない。やたらに説いてはいけない。

17　井手の山吹並びに蛙

ある人が語っていうには、「一寸した縁があって、井手という所に出掛けて、一晩泊まったことがありました。その場所の様子は、井手川の流れている有様、心も（言葉も）及びません。あの井手の大臣　橘　諸兄《たちばなのもろえ》公の旧跡だから道理ですが、川に立ち並んでいる石なども、十余丁ほど、（どうして）そう遠くまで立て置かれたのであろうか、どの石もただのいい加減のこととは見えず、人為的に立てたようでした。そこに古老の者がいましたのに話しかけて、昔のことを尋ねましたついでに、『井手の山吹といって有名なのに、あまり見えませんのは、どこにあるのですか』と尋ねましたら、『ええ、そういうものがありました。あの井手の大臣の堂は先年焼けました。その前にひどく大きな山吹が群がって見えました。その丸い花は小さな盃の大きさで、幾重ともなく重なっておりました。それをそのように井手の山吹とこれまで申してきたのでしょうか。また、あの井手川の汀に沿って隙間もなく生えていましたので、花の盛りには黄金の堤などをずっと築いたようで、他の所には勝っていましたので（それのことか）、どちらを申したのか、今判別しにくうございます。しかし、下々の者の言ってもしかたのないことには、このように有名な草といって遠慮もしませんで、田を作るには草を刈り入れたのがよくみのると申して、何ということもなく刈り取ってしまいましたので、今では跡形もなくなってしまいました。ところで、井手のかわずと申すことが訳のあることでございます。世間の人が思っていますのは、ただ蛙を皆かわずというのだと思っているようです。それも違っていませんが、かわずと申す蛙は、他には全くおりません。ただこの井手川にだけいるのです。色は黒いようで、さほど大きくもありません。世間の普通の蛙のように目立って飛び歩くことなどもあまりありません。いつもは水中にばかり棲んでいて、夜が更けた時分にこれが鳴いたのは、たいそう心も澄み、しみじみとした声でございます。春や夏の頃、かならずいらっしゃってお聞きなさい』と申しましたが、その後何かとまぎれて、まだ訪れておりません」と語りました。

このことが心にしみて、すばらしいと思われましたけれども、そのかいもなく三年になりました。また年を取ってからは歩行も自由でなくて、（聞きたいと）思いながらまだそのかわずの声を聞いていない。あの登蓮《とうれん》が雨がひどく降る時に急いで出ていったのにはくらべようもないことだ。このことを思うと、これから後の世の人は、たとえひょっとしてことのついでがあってあそこに行き、その場に臨んでも、心をとめてかわずの声を聞こうと思う人も少ないことであろう。人の数寄と風雅の情は年月が経つにつれて衰えてゆくからである。

18　関の清水

ある人の言うことには、「逢坂の関の清水というのは、走り井と同じ水だと、一般の人は認識しているようです。しかしそうではない。清水は別の所にある。今は水もないので、そこだとも知っている人さえいない。三井寺にいる円実房の阿闍梨《あじゃり》という老僧ただ一人がその場所を知っている。けれども、そのような跡を知っているかと尋ねる人もいない。

『私が死んだあとは、知る人もいないでそのままになってしまうよ』と、人に会って語ったということを伝え聞いて、その阿闍梨を知っている人の手紙をもらって、建暦元年十月二十日余りの頃三井寺へ行った。阿闍梨と対面して、『このように古いことを聞きたがる人も滅多にいないようですのに、めずらしいです。どうして御案内申し上げないでいられようか』と阿闍梨は言って、私を伴ってゆく。関寺から西へ二、三丁ばかり行って、道から北の面に少し上った所に、一丈ばかりの石の塔がある。その塔の東へ三段ばかり下って窪んだ所が、とりも直さず昔の関の清水の跡である。道から三段ばかり入っただろうか。今は小さな家のうしろになって、現在は水がなくて、見るにも価しないが、昔のなごりが面影に浮かんで、優雅に思われました。阿闍梨が語っていうには、『この清水に向かって、水より北に、薄檜皮を葺いた家が最近までありました。誰の住む家とはわからないが、いかにも普通の人の住まいではなかったようです』と語りました」。

19　貫之の家

ある人が言うことには、「紀貫之《きのつらゆき》が永年住んでいた家の跡は、勘解由小路よりは北、富小路よりは東の角である」。

20　業平の家

また、在原業平中将《ありわらのなりひら》の家は、三条の坊門より南、高倉より西に、高倉に面して、最近までありました。柱なども普通のと違って、粽柱《ちまきばしら》というものでしたが、いつごろの人のしたことか、後代に普通の柱のように削ってしまっておりました。長押もみな丸くて、角もなく形が変わってまことに古めかしい所と見えました。中昔、安倍晴明《あべのせいめい》が封じこめたということで、長いことあったけれども、世の末にはどうしようもなくて、先年の火事で焼けてしまった。

21　周防内侍の家

また、周防内侍《すおうのないし》が「われさへのきのしのぶ草」（主の私さえも立ち退くことになった家の軒に生えているしのぶ草）と詠んだ家は、冷泉堀川の北と西の角である。

22　浅茂川の明神

丹後の国与謝の郡に、浅茂川の明神と申す神がいらっしゃる。国守の神拝とかいうことでも幣などを奉られなさって、数え入れられているほどの神でいらっしゃるようである。これは昔、浦島の翁が神となったと言い伝えているのは、たいそう興味深いことだ。騒々しく玉手箱を開けたと伝えられる心でありながら、神として垂迹なさったことは、しかるべき権化の人などであったのであろうか。

23　関の明神

逢坂の関の明神と申す神は、昔の蟬丸《せみまる》のことである。あの蟬丸が住んでいた藁屋の跡を失うことなく、そこに神となって住んでいらっしゃるのであろう。今も関を過ぎる時、ついでに見ると、昔深草の帝仁明《にんみょう》天皇の御使として、和琴を習うために良岑宗貞《よしみねのむねさだ》（遍昭《へんじょう》）が良少将といって蟬丸のもとにお通いになった時のことまで面影に浮かんで、すばらしいことです。

24　和琴の起こり

ある人が言うことには、「和琴の起源は、弓六張を引き鳴らして、これを神楽に用いたのを、『それでは面倒だ』ということで、後代の人が琴に似せて作ったと申し伝えているが、上総の国の貢納物の古い文書の中に、『弓六張』と書いて、その注に『御神楽に使うもの』と書いてある」ということだ。すばらしいことである。

25　中将の垣内

河内の国高安の郡に在中将（在原業平《ありわらのなりひら》）が通って住んだことは、あの伊勢物語にあります。けれども、その跡はどこともわからないのだが、あそこの土地の人の説によれば、その跡ははっきりとあるそうです。今、中将の垣内《かきうち》と名づけているのが、とりも直さずこれである。

26　人麻呂の墓

柿本人麻呂《かきのもとのひとまろ》の墓は大和の国にある。初瀬へ参る道である。「人麻呂の墓は」といって尋ねると、知っている人もいない。その土地では「歌塚」と言っているようだ。

27　貫之・躬恒の勝劣

俊恵《しゅんえ》法師が語っていうことには、「三条太政大臣藤原実行《さねゆき》公が検非違使別当と申し上げた時、二条大宰権帥藤原俊忠《としただ》卿と、このお二人が、凡河内躬恒《おおしこうちのみつね》と紀貫之《きのつらゆき》のどちらが劣りどちらが勝っているかを議論なさった。互いにいろいろ言葉を尽くして論争されたけれども、一向に決着をつけられそうでもなかったので、帥は結論を知りたく思って、『お上の御意向をうかがって、勝負をつけよう』と言って、白河院に御意向をおうかがいする。院の仰せには、『予はどうして定められようか。俊頼《としより》などに尋ねよ』とおっしゃられたので、二人ともその機会をお待ちになっているうちに、二、三日して、俊頼が参内した。帥はこのことを語り出して、論争し始めた最初のことから、院の仰せの趣旨までを語られたところ、俊頼は聞いてたびたびうなずいて、『躬恒をあなどりなさいますな』と言う。帥は意外な気がして、『それならば貫之が劣っているのですか。結論をお出しになるべきです』と責めたが、それでもやはりただ同じように、『躬恒をあなどりなさるべきではありません』

と言ったので、『大体おっしゃることの意味はわかりました。わたしが負けとなったのであろう』と言って、つらいこととなさった。本当に躬恒の歌の詠みぶりというと、対象に深く思い入れたその詠み方は、また無類の者である」ということである。

28　俊頼の歌を傀儡歌ふこと

富家《ふけ》の入道殿藤原忠実《ただざね》公に俊頼《としより》朝臣が伺候した日、鏡の宿《しゅく》の傀儡《くぐつ》たちが参上して歌を歌ってさしあげた時に、神歌になって、

世の中は憂き身にそへる影なれや思ひ捨つれど離れざりけり

（世の中はこの憂くつらいわが身に添っている影なのだろうか。捨てようと思っても離れられないよ）

この歌を歌い出したところ、「この俊頼も名人の域に至ったのですな」と言って、殿のおそばに侍っていたのは、すばらしいことであった。

永縁《ようえん》僧正がこのことを聞き伝えて、羨ましく思って、琵琶法師たちを手なづけて、いろいろな物を与えなどして、自身が詠んだ「（聞くたびにめづらしければ時鳥《ほととぎす》）いつも初音の心地こそすれ」（時鳥の声は聞くたびに新鮮ですばらしいので、いつ聞いても初音のよ

うな気がする）という歌をあちこちで歌わせたので、その当時の人々は、僧正のことを滅多にいない数寄人だと言った。
今の敦頼《あつより》入道道因《どういん》は、またこの僧正のことを羨ましく思ったのだろうか、物を与えもしないで、盲僧たちに自分の歌を「歌え、歌え」と無理に歌わせて、世間の人に笑われたとか。

29　同人、歌に名字を詠むこと

法性寺《ほっしょうじ》殿藤原忠通《ただみち》公のお屋敷で歌会があった時、俊頼朝臣が参上した。源兼昌《かねまさ》が講師で歌を読み上げた時、俊頼の歌に名を書いてなかったので、兼昌は俊頼と顔を見合わせて、咳ばらいして、「お名前はどうなさったのですか」とひそかに言うと、俊頼は「ただ歌をお読み下さい」と言われたので、読んだ歌に、

卯の花の身の白髪《しらが》とも見ゆるかな賤《しづ》が垣根もとしよりにけり

（卯の花はこの身の白髪とも見えるなあ。農民の家の垣根も年寄りとなったのだ。〔「としよりにけり」に「俊頼」の名を隠して詠み入れる〕）

と書いてあるを読んで、兼昌は感極まって忍び泣きして、しきりにうなずいて賞讃し、感

嘆した。殿もお聞きになって、この歌をお取りになり、御覧なさって、たいそう感興を覚えなさったということである。あの、三首の題を一首の歌に詠んだという機転のよさには、この方がやや勝っております。

30　三位入道、基俊の弟子になること

五条三位入道藤原俊成《としなり》が語っていうには、「昔、二十五歳だった時、藤原基俊《もととし》の弟子になろうと思って、前和泉守藤原道経《みちつね》を仲立ちとして、その人と同じ牛車に相乗りして、基俊の家に出向いたことがあった。その基俊はその時八十五歳だった。おまけにその夜は八月十五夜だったので、主人の基俊はとくに面白がって、歌の上の句を言った。

中の秋十日五日の月を見て（中秋八月十五夜の月を見て）

と、たいそう勿体ぶって詠吟なさったので、私はこの句を付けた。

君が宿にて君と明かさむ（あなたのお宅であなたと一夜を明かしましょう）

と付けたのを、何のめずらしさもないこの句をひどく感心なさった。そしてのんびりと話をして、『長いこと家に籠っていて、今の世の中の人の様子などもよくわかっておりません。このごろは誰をものを知っている人と申し上げていますか』と問われたので、『九条

大納言（太政大臣藤原伊通《これみち》公）、中院大臣（右大臣源雅定《まささだ》公）などを、おくゆかしい人と思っているようです』と申したところ、『ああ、いじらしい』と言って、膝を叩いて、扇を音高くお使いになった。このように師弟の約束をお願いしたけれども、歌の詠みぶりに至っては、基俊は俊頼《としより》にはとても及ばない。俊頼はたいそうすぐれている人物である」と言われたという。

31　俊頼・基俊挑むこと

ある人が言うことには、「基俊《もととし》は俊頼を漢詩文に暗い人だとして、『そうはいうものの、馬が覚えている道を行くのたぐいで、経験で何とか歌を詠んでいるのであろう』と言われたところ、俊頼はそれをまわりまわって聞いて、『菅原文時《すがわらのふみとき》や大江朝綱《おおえのあさつな》が詠んだ秀歌はない。凡河内躬恒《おおしこうちのみつね》や紀貫之《きのつらゆき》が作った作文《さくもん》の秀句はない』とおっしゃった」。

32　腰の句のをはりのて文字、難のこと

また言うことには、「雲居寺《うんごじ》の瞻西《せんさい》上人のところで、『秋の暮れ』の題を俊頼《としより》朝臣が、

明けぬともなほ秋風のおとづれて野辺のけしきよ面がはりすな
（秋の最後の日が明けて冬になっても、やはり秋風が訪れて、野辺の風景よ、変わってしまわないでおくれ）

と詠んだ。名を隠していたが、この歌を『これが俊頼の歌だ』と考えて、基俊《もととし》は競争心の強い人で、批判して言うことには、『全く歌は、第三句のおしまいに「て」という文字を置くと、たいしたことがない。つっかえてひどく聞きづらいものだ』と、他の人が口をはさむこともできないほど非難されたので、俊頼はそうだともそうでないとも言わなかった。その場に伊勢の君琳賢《りんけん》がいたが、『おかしな証歌を一つ思い出しました』と言い出したので、基俊が『さあ、おうかがいしよう。まさか出来のよい歌ではあるまい』と言うと、

桜散る木の下風は寒からで
（桜が散るその木の下を吹く風は寒くなくて（下の句は「空に知られぬ雪ぞ降りける」、空には今まで知られていない雪が降ったよ））

と、琳賢は（第三句の）おわりの「で」という文字を長々と延ばして詠吟したので、基俊は顔色が真青になって、ものも言わずうつむいた。その時俊頼朝臣は忍び笑いをされた。

33　琳賢基俊をたばかること

どんなわけがあったのか、琳賢《りんけん》は基俊《もととし》と仲が悪かったので、ひっかけてやろうと思って、ある時後撰和歌集の恋の歌の中で、人もあまり知らず、聞きなれていない歌ばかり二十首を選び出して、歌合の形に左右に番えて書いて、例の基俊のもとへ持って行った。『ここに、ある人が奇妙な歌合をして、勝負を知りたがっておりますので、勝負を付けて頂きたい』と言って取り出したので、これを見て、基俊は後撰集の歌だということを全く思いもよらず、思うようにいろいろ批判されたのを、琳賢はあちこちに持ち歩いて、『左衛門佐基俊に出合い申したら、梨壺の五人の処置も問題にならない。ああ、上古の歌人よりもすぐれていらっしゃる歌仙だなあ。これを御覧なさい』と言って、ばかにしたので、これを見る人はひどく笑った。基俊はまわりまわって聞いて、心穏やかでなく思われたが、何ともしようがなかった」。

34　基俊僻難すること

俊恵《しゅんえ》が言うことには、「法性寺《ほっしょうじ》殿藤原忠通《ただみち》公のお屋敷で歌合があった時、俊頼《としより》・基俊《もととし》の

二人が判者で、作者の名を隠してその場で判をした際に、俊頼の歌に、

くちをしや雲居隠れにすむたつも思ふ人には見えけるものを

（くやしいことだなあ、雲に隠れて棲んでいる竜も、見たいと思っている人にはその姿をあらわして見られるというのに……）

これを基俊は「たつ」を「たづ」（鶴）と考えて、『田鶴《たず》は沢に棲むものである。雲に棲むことはありはしない』と非難して、この歌を負けとした。けれども俊頼はその座では言葉を加えなかった。その時、忠通公が『今夜の判の言葉をめいめい書いてさし出せ』と仰せられた時、俊頼朝臣は、『これは田鶴ではない。竜《たつ》である。あの何とかいった人（葉公《しようこう》子高）が、竜を見ようと思う志の深かったことによって、竜が彼のために姿をあらわして見えたことがありますのを詠んだのである』と書いた。基俊は博識の人だが、あれこれと思い続けて、間違ってしまったのだろうか。総じて思慮もなく人のことを批判する癖がありましたので、何かにつけて失敗が多くあった」と。

35　艶書に古歌書くこと

ある人が女性から手紙をもらった。その手紙に歌が二首あった。「この返歌をして下さ

い」と依頼されましたのを見ると、この歌は二首とも古今和歌集の恋の歌である。返しをすることができるわけがない。「どうしようか」と思案して、その言いたい心にかなっている古歌二首を教えて書かせました。

このことをある古老に語りましたところ、「たいそうよいことだ。昔風流人がわざわざ好んでしたことである。知らないのに推量してしたことが昔のしきたりに適ったのは、優にやさしいことだ」と感心されました。

36　女の歌詠みかけたる故実

勝命《しょうみょう》が語っていうには、「しかるべき所などで思慮のない宮仕えの女性などが歌を詠みかけた場合は、何ともしようのないことが多くある。それには昔からしきたりがあるのだ。まず聞こえないというようにそらとぼけて、何度も尋ねる。すると、しまいには恥ずかしがって、はっきりとも言わない。これに対応しているうちに返歌を思いついたらそれを言い、詠めそうでもなければそのままわからないふりをしてやめてしまう、これが一つのやり方である。また、いいかげんの宮仕え人であれ、しかるべきふざけた女などが、そえことと名づけて、聞き知ってもいない歌の一、二句などを言いかけることがある。もしわかっていれば、何とでも言うことができるであろう。知らないことならば、ただ『まさかそんなふうにもお思いではないでしょう』などと言っておけばよい。これはどちらにも違わないことである。あなたを深く思っていますよという意味の返事にも、また、あなたの心が憂い、つらいという意味の返事にも、おのずと通用するであろう。あなたが気にいらないという意味で相手が言った場合には、いい気になって言っているようであろうが、それもふざけた冗談として言ったことになるに違いない」と。

37　猿丸大夫が墓

ある人が言ったことには、「田上の下に曾束という所がある。そこに猿丸《さるまろ》大夫の墓がある。荘園の境で、そこの巻に書き載せてあるので、人は皆知っている」と。

38　黒主、神になること

また、「志賀の郡に、大きな道から少し入った山際に、黒主の明神と申し上げる神がいらっしゃる。これは昔の大友黒主《おおとものくろぬし》が神になったのである」と。

39　喜撰が跡

また、「御室戸《みむろど》の奥に二十余丁ほど山中に入って、宇治山の喜撰《きせん》が住んでいた跡がある。家はないけれど、堂の礎などははっきりとある。これらはかならず尋ねて見るべきである」と。

40　榎葉井

ある人が言ったことには、「宮内卿源有賢《ありかた》朝臣がその当時の殿上人七、八人と一緒に大和の国葛城の方に遊びにお行きになったことがあった。その時、ある所に荒れた堂で大きくいかにも様子ありげなのが見えたので、いぶかしく思って、その名を逢う人逢う人に尋ねたけれど、知っている人もいなかった。そうしているうちにひどく鬢《びん》の白い老人が一人現れたのに対面した。『この老人はわけがありそうだ』ということで、尋ねると、『これを豊浦の寺と申します』という。人々は、『すばらしいことだ』とくりかえし感嘆して、『それでは、もしかしてこの辺に榎葉井《えのは》という井戸があるか』と尋ねる。老人は『すっかりあせて、水もありませんが、その跡は今でもあります』といって、堂から西の方にいくらも離れていない距離の所に行って教えたので、人々は感興を催して、そのままそこに群れて坐って、催馬楽《さいばら》の「葛城」という歌を数十返歌って、この老人に衣などを脱いで褒美として与えたので、老人は思いがけないことに出会って、かしこまってお礼を申し上げて立ち去った」ということである。

近年、土御門《つちみかど》内大臣源通親《みちちか》公のお屋敷で、毎月 柿本人麻呂《かきのもとのひとまろ》影供《えいぐ》をなさったことがございました頃、お忍びで院（後鳥羽《ごとば》院）の御幸などがおありの時もございました。その会で「古寺の月」という題に私は次のような歌を詠進した。

ふりにける豊浦の寺の榎葉井になほ白玉を残す月影

（すっかり古くなった豊浦寺の榎葉井に、催馬楽の「葛城」の歌そのまま、今でもやはり白玉が沈んでいるかのように、月の光が残って映っている）

五条三位入道藤原俊成《としなり》がこれを聞いて、「優雅にも詠み申し上げたなあ。この入道（私）が適当な時に取り出そうと思っておりましたことを、残念なことに先んじられてしまった」といって、しきりに感心なさいました。このことは催馬楽の詞章だから誰も知っているけれども、これ以前には歌に詠んだ例は見えない。この私の歌の後に、冷泉《れいぜい》の中将藤原定家《さだいえ》が歌にお詠みになったのでした。

41　歌の半臂の句

俊恵《しゅんえ》が話のついでに尋ねて言うことには、「遍昭僧正《へんじょう》の歌で、

たらちねはかかれとてしもむばたまのわが黒髪をなでずやありけむ

（わが母は、わたしがこのように出家するであろうと思って、わたしの黒髪を撫ではしなかったであろうに）

とあるこの歌の中で、どの言葉がとくに勝れているか、思うままにおっしゃいなさい」という。

私はそれに答えて、「『かかれとてしも』といって、（直ちに言いたいことを続けず）『むばたまの』と飾りの言葉で一旦休止した言葉続きの具合が、とくにみごとでございます」と言った。

「そうだ、そうだ。もはやあなたは歌というものを理解する境地にお入りになった。歌人かそうでないかの違いはこのようなことにあるのだ。その点についていえば、『月』といおうとして『久方の』と置き、『山』といおうとして『あしびきの』というのは、当たり前のことである。けれども、初句の五文字ではたいしたおもしろみはない。第三句にうま

く続けて言葉の休めに置いたのは、たいそう歌の品も出てきて、ことさらつくろった装いともなるのである。古人はこれを半臂の句と言いました。半臂はこれといった用のない物だが、装束の中で装飾となるものである。歌の三十一字はいくらもない、その中に思っているることを表現しつくすためには、無駄な言葉は一文字であっても加えるべきではないけれども、この半臂の句はかならず歌の品となって、歌の姿を飾るものである。姿において華麗が極まればまた自然に余情が生ずる。これを理解することを、歌の境地に入るというべきである。よくよくこの歌を考えてごらんなさい。半臂の句も結局は二の次のことだ。眼目はただ『とてしも』という四文字の助詞である。このように言わなければ、半臂の句も効果がないだろうと思われる」ということでした。

42 蘇合の姿

いったい、雅楽の中に蘇合香《そこう》という曲がある。これを舞うには、第五帖まで各の帖を断絶的に舞い、舞いおわってのち破を舞う。そのまま続けて急を舞うのが当然なのに、急の初め一反を本当に舞うことはない。型通りに拍子だけで足を踏み合わせて、休止しながら、二反の初めからきちんと舞うのである。この装ったような舞いは間違いなく半臂の句の心である。和歌と舞楽と、道は異なっているけれども、すばらしいことはおのずと通じるのであろう。それを通じさせて知ろうとしない人は、どうして判別できようか。型に従って和歌と舞楽の両方を理解して考えるためには、とくに興味深いことである。だから蘇合香を半臂の句のある舞楽といい、このような歌の姿を蘇合香の姿の歌といってよいであろう。

43　上の句劣れる秀歌

俊恵《しゅんえ》が言うことには、「歌は秀句を思いつくことができても、上の句と下の句をそれにふさわしく言い表わすことが難しいのである。後徳大寺左大臣（藤原実定《さねさだ》公）のお歌に、

なごの海の霞の間《ま》よりながむれば入る日を洗ふ沖つ白波

（なごの海の霞の絶え間から眺めると、今しも沈もうとする夕日を沖の白波が洗っている）

源頼政《よりまさ》卿の歌に、

住吉の松の木間《こま》よりながむれば月落ちかかる淡路島山

（住吉の岸辺の松の木の間から眺めると、淡路島に月が落ちかかっている）

とあるが、この二首とも上の句が思うようでない歌である。『入る日を洗ふ』といい、『月

落ちかかる』などといっているのはすばらしい表現だが、第二、第三句をうまく言い表わしていないのは残念なことである」と。

44　歌言葉の糟糠

二条中将（藤原雅経《まさつね》）が語っていうことには、「歌には、この文字がなければいいなあと思われることがあるものだ。源兼資《かねすけ》という者の歌に、

月は知るや憂き世の中のはかなさをながめてもまたいくめぐりかは

（月は知っているか。この憂くつらい世の中のはかなさをじっと見つめてきて、またこれから幾年私は生きていくのかを……）

これはまあよく詠んだ歌ではあるが、『世の中』の『なか』という二文字がひどく悪いのだ。ただ『憂き世のはかなさを』と言いたいところである。

また、源頼政《よりまさ》卿の歌に、

澄みのぼる月の光に横ぎれて渡るあきさの音の寒けさ

（澄んで昇ってゆく月の光に横切られて空を渡ってゆく鴨の秋沙《あきさ》の羽音の寒けさよ）

これも『ひかり』という三文字が悪いのである。『月に横ぎれて』としていたならばも

う少しきらびやかに聞えるに違いない。この言葉を歌の中の疵というべきだろうか。深く考えない人はこういうことを理解しにくいのだ」と。

45　歌をいたくつくろへば必ず劣ること

覚盛《かくせい》法師が言うことには、「歌は荒々しくて止めることもできないようなのも、一つの姿である。それを余り技巧を凝らして何かといじると、おしまいにはたまたまそれ相応のものらしかった箇所さえなくなって、何でもないつまらないものになってしまうのだ」と申したが、その通りだと思われる。

藤原季経《すえつね》卿の歌に、

　年を経てかへしもやらぬ小山田《をやまだ》は種貸す人もあらじとぞ思ふ

（何年経っても耕しもしない山田に対しては、種籾《たねもみ》を貸す人もあるまいと思う）

この歌は優艶な点こそないものの、一つの趣向を言い現わして、そういう風体の歌と見ていましたが、何年か経って後、あの方の家集の中にありますのを見ると、

　賤《しづ》の男がかへしもやらぬ小山田にさのみはいかが種を貸すべき

（農民が耕しもしない山田にどうしてそのように種籾を貸すことがあるだろうか）

これは昔の歌をお直しになったのだろうか、前作よりもひどく劣っていると思われます。よくよく注意すべきことであろう。

46　秀句によりて心劣りすること

円玄阿闍梨《えんげんあじゃり》といった人の歌に、

夕暮れに難波の浦をながむれば霞にうかぶ沖の釣り舟

（夕暮れに難波の浦を眺めると、沖の釣り舟はあたかも霞に浮かんでいるようだ）

この歌は優雅であるが、当の歌の主の着想が期待外れだと思われる歌である。そのわけは、「霞にうかぶ沖の釣り舟」といったたいそうすばらしい言いまわしを思いついたのならば、どうして「夕暮れに難波の浦をながむれば」という上の句を置くのだろうか。まことに残念でいいところもない言葉続きであるよ。同じ浦であっても夕暮れであっても、新鮮で魅力的なように工夫する点があって続ける方法もあるでしょうに。それほど不器用で、どうして下の句を思いついたのだろうかと不思議に思われます。

47　案じ過ぎて失となること

私の歌の中に、

しぐれにはつれなくもれし松の色を降りかへてけり今朝の初雪

（時雨に対しては変わることなく紅葉する木々から漏れた松の緑の色を、その上に降りつもって変えてしまったよ、今朝の初雪は）

これを俊恵《しゅんえ》が批判して言うことには、「ただ『つれなく見えし』というべきである。あまりにもひどく凝ったので、かえって耳ざわりな箇所となっているのだ。ある所の歌合で「霞」を題として、この俊恵の歌に、

夕なぎに由良《ゆら》の門《と》渡る海人小舟《あまをぶね》かすみのうちに漕ぎぞ入りぬる

（夕なぎに由良の門を渡る漁師の小舟は、漕いでいって霞の中に入ってしまった）

その時の会で、藤原清輔《きよすけ》朝臣は、私の歌とただ同じように詠んだが、それについて彼は『霞の底に』と詠んだのを、人が、『由良の門が入海かと思われる』と批判しました。ゆったりとした箇所をただ世間一般のように言い流すべきなのに、ひどく考え過ぎるとかえって耳ざわりな箇所となるのだ。たとえば糸を縒る人がひどく清らかに縒ろうとして縒りすぎると、そこが節となるようなものだ。これをうまく按配する人を上手というべきである。

風情はおのずと出て来るものだから、歌人の程度に応じて求められることもあるが、このようなことに上手で、うまいと下手との区別は見えるものである。だからつまらない歌よみの詠んだ秀句には、多くの場合足らない所が出て来るのだよ」と。

48　静縁こけ歌詠むこと

静縁《じょうえん》法師が自身の歌について語っていうことには、

「鹿の音《ね》を聞くにわれさへ泣かれぬる谷の庵は住み憂かりけり

(鹿の声を聞くとわたしまでも泣けてしまったよ。谷の庵は住みづらかったのだなあ)

と詠みました。これはどうでしょうか」と言う。

私が言ったことには、「よろしい歌です。ただし、『泣かれぬる』という言葉があまり深みがなさすぎて、いかがかと思われます」というと、静縁法師は「その言葉をこそこの歌の眼目と思っておりますのに、この批判は意外に思われます」と言って、ひどく悪く批判すると思った様子で立ち去った。

つまらないことに思ったままにものを言って、注意すべきであったのにと後悔していると、十日ばかりして、静縁がまた来て言うには、「先日の歌をあなたが批判なさったのを、隠しごとはありません、腑に落ちないと思いまして、不審に思いましたままに、あなたがそうは言っても、大夫公（俊恵《しゅんえ》）のもとに行って、自分が間違ったことを思っているのか、あなたが悪く批判なさるのか、結論を出そうと思って、行って語りましたところ、『なんで貴僧はこのような浅薄な歌をお詠みになるのですかねえ。「泣かれぬる」とは何事ですか。それほどでもない心底よ』と、ひどくたしなめられました。だから、あなたはよく批判して下さったのです。わたしが悪く考えていたのだと、おわびを申しに参上したのです」と言って、帰りました。心の潔白さはめったにないものです。

49　代々恋の中の秀歌

俊恵《しゅんえ》が語っていうことには、「故左京大夫藤原顕輔《あきすけ》が語っていうことには、『後拾遺和歌集の恋の歌の中では、

夕暮れは待たれしものを今はただゆくらむ方《かた》を思ひこそやれ

（以前は夕暮れにはあの人の訪れがつい待たれたものなのに、別れた今はただあの人が通ってゆく方角を想像しているよ）

これを代表歌と思っている。金葉和歌集では、
待ちし夜のふけしを何に嘆きけむ思ひ絶えても過ぐしける身を
(恋人の訪れを待っていた夜が更けてゆくのをどうして嘆いたのだろうか。二人の愛情が絶えても過ごしてきたこの身であるのに)
これをすぐれた恋の歌としている。私が撰んだ詞花和歌集では、
忘らるる人目ばかりを嘆きにて恋しきことのなからましかば
(恋人に忘れられたことを人に見られて恥ずかしく思うことだけが嘆きの種で、つれない恋人が恋しいということがなかったらよいのに)
この歌をその仲間にしようと思います。ひどくそれらの歌にも劣らず、そうおかしくはないでしょう』と言われた。ところで、この俊恵が撰んだ歌苑抄の中では、
一夜《ひとよ》とて夜《よ》がれし床のさむしろにやがても塵のつもりぬるかな
(一晩だけ来られないといって、あの人の通ってくることが絶えた床の寝具に、そのまま塵がつもってしまったなあ)
これを代表歌と思いますが、どうでしょうか」ということであった。
今、これらに気づいて新古今和歌集を見ると、私の心にすぐれていると思われる歌が三首見える。どれが一番すぐれているとも判別しにくい。後の代の人が定めるであろう。

かくてさは命やかぎりいたづらに寝ぬ夜の月の影をのみ見て
（それではこのようにして私の命はおわるのだろうか。空しく寝ない夜の月の光だけを見て）
野辺の露は色もなくてやこぼれつる袖より過ぐる荻の上風《うは》
（野辺の露は色づくこともなくてこぼれたのだろうか。私の袖を通って過ぎた、荻の上を吹いた風は紅涙の露を散らしてゆく）
帰るさのものとや人のながむらむ待つ夜ながらの有明の月
（あの人は通っている女の家からの帰り道のものとして眺めているのだろうか。私があの人の訪れを待っている夜が更けてようやく出た、この有明の月を）
俊恵がいうことには、「藤原顕輔卿の歌に、
逢ふと見てうつつのかひはなけれどもはかなき夢ぞ命なりける
（恋人と逢うと見て現実にそのかいはないけれども、そのはかない夢が命をつなぎとめているのだ）
この歌を源俊頼《としより》朝臣が感心して言うことには、『これは椋《むく》の葉で磨いて、鼻脂をつけたお歌だ。世間一般の人ならば「うつつのかひはなけれどもはかなき夢ぞうれしかりける」と詠むであろう。誰がこのように詠むだろうか』とお讃めになった」。

50　歌人は証得すべからざること

俊恵《しゅんえ》と和歌の師弟関係となる約束を交わしました当初、彼が言った言葉に、「歌にはこの上ない昔からの心得があるのです。私を本当に師と信頼なさるのならば、このことを守っていただきたい。あなたはかならずやこの先の世の中で歌の名人でいらっしゃるに違いない上に、このように師弟の約束をされたので申すのです。決して決して、自分が他人に認められるようになったとしても、得意になって、われこそはという様子をした歌をお詠みなさいますな。決して決してしてはならないことである。後徳大寺左大臣藤原実定《さねさだ》公は並ぶもののない名手でいらっしゃったが、その心得がなくて、今では詠みぶりが劣ってこられた。以前、前大納言などと申し上げた時、歌の道に執着し、他人の目を気にし、切磋琢磨された時のままであったならば、今では肩を並べる人も少ないであろう。自分は名人の境地に到達したのだと思って、近頃お詠みになる歌は、少しも深く心を込めず、ややもすれば感心しない言葉を混ぜているから、どうして秀歌も出来ることがあろうか。秀作がなければ二度と他人は相手にしない。歌は詠んだその場でこそ、詠み手の人となりによって良くも悪くも聞こえるが、翌朝にもう一度静かに見た場合には、そうは言っても、情趣も内にこめられ、歌の姿もすなおな歌こそいつまでも見ていられるものです。このように申し上げるのはおこがましい例ではあるが、この俊恵は今でもただ初心者であった頃のように歌を思案しています。また、自身の心を二の次にして、不審であっても、人が讃めたり批判したりすることを用いていいます。これは昔の人が教えたことだ。このことを守っているおかげであろうか、さすがにすっかり年老いたけれども、私のことを、詠みぶりがなっていないと申す人はいませんよ。これは他でもない、この心得を違えないためだ」と。

51　非歌仙、歌の難したること

歌は有名な歌人でなくても、道理を優先して聞きなれている文芸だから、身分の低い者の心にも自然に良し悪しはわかるものである。鴨長守《かものながもり》が語っていうことには、「述懐の歌をたくさん詠みました中で、冗談めかした歌として、

火おこさぬ夏の炭櫃《すびつ》のここちして人もすさめずすさまじの身や

（火をおこさない夏の炉のような感じで、人も相手にしない、興ざめのこの身よ）

と詠んだのを、十二になる娘がこれを聞いて、『冬の炉の方が、火のないのはもう少し興ざめです。どうしてそうはお詠みにならないのですか』と申しましたが、残念なことに批

判されて言いようがなくなりました」などと語ったことが、じつにおもしろかった。

52　思ひ余る頃、自然に歌詠まるること

また、心にひどく思いつめるような状態になると自然に歌は詠まれるものである。金葉集によみ人知らずとしてあるのでしょうか。

身の憂さを思ひしとけば冬の夜もとどこほらぬは涙なりけり

（この身のつらさをよくよく考えてみると、水が凍る冬の夜も滞る〔凍る〕ことなく流れ出るのは涙だなあ）

この歌は、仁和寺の淡路の阿闍梨《あじゃり》といった人の妹のもとにいた新参の女房が、ひどく世の中をつらく思って詠んだ歌である。もとより歌人でないから、他に詠んだ歌もない。ただ思いつめた余りに自然に言えてしまったのであろう。

53　範兼の家の会優なること

俊恵《しゅんえ》が言うことには、「和歌会の様子がいかにもそれらしく優雅に思われたことは、晴

の席に次ぐ場所としては、近年では藤原範兼《のりかね》卿の家の会のようなことは他に例がない。家のあるじはしかるべき人であって、たいそう客をもてなして、何かにつけていいかげんでなく、他人を意識し、歌の道に執着して、讃めるべき歌を感嘆し、批判すべき歌を批判し、諸事見ばえがして、みだりがわしいことはいささかもなかったので、参加する人もみなその傾向に従って、何とかしてよい歌を詠もうと思った。だからよい歌もでき、ちょっとしたおもしろい一節の趣向を思いついても、そのかいがあるような気がして、はげみになったのだ。かねてから予定されている会の日にはみな詠んだ歌を懐に入れてきて、当日の行事の次第で無駄に時間を費やすことはない。もしもその場での会があれば、めいめいがあちこちに身を退いて深く歌を案じていた様子などまでも、優美で望ましい有様でしたので、たいしたことのない歌も、その雰囲気に引き立てられて美しく聞こえました。

54　近代の会狼藉のこと

この頃人々の催す会に連なって観察すると、まず会場の設定をはじめとして、参加者の衣裳のくつろいだ有様、めいめいの態度様子など、みだりがわしいことこの上ない。あきれたことに、十日や二十日前から題を出したけれども、それまでいつも何事をしていたのか、その場でばかり歌を思案して、いたずらに夜更けまで続けて感興に水をかけ、披講の時であるという分別もなく勝手気ままにおしゃべりをし、先輩に対して恥かしいとも思わずめいめい得意がっている様子ははなはだしいものがあるが、実際に歌のさまを知って、讃めたりけなしたりする人はいない。たまに古老がよしあしを判定しても、人々の顔色をうかがい、えこひいきを優先しているから、歌を案ずるにつけてもつまらなく、よい歌を詠んだとしても、まるで夜の錦同様で、まるで張り合いがない。声高く詠吟するのをよいこととして、首筋を目立たせ、声をふりあげている様子など、ひどく気に入らない。総じてにぎやかであるにつけても品がなく、風雅にしようとするにしてもわざとらしい。本当のところは人々が心の底まで歌を好いていなくて、ただ人真似に歌の道を好むためなのだろうと思われます」と語った。

55　俊成入道の物語

五条三位入道藤原俊成《としなり》が言うことには、「俊恵《しゅんえ》は今の世の中での名人である。けれども源俊頼《としより》にはやはり及びがたい。俊頼はひまなく、思い及ばないところがなく、一つの傾向にとどまらず詠んでいる点が、とてもかなわないのである。今の世の中では源頼政《よりまさ》がすばらしい名人である。彼だけが歌の席にいればつい注目されて、彼に何か一つしてやられたという気がするのだ」。

56　頼政歌道に好けること

俊恵《しゅんえ》が言うことには、「頼政卿《よりまさ》はすばらしい歌の名人である。心の底まで歌になりきって、いつも歌を忘れず心にかけていて、鳥が一声鳴き、風がささっと吹くのにも、まして花が散り、葉が落ち、月が出たり沈んだり、雨や雪などが降るにつけても、立ったり坐ったりというふだんの生活の中で歌の趣向を思いめぐらさないということがない。まことに秀歌が生まれるのも道理と思われました。であるから、しかるべき機会に有名になった歌の多くは、あらかじめ作っておいたものだったとかいうことです。普通の歌会の席に連なって歌を詠吟し、よしあしの判断などをされた様子も、歌を深く心に入れていることと見えてすばらしかったので、あの人がいる座では何事もはえるようでした」。

57　清輔弘才のこと

勝命《しょうみょう》がいうことには、「藤原清輔《きよすけ》朝臣は、歌の方面の博識ぶりは肩を並べる人がいない。まさかまだ見てはおられないであろうと思われることをわざわざ工《たく》んで探し出して質問すると、みな前からあの人がとうの昔に問題としておられたことでした。晴れの歌を詠もうという時には、『大事なことは何といっても古集を見て思い浮かぶものだ』と言って、万葉集をくり返しくり返し見ておられました」。

58　俊成の自讃歌のこと

俊恵《しゅんえ》がいうことには、「五条三位入道藤原俊成《としなり》卿のお宅にうかがった機会に、『お歌の中ではどのお作をすぐれているとお思いですか。人はほかでいろいろと決めておりますが、それに従うべきではありません。たしかに御本人からお伺いいたしましょう』と申し上げたところ、

『夕されば野辺の秋風身にしみてうづら鳴くなり深草の里

（夕方になると野辺の秋風が身にしみ入るように吹いて、鶉《うずら》のかなしげに鳴く声が聞

こえる深草の里よ）

この歌をこの身にとっては代表歌と思っています』と言われたので、この俊恵がまた、『世間で一様に人が申しておりますことでは、

面影に花の姿を先だてて幾重《いくへ》越えきぬ峰の白雲

（桜花が咲いている様子を面影として先立たせて、これまで幾重、峰に懸かる白雲を越えてきたことだろうか）

この歌をすぐれているように申しておりますことは、どうお考えですか』と申し上げた。すると、『さあ、よそではそのように決めているのでしょうか、知りません。やはり私自身は前の歌には比較して論じることはできません』ということでした」と語って、このことについて内々に申したことには、

59　俊恵俊成の秀歌を難ずること

「あの歌は、『身にしみて』という第三句がひどく残念に思われるのだ。これほどになった歌は、雰囲気をさらりと表現して、ただイメージとして、さぞ身にしみたのであろうよと、聞く人に思わせるのが、おくゆかしくもやさしくも思われるのです。たいそうくわし

く表現して、歌の眼目とすべき箇所をはっきりと表現したので、ひどく底が浅くなってしまったのだ」と語った。

60　俊恵の秀歌

そのついでに、「私の歌の中では、

み吉野の山かき曇り雪降ればふもとの里はうちしぐれつつ

(吉野の山が曇って雪が降ると、その麓の里はしぐれがちな日が続いている)

この歌をあの俊成《としなり》卿のいわれた自讃の歌の同類にしようと思っております。もしも後の世に、わたしの秀歌は何か、はっきりしないという人でもいたならば、『このように言っていた』と語ってください」と言った。

61　俊成・清輔の歌の判、偏頗あること

顕昭《けんしょう》がいうことには、「この頃の和歌の判者は、藤原俊成《としなり》卿と藤原清輔《きよすけ》朝臣が、またとない存在である。そうではあるが、二人ともえこひいきする判者であるが、そのしかたが

変わっているのである。俊成卿は、自身も間違ったことをすると思っておられる様子で、ひどく論争することもなく、『世間の習慣だから、そうでなくてもどうして』などといった調子で意見を述べられた。清輔朝臣は、外面はたいそう清廉であるようで、えこひいきということは少しも顔色に表さず、たまに人が首をかしげることなどもあると、顔色を変えて論争されたので、人々はみなそのことをわかっていて、一向に異を唱えようとすることもなかった」。

62　作者を隠すこと

総じて歌に加判する際には、歌の作者を隠すとはいいながら、判者が作者を全く知らないということも重大なことである。また作者の名がはっきりわかっていることも何かと憚られて、そういう歌は歌合の評定の場などで負けることが多くある。ただ作者の名を隠しているようで、判者は内々に少しはわかっているというのが結構なのである。

63　道因歌に志深きこと

この歌の道に深い思いを寄せていた点では、道因《どういん》入道が並ぶ者のいない存在である。七、八十歳になるまで、「秀歌を詠ませてくださいませ」と祈るため、徒歩で住吉社へ毎月参詣をしたことは、たいそう希有《けう》で殊勝なことである。

ある歌合で藤原清輔《きよすけ》が判者として、道因の歌を負けと判定したところ、彼はわざわざ判者のところに出向いて、本気で涙を流して、泣いて恨んだので、主催した家のあるじは言いようがなく、「これほどの大変なことに遭ったことはなかった」と話された。

九十ぐらいになっては、耳なども遠くなっていたのだろうか、歌会の時はわざわざ人を分けて講師のそばに寄って、その脇元にぴったりとついて坐って、老いかがまった姿で耳を傾けて、余念なく聞いていた様子など、いいかげんのこととは見えなかった。

千載和歌集が撰ばれたことは、あの入道がなくなったのちのことである。しかしなくなったあとでも、あれほど歌道に心を深く寄せていた者であるということで、優遇して、撰者が彼の歌は十八首をお入れになったところ、その夢の中にやってきて、涙をこぼしてお礼をいうと御覧になったので、ひどくいじらしくお思いになって、さらに二首を加えて、二十首になさったということである。それも当然なことであった。

64　隆信・定長一双のこと

近年では藤原隆信《たかのぶ》・藤原定長《さだなが》と、この二人が一組にされて、若い時から人の噂で同等の歌よみのように言われました。あの俊恵の家で、百首歌を十首ずつ十度に詠んで、十座の百首と名づけたことがあった時には、競い合ってそれぞれ心を尽して詠んだが、実際どちらもひけを取らなかった。また藤原俊成卿《としなり》が十首歌を詠ませられた時も、二人ともよく詠んだので、俊成卿は「世間で人々がこの二人を一対の歌よみと申すと聞いたが、そんなことがあるものかと思って今まで過ごしてきたが、この十首の歌によって証明書を与えてよいと思われる」と言われた。

ところが、九条殿藤原兼実公《かねざね》が右大臣と申した時、人々に百首歌を詠進させられた際に、隆信は作者に入って、公務のようなものであるが、日数もなくて、何かと身辺が騒がしかったので、とくによい歌もできなかった。その頃、定長は出家したのちで、その身には時間もあったので、もう少しのんびりと思案して、無題の百首歌の言葉を美しく飾って提出したところ、たとえようもなく勝っていたので、その時から「寂蓮《じゃくれん》は並ぶ者がいない歌よみだ」ということになった。（後鳥羽《ごとば》院の）御所周辺では、「どんな愚かな者が、この二人は同列の詠みぶりの歌人だと一組にし始めたのだ」とまで仰せられたということである。のちに隆信はこれをつらいこととして、「早く死んでしまったならば、それ相応のすぐれた歌人ということでおわっただろうに。つまらないことに長生きして、このように歌道の恥をあらわしたよ」と言われたという。

65　大輔・小侍従一双のこと

最近の女性歌人の名手としては、大輔《たいふ》・小侍従《こじじゅう》と一組にして、それぞれ評判されました。大輔はもう少し歌についての物事などを知っていて、しつこく詠むほうは勝り、小侍従ははなやかで人が見てはっと驚くような箇所をきちんと詠むことがすぐれているのである。中でも歌の返事をすることは、誰よりもすぐれていたということだ。「本の歌に言っていることの中で、いかにも肝心そうな箇所をよく注目して、これを返歌でやり返す機転のき方が、立ち向かう相手もないほどなのだ」と、俊恵《しゅんえ》法師は申しました。

66　俊成卿女・宮内卿、両人歌の詠みやうの変はること

今の（後鳥羽《ごとば》院の）御所では、俊成《しゅんぜい》卿女《きょうのむすめ》と申す人と宮内卿《くないきょう》と、この二人の宮女房が昔にも恥かしくない名手たちである。二人の歌の詠み方はたいそう変わっています。ある人が語りましたことでは、俊成卿女は、晴の歌を詠もうという時は、まず何日もかけていろいろな歌集をくり返し十二分に見て、思うまま見おわるとそれらをすべて取り片付けて、灯火をかすかにともし、人から離れてひっそりとした中で思案された。

宮内卿は初めからおわりまで、草子や巻物を部屋に取り入れて、切灯台に火を近々ともしながら、少しずつ書き付け書き付けしてゆくという具合で、夜も昼も休む間もなく歌を思案した。

この人はあまり深く歌を思案して病気になり、一度はあやうく死にそうになった。父の源師光《もろみつ》入道が、「何事も命あっての上のことだ。このように病気になるまでどうして思案なさるのか」とお諫めになったけれども、言うことを聞かず、とうとうなくなってしまったのは、その無理が積もったのだろうか。

67　具親、歌を心に入れざること

寂蓮《じゃくれん》入道はとくにこのことをたいそうすばらしいこととして、宮内卿《くないきょう》の兄の兵衛佐《ひょうえのすけ》源具《とも》親《ちか》が歌に熱心でないことを憎らしがりました。「何によって立身した人だというので、このようなのだろうか。宮中での彼の宿直所にごくたまに立ち入って、見ると、晴の御歌会などがある頃でも、『弓だ、蟇目《ひきべ》だ』などと持ち込んで、細工職人を前に坐らせて、歌のことを大事とも思っていない」と言って、それを残念なことだと言いました。

68　会の歌に姿分かつこと

御所に朝夕伺候していた頃、いつもにも似ずめずらしい御歌会があった。「六首の歌について、みな姿を詠み変えて詠進せよ」ということで、「春・夏の歌は堂々として壮大に、秋・冬の歌は繊細で枯淡に、恋・旅の歌は艶麗で優雅に詠んでまいらせよ。もしもこれを思うように詠みおおせないならば、その由をありのままに言上せよ。歌の様をどれほどわかっているかを御覧になるために行うのである」と院（後鳥羽院）が仰せられたので、たいへんな重大事で、一部の人々は辞退する。どう詠むか知りたくならないような人をまたもとよりお召しにはならない。であるから、まさしくその座に参上して列席した人々は、摂政殿下藤原良経《よしつね》公・慈円《じえん》大僧正御房・藤原定家《さだいえ》・藤原家隆《いえたか》・寂蓮《じゃくれん》、わたくし鴨長明という、わずかに六人でした。

拙作のうち、堂々として壮大な歌には、
雲さそふ天つ春風かをるなり高間の山の花ざかりかも
（花の雲を誘って散らせる、空吹く春風がかおっている。高間の山は花盛りなのだろうか）
うちはぶき今も鳴かなむほととぎす卯の花月夜さかりふけゆく
（羽ばたきして今も鳴いてほしい、ほととぎすよ。卯の花が月の光のように白く、今や真盛りで夜はふけてゆく）
纖細で枯淡な歌としては、
宵のまの月の桂のうすもみぢ照るとしもなき初秋の空
（宵の間に出た月が、まるで月の中に生えている桂の木が薄紅葉したように、照るというほどでもなく、細く懸かっている初秋の空よ）
さびしさはなほ残りけり跡絶ゆる落葉がうへに今朝は初雪
（さびしさはやはり残っているなあ。訪れる人の足跡もとだえた落葉の上に今朝は初雪が積もって、落葉も覆い隠したものの……）
艶麗で優雅な歌としては、
忍ばずよ絞りかねつと語れ人もの思ふ袖の朽ちはてぬまに

(もう堪え忍ばないよ。袖の涙を絞りかねていたと語っておくれ、見た人よ。恋のもの思いに涙でぐっしょり濡れた私の袖がすっかり朽ちてしまわないうちに)
旅衣たつあかつきの別れよりしをれしはてや宮城野の露
(旅の衣裳を裁って出立した暁の人々との別れの時から涙で濡れしおれた、その行き着いたおしまいが、この宮城野の露なのだろうか)

69　寂蓮・顕昭両人の心のこと

この六首の中で春の歌をたくさん詠んで寂蓮《じやくれん》入道にお見せした時、この「高間の山の花ざかりかも」の歌を「これがよい」として点をおつけになったので、これを書いて詠進した。早くも披講される時になって、読み上げられるのを聞くと、あの入道の春の歌は私と同じく高間の山の桜をお詠みになったものだった。「彼の歌の発想が自分の歌に似ていたならば、違うようにしよう」などと思う気持ちもなく、ありのままにこれがよいと判別されたことは、まことにめったにない公平な心であるよ。というのは、寂蓮は本当の性格などはひどく殊勝な人であるとも言われなかったのだが、和歌という自分の得意とする道のことになると、心の持ちようも良くなるのであろう。

その昔、宣陽門院《せんようもんいん》の御供会の歌会で、「常夏契り久し」という題の歌に、私が「動きなき世のやまとなでしこ」（動揺することなく、世の中が平和に治まっている大和の国の、大和撫子の花）と詠んだのを、ある先輩が見て、「自分の歌に似ている。詠み替えよ」と強引に申しましたので、しかたなくその場で詠み替えた。それとは較べものにならない心である。

さて、人の徳を讃めようとして、自身のために名誉であった時のことを長々と書き続けましたのは、おかしなことで。けれども、この文章の役得として、自讃を少々混ぜても、どうでしょう。大目に見ていただけるのではないでしょうか。

70　式部・赤染勝劣のこと

ある人がいうことには、「源俊頼《としより》の歌学書（俊頼髄脳）に、中納言藤原定頼《さだより》が父の大納言公任《きんとう》に、和泉式部《いずみしきぶ》と赤染衛門《あかぞめえもん》の優劣を質問された。大納言のいわれることには、『和泉式部は「津の国のこやとも人をいふべきに隙《ひま》こそなけれ蘆の八重葺き」（摂津の国の昆陽《こや》ではありませんが、「来《こ》や」——「訪ねていらっしゃい」とあなたに言いたいのですが、蘆を幾重にも葺いた小屋に隙間がないように、人の見る目の隙《ひま》がないので言えません）と詠んだ歌よみである。赤染衛門と一緒に論ずべきではない』とお答えになったので、中納言がさらに、『和泉式部の歌では、「暗きより暗き道にぞ入りぬべきはるかに照らせ山の端の月」(わたしは暗いところからさらに暗い迷いの世界に入ってしまうでしょう。遥かかなたから照らし出してください、山の端に懸かる月〈性空上人様〉よ)という歌をこそ、世間の人は秀歌と申しているようですが』というと、大納言がいわれるには、『それは世間の人がわけのわからないことを言うのだよ。「暗きより暗きに入る」ということは法華経の文言であるから、勝れていることはいうまでもない。下の句はまた上の句に引かれて、たやすく詠むことができるであろう。「こやとも人をいふべきに」といって、「隙こそなけれ蘆の八重葺き」と続けた点こそ、凡人の思いつけることではないのだ』とお答えになったということが書かれているようです。

この話に二つの疑問がある。その一つには、公任大納言は和泉式部を赤染衛門よりも勝れていることを判定されたのだが、その時代のしかるべき歌会や晴の歌合などを見ると、赤染衛門を盛んにもてはやして、和泉式部はそれらに漏れていることが多くある。もう一つには、和泉式部の二首の歌を今見ると、『はるかに照らせ』という歌は、表現も歌の姿も格別に格調が高く、また雰囲気も十分感じられる。どういうわけで大納言はそのように判定されたのだろうか。いろいろはっきりしないことです」という。

私はためしにこの疑問を解釈してみる。

和泉式部・赤染衛門の優劣論は、大納言公任一人が判定されたのではない。世人はこぞって和泉式部を勝れていると思っていた。けれども、人のすることは、当人が生きている時には、その人柄によって劣っているとか勝れているとか評価されることがある。歌の方面では和泉式部は並ぶ者のない名手であるが、その身の処し方、態度、心配りなどの点で、赤染衛門にはかなわなかったのであろうか。紫式部の日記というもの（紫式部日記）を見ましたら、「和泉式部はひどく感心できないことがあるが、うちとけて文章を走り書きしたものに、その方面の才能があることも、ちょっとした言葉の美しさも見えるようです。歌はというと、本当の歌よみではない。口に任せて言ったことの中に、かならず趣のある、人が注目するような箇所を詠み添えているようです。けれども、人が彼女の詠んだ歌を批判し、判定していても、さて、それほどまでは理解しないでしょう。ただ口に任せて歌が詠めてしまうようです。こちらが恥かしくなるほどの歌よみとは思われない。丹波守大《おお》江匡衡《えのまさひら》の北の方（赤染衛門）を、中宮（藤原彰子《しょうし》）や殿（藤原道長《みちなが》）のあたりには、匡衡衛門と呼んでおります。とくに身分が高くはないけれども、まことにいかにも品位のある歌よみとして、諸事につけて詠み散らすことはないけれど、世間に噂されている限りでは、ちょっとした機会での歌も、この人のものこそこちらが恥かしくなるようにすばらしい詠みぶりです」と書いている。であるから、和泉式部はその時代には人柄の欠点に打ち消されて、歌の方でも思うほどには用いられなかったが、本当は名手なので、秀歌も多く、ことあるごとに隙なく詠みためておいたので、撰集類にもたくさん入集しているのであろう。曾禰好忠《そねのよしただ》という歌よみは、人数にも入れられず、円融《えんゆう》上皇の子日《ねのひ》の御幸に召されもしないのに参上さえして、ばからしいふるまいをする人間という評判になった人間であるよ。けれども現在は、歌の方面では一流の者と思っている。一条《いちじょう》天皇の御代、諸道が隆盛したことを帥《そち》中納言大江匡房《おおえのまさふさ》卿が記したもの（続本朝往生伝）の中にも、「歌人には、藤原道《みち》信《のぶ》・藤原実方《さねかた》・藤原長能《ながよし》・大中臣輔親《すけちか》・和泉式部・赤染衛門・曾禰好忠」と、この七人を記していらっしゃるようです。これも自身のせいで、生きている時代には世間でもてはやされることもなかったのであろう。

さて、例の和泉式部の二首の歌についての優劣は、公任卿の判定が当たっていないわけでもないし、今の疑問が間違っているわけでもない。これはよく考えて分別すべきことである。歌というものは、巧んで作った趣向や技巧はたいそうすばらしいけれど、その歌の品格を判定する時はたいしたこともないという場合もある。また思いついた着想はひどくむずかしくもないものの、ちょっと聞いただけで格調もあり、美しくも思われて、雰囲気がありありと浮かぶ歌もあるよ。であるから、結局は、歌よみの程度を正しく決める場合には、「こやとも人を」という歌を取るとしても、和泉式部の秀歌はどれかと選ぶ場合には、「はるかに照らせ」という歌が勝っているのであろう。たとえて言うならば、路傍でいいかげんに見つけたとしても、黄金は宝であろう。たいそう上手に作り立ててあっても、櫛や針などの類は一向に宝とするには不足している。また心の働きを論じるとすれば、黄金を手に入れたのは、一向に当人の手柄ではない。針の類は宝ではないが、これをその道の名人の仕事と判定すべきようなことである。そうだから、公任大納言はそのような意味を理解されるべきであったのだろうか。もしかしたらまた、歌の良し悪しも時代によって変わるものであるから、その時代には「こやとも人を」という歌が勝っている点もあったのに、普通の人がそれをわからなかったのであろうか。後代の人が判定してほしい。

71　近代の歌体

ある人が質問していうことには、「この頃の人の歌は二面に分かれている。少し以前の風体にこだわる人は、今の時代の歌をとりとめもない言葉のように思って、ややもすれば達磨宗《だるましゅう》などというあだ名をつけて、誹謗《ひぼう》し嘲笑する。また現代風の風体を好む人は、少し前の風体を『俗っぽい。見るに価するところがない』と嫌う。いささか宗論に類することで、結論が出そうでもない。後学の者にとっては、何を以て是とし、何を以て非とすべきか、当惑するだろう。どう理解したらよいのだろうか」という。

ある人が答えていうには、「これはこの世のすぐれた歌人の大きな論争なので、どうして簡単に決められようか。ただし、人間の常として、月や星の運行をも悟り、鬼や神の心をも想像するものだから、はっきりはしないまでも理解できる程度のことを申しましょう。またお思いになるのに従って判断していただきたい。

大体において、このことを人々が水と火のように相容れぬものと思っていることが理解しにくく思われます。総じて歌の有様は時代ごとに異なっている。昔は字数も決まっておらず、思った通りに口から出るのに任せて表現した。あの『出雲八重垣』の歌（八雲立つ出雲八重垣妻ごみに八重垣作るその八重垣を——出雲の地に幾重にも垣をめぐらせて妻をこもらせようと、幾重も垣を作るよ、その幾重もの垣よ）から、一首は五句、三十一字に定まったけれども、万葉集の頃などまでは、やはりこまやかな情愛の心の働きを述べるばかりで、ことに歌の姿や言葉を選ばなかったのではないかと思われる。中昔の古今和歌集の時代に、花実が共に具備して、歌の姿はさまざまに分かれた。後撰和歌集には、よい歌は古今集に採りつくされてからいくらも経っていなかったので、採るべき歌が求めにくくて、姿を問題とせず、ただ心（意味・内容）を優先して歌を選んだ。拾遺和歌集の頃から、その歌の風体が非常に身近になって、道理がすっかり表現され、姿のすなおな歌をよい歌とした。それ以後、後拾遺和歌集の時代に、もう少し柔かになって、昔の詠みぶりを忘れてしまった。その時の古老などはいささかこの傾向をよしとしなかったのか、後拾遺姿とあだ名をつけて、残念なこととしたということだと、ある先輩は語りました。金葉和歌集はまた、作為的におもしろおかしくしようとして、軽々しい歌が多くある。詞花和歌集・千載和歌集は、大体後拾遺集の歌風であろう。歌が昔から伝わってきた有様は、このようなことである。

であるから、拾遺集以後、その姿は一つで長いこと時が経ったので、趣向もようやく尽き、言葉は時代ごとに古くなって、この歌の道は時の経つにつれて衰えていった。昔はただ花を雲にまごうとし、月を氷に似せて歌い、紅葉から錦を連想するといった類の趣向を情緒あることにしたが、今はそれらの心は歌いつくして、雲の中にさまざまの雲を探し求め、氷についてめずらしい意味を加え、錦に変わった箇所がないかと穿鑿し、といったように、心休まず一生懸命努力して考えつくのだから、めずらしいことは得がたくなってゆく。たまに得られても、いずれも昔にこびた着想だから、卑しく、ととのわず砕けている姿である。ましてや、言葉に至っては、もはや言いつくしているので、めずらしい言葉もなく、注目される箇所もない。格別な秀逸でない歌は上の句の五七五を詠み上げれば、下の句の七七は空で推量できる有様である。

ここに現代の人に、歌の姿が時代とともに詠み古されてしまったことを知って、改めて古風に立ち帰って、幽玄の風体を学ぶという現象がでてきたのである。これによって、中古の歌の流派を学ぶ仲間たちは、これを見て驚いて誹謗し、嘲笑する。けれども本当のところはよい歌を詠みたいという心は同一だから、名人と秀歌とはどちらにしても違わない。世間でよくいわれる藤原清輔《きよすけ》・源頼政《よりまさ》・俊恵《しゅんえ》・登蓮《とうれん》などの詠みぶりは、現代の人も捨てがたいものとする。現代風の姿の歌の中でも、よく詠んでいる歌を何かというと中傷する者たちも誹謗することはない。つまらない歌に至っては、どちらにしてもよろしくない。少し昔のたいしたこともない歌を現代の歌に並べて見ると、化粧をした人の中に尼顔で混っているのと同じだ。現代の歌でよくも詠みおおせていない歌は、あるものは全く理解できず、あるものはひどく嫌味に感じられる。だから、一方にだけ偏って執着すべきでないであろう」。

質問していうことには、「現代の歌の風体を新しく出現したように思っているのは間違っているのでしょうか」。

答えていうことには、「この非難は理由のないことである。たとえ新しく出現したのだとしても、かならずしも悪い筈はない。中国では限度がある文体でさえも、時代時代で改まるのだ。この日本国は小国で、人の心の働きが愚かであるのによって、もろもろのことを昔と違わないようにしようとするのです。まして歌は心の動きを述べ、聞いて喜ばせるためのものなのだから、その時代の人が慰みとし、好む以上によいことがあるでしょうか。ましてや、全くもって現代になって工夫し始めたことではない。万葉集までは事柄が遠すぎる。古今集の歌をよくも見分けない人が、このような非難をするのです。あの集の中にさまざまの風体がある。だから、中古の歌の姿も古今集から出ている。また、今の幽玄の風体もこの集から出ている。たとえ今の歌の姿を詠みつくして、また姿が改まる時代があったとしても、誹諧《はいかい》歌などまでも漏らさずに選び載せているのだから、やはりあの集から出ることはできない。これをひたすら聞きなれないと思って、誹謗し卑しめるのは、ただただ中古の歌風に呪縛されているのである」。

質問していうことには、「この二つの風体のどちらが詠みやすく、また秀歌をも得ることができるだろうか」。

答えていうことには、「中頃の風体は学びやすくて、しかも秀歌を詠むことはむずかしいであろう。言葉は古くなっていて、しかも趣向だけを眼目とすべきためである。現代の風体は習得するのがむずかしくて、よく会得すれば詠みやすい。その有様がめずらしいので、外面的な姿と心（内容）との両方にわたって興趣がある筈だからである」。

質問していうことには、「お聞きしたようであるならば、どちらも良いものは良い、悪いものは悪いということのようだ。学ぶ人はまた、わたしもわたしもと競っている。どうしてその優劣を決めたらよいのだろうか」。

答えていうことには、「かならず優劣を決めるべきことであろうか。ただどちらにしても、よく詠んだ歌をよいとわかればよいのでしょう。

ただし、寂蓮《じやくれん》入道の申しましたことがありました。『この論争は、たやすく結着をつけるしかたがある。そのわけは、字を習うにも、劣った人の文字は真似しやすく、自分より上達しているような人の筆跡は真似するのがむずかしいという。そうだから、わたしが詠むように詠めと言ったとしたならば、藤原季経《すえつね》卿や顕昭《けんしよう》法師などは、幾日思案しても詠めないであろう。わたしはあの人々の詠むようには、ただ筆を濡らしてみごと書くだろう。それで結着はつくだろう』と申された。

人のことは知らないが、この身にとっては、中頃の人々が大勢集まっていました歌会に連なって、人の詠む歌を聞いた時には、私が思い及ばない趣向はとても少なかった。私が続けた言葉続きよりは、これはよかったなどと思われることこそあったけれども、少しも思いつかないようなことはめったにありませんでした。それなのに、院（後鳥羽《ごとば》院）の御所の御歌会におうかがい申し上げた折には、全く思いも寄らぬことをばかり、皆の人がお詠みになったので、この歌の道はもはや底もなく、際限もないことになってしまったのだなあと、恐ろしく思われました。

であるから、いかにもこの現代風の風体を会得することは、基本的な技能をしっかり備えている人が、名手の境地に入り、頂点を極めてのちにあるべきことである。それでさえやはりし損うと聞きにくいことが多くある。ましてや趣向が足りない人で、まだ峰まで登り着かないで当て推量に真似しているのは、そのようにはたから見てはらはらすることはない。化粧をすべきことと知って、身分の低い庶民の女などが、心のままにおしろいや紅などを塗りつけたような気がしました。このような連中は、自分では飾り立てることができず、人が詠み捨てた言葉を拾って、そのさまを真似するばかりだ。よく詠まれる、『露さびて』、『風ふけて』、『心の奥』、『あはれの底』、『月の有明』、『風の夕暮れ』、『春の古里』など、初めにめずらしく詠んだ時こそおもしろいけれども、二度ともなれば何ということもない癖のある言葉をかろうじて真似しているようである。あるいはまた、はっきりせず心を内にこもらせて詠もうとするうちに、おしまいには自身も理解できない、また間違いない無心所着の歌になってしまう。このようなたぐいの歌は、幽玄の境にあるものではない。じつにこれらを達磨宗の歌というべきであろう」。

質問していうことには、「事柄の趣旨は不十分ながらわかりました。その幽玄とかいう風体に至っては、どうなのであろうとも理解できません。それがどのようなものかお伺いしましょう」という。

答えていうことには、「すべて歌の姿は理解しにくいことでしょう。古い口伝《くでん》や歌学書などにも、むずかしいことを手を取って教えるように解説しているけれども、歌の姿に至っては確かに書かれていることはない。ましてや、幽玄の体は、まず名を聞いた時からとまどうであろう。自身でもよく理解していないことなので、しっかりとどう申し上げようとも思われませんが、よく名人の境地に入った人々が申されたことの趣旨は、結局はただ言葉で言い表されない余情、姿となって見えない雰囲気であろう。歌の心の上でも道理が深く通り、言葉の点でも優艶がその極に達すれば、これらの長所は自然に備わるのであろう。

たとえば、秋の夕暮れの空の様子は、色もなく、声もない。どこにどのような理由があるだろうとも思われないけれど、わけもなく涙がこぼれるようなものである。これを心ない仲間の者は、一向にすばらしいと思わず、ただ目に見える花や紅葉を愛します。また、美しい女が恨めしいことがあるけれど、それを言葉にも表さず、深く隠している有様を、そうだなとぼんやり見つけたのは、言葉のありたけをつくして恨み、涙に濡れた袖を絞って見せるのよりも気の毒で、あわれさも深いであろうと思われるようなものだ。これもまた幼い者などの場合は、こまごまと言わせる以外に、どうして様子を見てわかるであろうか。とりも直さずこの二つの譬《たと》えで、趣向が乏しく、心が浅い人の悟りにくいことがわかるであろう。

また、幼い子のかわいらしいのが片言で何ともわからないことを言っているのは、頼りないにつけてもいとおしく、聞くに価するところがあるのに似ていることもあるでしょうか。これらをどうしてたやすく真似もし、はっきりと言い表すのだろうか。ただ自身わかるべきことである。

また、霧の絶え間から秋の山を眺めると、見えているところはほのかであるが、その奥が知りたく、どれほど一面紅葉していておもしろいことだろうかと、際限なく推量されるその幻影は、ほとんどはっきり見るよりも勝れていることであろう。

総じて、心の働きを言葉で言い表して、月を曇りがないと言い、花をすばらしいと讃めることは、どうして難しいことがあろうか。それではどこを歌が普通にものを言うのに勝っている利点とするのだろうか。一つの言葉に多くの道理を包みこみ、表に出さないで深い気持ちを表現しつくし、見ていない世の中のことを幻影として思い浮かべ、卑賤なものを借りて優雅なものを表現し、おろそかなようであって霊妙な道理を究極まで求めるからこそ、心も思い及ばず、言うべき言葉も足りない時、この歌によって思っていることを述べ、僅か三十一字の内に天地を動かすすばらしい力を備え、鬼神の心を和らげる手段となるのです」。

72　俊恵歌体を定むること

俊恵《しゅんえ》がいうことには、「世間の普通のよい歌は、たとえば固文の織物のようなものだ。たいそう優艶さが勝れている歌は、浮文の織物などを見るように、空にその気配が浮かんでいるのである。

ほのぼのと明石の浦の朝霧に島隠れゆく船をしぞ思ふ

(ほんのりと明るくなってゆく明石の浦の朝霧の中、島影に隠れてゆく船を思うよ)

月やあらぬ春や昔の春ならぬわが身ひとつはもとの身にして

(月は昔の月でないのか、春は昔の春でないのか。いや、月も春も昔のまま、この身にもとの身なのに、あの人との間柄はすっかり変わってしまった)

これらの歌こそは余情が内に籠もり、雰囲気が空に浮かんできます。

また、とりたてて趣向もないけれど、言葉をうまく続けると、自然に歌の姿に引き立てられて、この長所を備えることもあるであろう。木工頭《むくのかみ》(源俊頼《としより》)の歌に、

うづら鳴く真野の入江の浜風に尾花波よる秋の夕暮れ

（鶉《うずら》がさびしげに鳴いている真野の入江を吹く浜風に、薄の穂が波打っている秋の夕暮れよ）

この歌も間違いなく浮紋の歌でしょう。

ただし、よい言葉を続けたけれど、わざとそれを探し求めたようになった歌は、また失敗作とすべきである。ある人の歌に、

月さゆる氷の上にあられ降り心くだくる玉川の里

（月の光がつめたくさす氷の上に霰が降り、心までもが霰のように千々に砕ける玉川の里よ）

この歌は、たとえば石を庭に立てる人が、よい石を据えることができなくて、小さい石を幾つも集めて、みごとに組み合わせながら立てたけれど、どうしても本当の大きな石には劣っているように、わざとらしく歌っているのが欠点なのです」。

またいうことには、「大江匡房卿《おおえのまさふさ》の歌に、

白雲と見ゆるにしるしみ吉野の吉野の山の花ざかりかも

（白雲と見えるのではっきりわかる。吉野の山は花盛りなのだなあ）

これこそはよい歌の手本と思われます。これといった気の利いた句もなく、美しく飾っ

た言葉もないけれど、姿は端正で、きれいで真直に表現していて、格調も高く、壮大である。たとえば、白い色は格別の色彩もないけれど、多くの色よりも勝れているようなものだ。すべての物事で、極限まで達して勝れている状態は淡泊でおもしろみはないものなのである。この風体はやさしいようでたいそう難しい。一文字でも違ったならば、みっともない腰折れ歌になってしまうであろう。いかにも名手の境地に入らずには詠みにくい姿である」。

またいうことには、

「心あらむ人に見せばや津の国の難波わたりの春のけしきを

(情趣を解する人に見せたい。摂津の国の難波の浦のあたりの美しい春景色を)

これは初めの「白雲と」の歌のように、この上なく壮大だなどとはいえないが、たいそう優雅でやさしく美しい。たとえば字のうまい人が書いた仮名のし文字などのようなものである。とくに点を加え、うまく書こうと筆を振ったところもないけれど、ただ安らかで、歌っている事柄は少なくて、しかもすぐれているのである」。

またいうことには、

「思ひかね妹《いも》がりゆけば冬の夜の川風寒み千鳥鳴くなり

(恋しさに堪えかねて、いとしい女性のもとを訪れようとゆくと、冬の夜の川風が寒

く吹いて、千鳥の鳴く声が聞こえる）

この歌ほど情景がありありと浮かぶ歌は他にない。『六月二十六日の、寛算供奉《ぐぶ》の日も、この歌を詠吟するだけで寒くなる』と、ある人は申しました。

大体、優美な着想や表現でも、わざと探し求めたように見えるのは、歌にとって欠点とすべきである。ただ、目印をつけたのではない峰の木々の梢や、人の手で染めたのではない野辺の草葉に、春秋につけて、色とりどりの花が咲くように、自然に寄ってくることを無理することなく言い表したようなのが秀歌なのです。

歌には、故実の体ということがある。よい趣向を思い付かない時、心の工夫で作り上げる方法を習うのである。

一つには、とくに何ということもないけれど、ただ言葉続きを美しく、流れるようにすらすらと表現すれば、よい歌に聞こえる。

風の音に秋の夜深く寝覚めして見はてぬ夢のなごりをぞ思ふ

（風の音に秋の夜ふけ寝覚めて、見おわらなかった夢のなごりを思い返している）

一つには、古歌の言葉でどう扱っていいかわからないものを取って、おもしろく表現したのもまたよいものである。

わが背子をかた待つ宵の秋風は荻の上葉をよきて吹かなむ

（夫をひたすら待つ宵の秋風は、荻の上葉を避けて吹いてほしい。荻の上葉を吹く風の音は、あの人の訪れかと錯覚させるから）

狩人の朝踏む野辺の草若み隠ろひかねてきぎす鳴くなり

（狩人が朝踏み歩く野辺の草はまだ萌え出たばかりなので、そこに隠れかねて鳴く雉の声が聞こえる）

また、聞きづらい言葉をおもしろく続けて作った場合も、とくに勝れた句となる。

播磨なる飾磨に染むるあながちに人と恋しと思ふころかな

（播磨の飾磨で染める紺《かち》、そのかちではないが、あながちに、一途にあの人を恋しく思うこの頃だなあ）

思ひ草葉末にむすぶ白露のたまたま来ては手にもたまらず

（思い草の葉先に置く白露の玉、そのたまではないが、ごくたまに訪れてきて、手にたまらない露のように、あの人は泊まりもしないで帰ってしまうよ）

一つには、勝れた句ではないけれど、ただ言葉の使い方をおもしろく続けると、また見るに価する点がある。

麻手ほす東《あづま》をとめの萱《かや》むしろしき忍びても過ごすころかな

（麻を乾す東国の乙女が萱蓆《むしろ》を敷く、そのようにしきりにあの人をひそかに思って過

ごすころだなあ）
蘆《あし》の屋のしつ機《はた》帯の片結び心やすくもうちとくるかな
（蘆葺きのそまつな家の機で織った帯を片結びしてとけやすいように、あの子は心を許してうちとけたなあ）
今ははや天の門わたる月の船またむら雲に島隠れすな
（早くも今は空の通路を渡ってゆく月の船よ、島のように群がる雲に隠れてしまうなよ）」。

73　名所を取る様

一つには、名所を取って詠むには作法がある。国々の歌枕は数えきれないほど多くあるが、その歌の姿によって詠むべき場所があるのである。たとえば山水を作る際に、松を植えるべき所には岩を立て、池を掘り、花を咲かせるべき地には山を築き、眺望がきくようにするのと同じく、その名所の名によって歌の姿を飾るべきだ。これらは大切な口伝である。もし歌の姿と名所が調和しなくなってしまうと、食い違ったようで、すばらしい趣向があっても、破綻して聞こえるのだ。

よそにのみ見てややみなむ葛城《かづらき》の高間の山の峰の白雲
（関わりのないものとばかり見ておわってしまうのだろうか、葛城の高間山の峰にかかる白雲、そのようにとても手が届かないあの人を）
照射《ともし》する宮城が原の下露に花摺り衣かわくまぞなき
（松明《たいまつ》をともして猟をする宮城が原の下露のために、花を摺りつけて染めた衣は乾く間がないよ）
東路《あづまぢ》を朝立ちくれば葛飾《かつしか》や真間《まま》の継橋霞みわたれり
（東国の旅路を朝出立してくると、葛飾の真間の継橋は一面に霞んでいる）
夕されば野辺の秋風身にしみてうづら鳴くなり深草の里
（夕方になると野辺を吹く秋風は身にしみるように吹いて、鶉のかなしげに鳴く声が聞こえる深草の里よ）
最初の歌は姿が美しく壮大な感じがするから、高間の山がとくにふさわしいと聞こえる。照射の歌は、言葉の使い方がやさしい感じなので、宮城が原に思い当たっています。東路の歌はとても深く思うところのある風体なので、葛飾や真間の継橋といった地名が、いかにもそうだと聞こえる。
秋風の歌はものさびしい姿であるので、深草の里はとくに縁がある。

とても書きつくすことはできない。これらの例で理解すべきである。

74　新古の歌

一つには、古歌を取ることはまた取り方がある。古い歌の中でも趣ある言葉で、歌に切り取って入れて飾りとなりそうなものを取って、精いっぱい続けるべきである。たとえば、

夏か秋か問へど白玉岩根よりはなれて落つる滝川の水

（夏か秋か、尋ねても知らぬ顔で白玉のような雫が岩の根元から離れて落ちる、滝なす川の水よ）

このような風体の歌である。しかるに、古歌を盗むのは一つのやり方とばかり思って、よい言葉悪い言葉をも見分けず、むやみに取って奇妙に続けているのは残念なことだ。いかにもはっきりと取るべきである。少しばかり隠しているのはひどく悪いことだ。

また、その古歌にとって格別に勝れている句を取ってはいけない。何となく隠れている言葉でおもしろく手を加えられそうなものを見はからって取るのがこつである。ある人が、「空に知られぬ雪ぞ降りける」（桜が散る木の下を吹く風は寒くなくて）空には今まで知られたことのない雪が降ったよ）という古歌の言葉を取って、「月」の題の歌に「水に知

られぬ氷なりけり」（水に今まで知られていなかった氷が張っている）と詠んだのを、「これこそ本当の盗みだ。しかるべきお針子が布を盗んで、小袖に仕立てて着ているように思われると、ある人は申しました。

また、院（後鳥羽院《ごとば》）の御所の御歌合で、「暁の鹿」という題を詠みました時に、

今来むと妻や契りし長月の有明の月に牡鹿鳴くなり
（すぐ行くよと妻の鹿が約束したのだろうか。九月の有明の月の下で牡鹿の悲しげに鳴く声が聞こえる）

この歌は「歌われていることの内容が優艶である」ということで勝った。けれども藤原定家《さだいえ》朝臣はその場で批判なさった。「あの素性《そせい》の『今来むといひしばかりに長月の有明の月を待ち出でつるかな』（すぐ行くよと恋人が言ったばかりに、待っていて、とうとう九月の有明の月が出たよ。それなのにあの人は来ない）という歌に、僅かに二句が変わっているだけです。このように多く似ている歌は、取った古歌の句を置き替えて、上の句を下にするなどして、作り変えるのがよいのに、これはただ元のままの場所に置いていて、胸の句（第二句）と結びの句（第五句）だけが変わっているのは、欠点とすべきである」という意見でした。

75　仮名の筆

古人がいったことには、「仮名で文章を書く場合は、歌の序文は古今和歌集の仮名序を手本とする。日記は大鏡の有様を学ぶ。和歌の詞書は伊勢物語と後撰和歌集の歌の詞書を真似する。物語は源氏物語以上のものはない。みなこれらを思いながら書くべきである。どの場合であっても、努めて漢字の言葉を書くまいとするのである。考えられるかぎりは何としても和らげた表現で書いて、どうにもしかたない箇所は漢字で書く。漢字で書くに当たって、撥《は》ねた文字（「ん」の字）、入声《にっしょう》の文字で書きにくいもの（促音の「っ」）などは省略して書くのである。万葉集では、新羅を『しら』と書いている。古今集の序では、喜撰を『きせ』と書く。これらはみなその証拠である。

また、言葉を装飾しようとして、対を好んで書いてはならない。わずかに自然に連想される部分だけを書くのである。対をしばしば書くと漢文に似て、仮名文で書くという本来の意味がなくなってしまう。これは悪い場合のことである。あの古今集の序に、『花に鳴く鶯、水に棲む蛙』などと書いているように、避けられない部分だけをいかにも自然に言葉をあやなしたのがすばらしいのである。

言葉のついでというのは、『菅の根の長き夜』とか、『こゆるぎの急ぎて』とか、『いそのかみ古りぬる』などといったようなことを、あるいは古い表現を取り、あるいはめずらしく工夫したようにとりなすべきである」。

勝命がいうことには、「仮名で文章を書くことは、藤原清輔がたいそう上手である。中でも最初の時の柿本人麻呂影供《かきのもとのひとまろえいぐ》の日記をたいそうおもしろく書いた。『花の下《もと》に花の客人《まらうと》来たり。垣の下《もと》に柿本の影《えい》を懸けたり（花の木の下に華やかな客人がやってきた。垣根のほとりに柿本人麻呂の肖像画を懸けた）』とあるあたりなど、とくにみごとだと見える。仮名文の対はこのように書くべきである」と。

76　諸の波の名

波の呼び名はたくさんある。藤原範綱《のりつな》入道が言ったとして、ある人が語ったことには、「おなみ・さなみ・さらなみ・はゝのてかへし・はまならしという、これらはみな波の呼び名である」と言ったけれど、どのような波をそういうと、区別しては言わなかった。これはその国のその所にとって言うことなのでしょうか。それらを詠んだ歌などはとくに見及んでいません。顕昭《けんしょう》に尋ねましたら、「さなみ・さざなみ・さゝらなみということがある。これらはみな小さな波の呼び名だ。言葉を長く言うのと短く言うのとの違いなので、その時によって用いるのである」と申しましたが、九州のしまという所に通う者が、何かの折に語りましたことには、「九州のうちの南の方、大隅・薩摩のあたり、どの国ということは忘れたが、大きな港があります。そこには四月・五月には朝夕波が立って、静まる時もありません。四月に立つのをうなみと言い、五月に立つのをさなみと申します」と言った。四月を卯月、五月を皐月というからであろうか。たいそう興味深いことである。

77　あさり・いさりの差別

ある人のいうことには、「漁をあさりと言い、いさりと言うのは、同じことである。それについて、朝にする漁をあさりと名づけ、夕方にするのをいさりと言っている。これは東国の漁師のものの言い方である」とか。まことに興味深いことだ。

78　五月五日かつみを葺くこと

ある人がいうことには、「橘為仲《たちばなのためなか》が陸奥の国の守になって下った時、五月五日にどの家でも菰《こも》を軒に葺《ふ》いていたので、不思議に思ってそのわけを尋ねた。その時国府の役人がいうことには、『この国では、昔から五月五日の今日に菖蒲《しょうぶ》を葺くということを知りませんでした。ところが、なき中将の御館がいらっしゃった時、「今日は菖蒲を葺くものなのに、探して葺け」という御命令でしたので、この国には菖蒲がないということを申しました。その時、「それならば、安積《あさか》の沼の花かつみというものがあるだろう。それを葺け」とお命じになってから、このように菰を葺き始めたのでございます』と言った。中将の御館というのは藤原実方の朝臣のことである」。

79　為仲宮城野の萩を掘りて上ること

この為仲《ためなか》は国守の任期がおわって上京した時、宮城野の萩を掘り取って、長櫃《ながびつ》十二合《ごう》に入れ、これを持って上京したので、多くの人がこれを聞いて、為仲が京の都へ入った日は、二条大路でこれを見るに価するものとして、人が大勢集まって、物見車などもたくさん立っていたということである。

80　頼実が数寄のこと

左衛門尉蔵人源頼実《よりざね》はたいそうな数寄者《すきしゃ》である。和歌を愛する心が深くて、「五年の命を御神に捧げ申し上げます。何とぞ私に秀歌をお詠ませください」と住吉の明神にお祈り申し上げた。その後何年かして重病を受けた時、命が助かるよう祈禱をした際、家にいた女性に住吉明神がお憑《つ》きになられて、「以前そなたが祈り申したことを忘れたか。

木《こ》の葉散る宿は聞き分くことぞなきしぐれする夜もしぐれせぬ夜も

（木の葉が散る家では聞き分けられないよ、しぐれの降る夜も降らない夜も。しぐれも落葉も同じようにさびしい音を立てるので）

という秀歌をそなたに詠ませたのは、そなたがわたしを信仰して、その信心を述べたからである。だから今度はどうしても助かるまいぞ」と仰せられた。

81　業平髻切らるること

ある人がいうことには、「在原業平朝臣《ありわらのなりひら》は二条の后（藤原高子《たかいこ》）がまだ普通の人でいらっしゃった時、このお方をひそかに連れ出して行ったが、后の兄たちに取り返されたということを、（伊勢物語で）述べている。このことはまた日本記式にある。ことの有様はあの物語に言っている通りであるが、后を奪い返した時、兄たちは憤懣《ふんまん》をおさえられないあまり、業平朝臣の髻《もとどり》を切ってしまった。けれども、誰のためにもよくないことだから、人も知らず、業平朝臣も自分の心だけに収めて過ぎたが、切られた髪を生やそうとして籠居している間、歌枕を見ようと、風雅のふるまいにかこつけて、東国の方へ旅をした。

みちのくに至って、八十《やそ》島という所に宿った夜、野の中で歌の上の句を詠吟する声が聞こえる。その言葉は、

『秋風の吹くにつけてもあなめあなめ』

(秋風が吹くにつけても、ああ、目が痛い、ああ、目が痛い)

と言う。不思議に思って、声のする方を尋ねて探したが、全く人などいない。ただ死人の髑髏《どくろ》が一つある。翌朝になってなおもこれを見ると、その髑髏の目の穴からすすきが一本生え出ていた。そのすすきの風になびく音がこのように聞こえたので、不思議に思って、そのあたりの人にこのことを尋ねた。すると、ある人が、『小野小町《おののこまち》がこの国に下って、この所で命をおえた。あの髑髏はとりも直さず、この小町のものだ』と語った。

82　小野とはいはじといふこと

そこで業平《なりひら》は、あわれに悲しく思われたので、涙を抑えながら、あの上の句に下の句を、

『小野とはいはじすすき生ひけり』

（これを小野小町《おののこまち》の髑髏などとは言うまい。野にはすすきが生えているばかりだ）

と付けた。その野を玉造《たまつくり》の小野と言った」ということでした。

玉造の小町と小野小町とは同一人物か別人かと、人々がはっきりしないと言って論争しました時、ある人が語ったことです。

83　とこねのこと

ある人がいうことには、「ある歌合で、さみだれを詠んだ歌に、ある人が『小屋の床寝も浮きぬべきかな』（小屋の床で寝ていても、さみだれの雨水のために床が浮いてしまいそうだなあ）と詠んだ。しかるに、藤原清輔《きよすけ》朝臣が判者で、『床寝という言葉は、聞いて快くない』として、この歌は負けとされた。清輔朝臣はこの歌の道の博士であるが、この判定は劣っていると思われる。後撰和歌集に、

竹近く夜床寝はせじうぐひすの鳴く声聞けば朝寝《い》せられず
（竹の植えてある近くに夜床をとって寝ることはすまい。竹に宿った鶯の鳴く声を聞くとおちおち朝寝することもできない）

と詠んでいる。この歌を覚えていないのだろうか」ということであった。

この非難はたいそう拙劣である。大体において和歌の風体を理解していないものである。そのわけは、歌の習慣として、世間に従って採用する姿があり、賞美する言葉がある。であるから、古い歌集の歌だからといって、すべてすばらしいと仰ぐことはできない。これは古い歌集を軽視するのではない。時代の風潮が異なっているためである。であるから、古い歌集の中にある姿や言葉はさまざまで、一つの傾向に偏していない。それらの中で今の世の風潮にふさわしいものを見はからって、これを手本として、一つにはその風体を習い、またその言葉を取るべきなのである。あの後撰集の歌は、もしもこの頃だったならば、撰集に入集できるようなものではない。まず第一に、題を重んじないことは歌の大きな欠点である。並々ならぬ秀逸でなければこれを認めない。次に、「夜床寝はせじ」と言い、「朝寝せられず」と言っている、姿や言葉はよくない。それなのに、その「夜床寝」といった、何ということもない言葉を取って、さらに「夜」の字を略して「床寝」といっているのは、まったく奇妙な言葉である。これを後撰集の権威を借りて、清輔朝臣の判詞を間違った批判と思っているのは、ひどくこの歌の道に暗いのである。

解　説

鴨長明について

一人の人の生涯を考える際に最初に問題になるのは、その人物がいつ生まれ、いつこの世を去ったかという、生没の時期であろう。では、『方丈記』の作者として余りにも有名な鴨長明の生没はいつとされるのであろうか。

たとえば、明治以前に典籍を著したすべての日本人を対象として編まれた『国書人名辞典』の第一巻あ―か（一九九三年、岩波書店）「鴨長明」の項では、

〔生没〕久寿二年（一一五五）頃生、建保四年（一二一六）閏六月八日（一説に九日、あるいは十日）没。六十二歳か。

と記載されている。生年は確定しておらず、なくなった日も諸説あるのである。

では、「久寿二年頃生」というのはどのような根拠にもとづく推定なのであろうか。それは長明自身が『方丈記』で、「いそぢの春を迎へて、家を出でて世を背けり」と、みず

からの出家した時期について記しており、それは元久元年（一二〇四）のことかと考えられていることによるのである。「いそぢ」が五十歳を意味し、出家した年が確かに元久元年であるならば、逆算して、長明は久寿二年の誕生ということになる。

ただし、一般的に言って、古人が使う「いそぢ」という言葉は四十代の後半から五十代の前半を漠然とさす場合が少なくない。長明の場合は『方丈記』のこの記述の前で「みそぢあまり」という、幅を持たせた言い方もしているから、あるいは「いそぢの春」の場合は正しく五十歳の春を意味するのかもしれない。しかしそうだとしても、出家したのが元久元年というのはあくまでも推定の域を出ない。従って、厳密には長明の生年は現在のところ不明なので、一応の目安として久寿二年頃の誕生かという他ないのである。

これに対して、没年月は建保四年閏六月としてよいであろう。それは、長明の知人の禅寂（藤原長親）が、生前の長明に依頼された『月講式』という漢文体の文章（月を月天子《がってんし》、勢至菩薩として讃嘆するもの）を建保四年七月十三日に草し、その翌日の夜、すなわち七月十四日の夜にこれが講演されたが、その日は長明（同講式では蓮胤《れんいん》上人と、法名で呼んでいる）の五七日（三十五日の忌日）に当たっていたということによる。この年は閏年で閏六月が小の月（二十九日で終わる）であった。従って、七月十四日から逆算すると、三十五日前は閏六月八日となる。『国書人名辞典』で、没年月日を建保四年閏六月八日とするのは以上の理由によるもので、『月講式』の記述の解釈のし方などによって、九日または十日という説も生じているのであろう。

ゆえに、生年は確定していないが没年ははっきりしており、享年は六十二歳ぐらいかというしかないのである。

長明が生まれた鴨氏の系図として、『続群書類従』には『賀茂神官鴨氏系図』と『河合神職鴨県主《あがたぬし》系図』の二種が収められているが、それらによって長明の父は賀茂御祖《みおや》神社、いわゆる下鴨社の正禰宜で従四位下とされた鴨長継と知られる。しかし、両系図とも母についての記載は全くないので、これだけでは母は未詳というしかない。ただし、今村みゑ子「鴨長明の父と母、および勝命のことなど」(『国語と国文学』平成二十二年一月号)では『平安遺文』所収の山城大徳寺真珠庵文書の「鴨某田地譲状」に着目して、鴨御祖社禰宜従四位上鴨県主惟文の次女が長継の妻であり、長明の母であったと論じている。また、長守という兄弟の存在が知られるが、『賀茂神官鴨氏系図』では長明の左に、『河合神職鴨県主系図』では右にと、位置を異にして記載されているので、弟か兄かを決めることはできない。『国書人名辞典』で長明を「長継の次男」とするのは、『河合神職鴨県主系図』に従って、長守を兄と見なしたためであろう。

二種の系図とも、長明その人については、

従五位下
号菊大夫。応保元（年）十月十七日中宮叙爵

と注している。応保は二条天皇の年号で、応保元年は西暦一一六一年、時の中宮は鳥羽天皇の皇女姝子内親王（翌応保二年二月五日、高松院の院号を蒙った）である。長明はこの中宮の年爵によって従五位下に叙されたのであった。久寿二年の誕生とすれば、七歳の時のことである。おそらく父長継が宮廷社会において認められる存在だったことによるのであろう。そのような父と早く死別したことは長明の人生を大きく左右する重大事であった。

長継がなくなったのがいつかははっきりしないが、諸資料をつきあわせて、承安三年（一一七三）頃かと推定されている。また、彼の誕生は、中山忠親の日記『山槐記《さんかいき》』永暦元年（一一六〇）八月二十七日条に「生年二十二歳云々」と記されていることにより、保延五年（一一三九）とされているので、承安三年には三十五歳の若さであったことになる。ただし、この記載が正確かいなかを問題とする立場もある。

父の死によって社家（神職）の世界で身を立ててゆくための後楯を失った長明は、みずからも父の跡を追いたいとまで思いつめ、同族の鴨輔光に慰められ、諌められていることが、『鴨長明集』の贈答歌によって知られる。また、同じ集には、

もの思ひ侍る頃、幼き子を見て

そむくべき憂き世にまどふ心かな子を思ふ道はあはれなりけり（雑・八八）

という述懐歌も見られるので、妻子はあったと考えられるが、『方丈記』では先に引いた、みずからの出家を述べた記述に続いて、「もとより妻子なければ、捨てがたきよすがもなし」と言い切っている。おそらく世に処するすべも知らず、わが身一つをも保ちかねるという状況の中で、妻子とも別れてしまったのであろう。

けれども、そのような境遇にあっても捨て去ることのできなかったのが、和歌と音楽を愛する心であった。和歌は俊恵《しゆんえ》を師として学び、音楽は中原有安（筑州）に就いて習ったことが、『無名抄《むみようしよう》』や楽書の『文机談《ぶんきだん》』によって知られる。そして、若手の歌人として比較的早く人々に知られるようになったのであろう。先に引いた『鴨長明集』は春・夏・秋・冬・恋・雑に部類された百五首から成る歌集で、

養和元年五月日　　散位鴨長明

という奥書を有する。養和は安徳天皇の代の年号で、西暦一一八一年、治承五年が七月十四日養和と改元された。従って、「養和元年五月日」というのは改元前の月日を改元後の年号で示したことになるが、それは珍しいことではない。そしてこの奥書や前述の組織・歌数などから、この歌集は、賀茂別雷《わけいかずち》神社（上賀茂社）の神主賀茂重保が、同社に奉納する目的で寿永元年（一一八二）の頃まで、当時活動していた三十六人の歌人に百首ほど

の和歌を求めて成った、いわゆる寿永百首家集の一つかと見なされている。すでにいくつかの歌合や歌会に出詠する経験も積んでいた彼は、このことによって現存する三十六人の著名歌人の一人に数えられるに至り、その後やはり重保の撰した私撰集『月詣《つきもうで》和歌集』や撰者未詳の『玄玉《げんぎょく》和歌集』の作者ともなり、ついに文治四年（一一八八）四月、藤原俊成によって後白河法皇に奏覧された七番目の勅撰集『千載和歌集』に一首入集するに至った。その時のことは後年『無名抄』になつかしく回顧されている。

また、この前後のことであろうか、心の通い合った友と連れ立って伊勢へ旅し、行く先々で歌を詠み、『伊勢記』と題する紀行文のような乃至は歌の旅日記ふうのものを書いたらしい。

『千載和歌集』が成った頃はまだ九歳の幼い主上であった後鳥羽天皇は、建久九年（一一九八）一月、皇子の土御門天皇に譲位して、院政の主となる。そして群臣に百首歌を詠進させ、歌合を催すなど、にわかに和歌への関心を高め、建仁元年（一二〇一）の七月二十七日には御所の二条殿に和歌所を設け、そこに勤仕すべき役人として寄人を定めた。後鳥羽院は廷臣のみならず、広く歌人を求め、彼等をみずからの下に集めようとしていた。長明はそのような院の意向によって見出された歌人の一人である。彼は正治二年（一二〇〇）には院に命じられて『正治二年院第二度百首和歌』を詠進し、同年から建仁元年にかけてしばしば院の主催する歌合にも列した。そして和歌所寄人の一人に追加されるという、宮廷歌人としての栄誉をも得ることができた。

和歌所での忠勤に励む長明を嘉した後鳥羽院は、闕員の生じた河合神社（下鴨社の摂社）の禰宜に彼を補任しようと考えた。院の意向を知った長明は感涙をとどめえなかったが、この人事は同族で下鴨社の惣官（正禰宜をさすのであろう）鴨祐兼の激しい抗議に阻まれて、院も撤回せざるをえなかった。祐兼は自身の長男祐頼をさしおいて、下鴨社の神事への奉仕が乏しい長明を河合社禰宜に補することは、神慮に背くであろうと訴えたのであった。院はやむなく別の小さな氏社を官社として、長明をその社の禰宜に補そうとしたが、長明は「申す旨たがひたり」として、これを機に籠居し、その後出家して大原に住むようになったという。このことは和歌所開闔《かいこう》であった源家長の回想録的な『源家長日記』に語られているが、それがいつの時のことかはっきりしない。元久元年（一二〇四）のことかと推定する説もあるが、翌二年六月十五日院が主催した『元久詩歌合』には二題四首の歌を詠進している。

『方丈記』にみずから記すところによれば、「折々の違《たが》ひめ、おのづからみじかき運をさとつて世を背き、「むなしく大原山の雲に臥して、また五かへりの春秋を」経た後、都の南、日野山の奥（現、京都市伏見区。法界寺の東の山中）に方丈の庵を結び、建暦二年

（一二一二）三月二十九日ごろ、『方丈記』を記しおえたのであるという。

鎌倉幕府の史書『吾妻鏡』によれば、この前年の建暦元年十月十三日、「鴨社氏人菊大夫長明入道法名蓮胤」が、源頼朝の忌日ということで（彼は建久十年正月十三日没）その法華堂に参り、読経して、一首の歌を堂の柱に書き付けたという。これ以前、かつて和歌所の同僚であった藤原雅経の推挙によって鎌倉に下向し、将軍実朝に何度か見参していたのであった。日野の方丈の庵をあとに、はるばる東海道を下っていったことになるが、旅の目的が何であったかはわからない。

長明は仏教説話集の『発心《ほっしん》集』を編んだ。この作品が『方丈記』より前のものか、それとも後に成ったのか、『無名抄』との前後関係はどうか、それらのことも明らかではない。

若い時に友人とともに試みた伊勢国への旅を、歌を中心に綴った紀行文の『伊勢記』は、完全な形では伝わっていないが、その佚文は集成されて、旅したのはいつのことであったか、研究もされている。

『無名抄』との関係で考えるべき書として、『瑩玉《えいぎよく》集』がある。江戸時代の元禄十五年（一七〇二）に出版された『和歌古語深秘抄』に収められる他、宮内庁書陵部や彰考館文庫に写本として伝存する、板本の丁数にして八丁という、さほど長くない歌論書で、冒頭に「鴨長明作」と記し、奥書には、

本云鴨長明作瑩玉集半作云云

とある。『無名抄』に師俊恵の教えとして述べられていることと共通する部分もあるが、長明の筆に成ると見るには疑わしい点もないではない。『日本歌学大系』第参巻に収められ、その解題（久曾神昇執筆）では、『無名抄』以後、長明の最晩年に執筆し始めたが、完成に至らなかったものと考えている。一方、『和歌大辞典』の「瑩玉集」の項（上條彰次執筆）では、「作者を長明に擬し俊恵の説を無名抄などから編集したもの」、すなわち長明に仮託した書であるとする。

また、兼好の『徒然草』に「鴨の長明が四季の物語」という記述があり、それ以前の『本朝書籍目録《しよじやく》』の「雑抄」の部にも「四季物語。四巻。鴨長明作」と見え、『四季物語』と呼ばれる随筆風の作品を著したかもしれないが、現在伝存する『四季物語』『歌林四季物語』は、共に長明に仮託されたものと思われる。

以上述べた長明の著作・和歌、また仮託書かと見られるもの、さらに鴨長明伝記資料、鴨長明説話集成、方丈記関係資料などは、大曾根章介・久保田淳編『鴨長明全集』（平成十二年五月刊、貴重本刊行会発行）に収められている。同書は作品や資料の本文のみで、注釈を加えてはいない。

簗瀬一雄編『校註鴨長明全集』（昭和三十一年九月刊、風間書房発行）は、「一　校註方丈

記」「二　校訂鴨長明全歌集」「三　校註無名抄」「四　校註発心集」「鴨長明全集附録」から成り、作品の本文に脚注の形で校注を加えている。

細野哲雄校註日本古典全書『方丈記―鴨長明集―』（昭和四十五年八月刊、朝日新聞社発行）は、『方丈記』『無名抄』『鴨長明集』『正治二年第二百首』のうち長明の百首の他、『方丈記』の参考資料を収め、長明の作品には頭注を加えている。

『無名抄』について

平安時代から鎌倉時代にかけての日本の文学において最も重んじられていたものは和歌であった。紀貫之が『古今和歌集』仮名序で、
大和歌はひとの心を種として、よろづの言の葉とぞなれりける。
と宣言して以来、和歌（単に歌とも呼ばれる）は、社会的存在である人間が生きてゆく際に感じたり思ったりする、さまざまな事柄を最も端的に言い表す手段として、人々に信奉され、尊重されてきたのである。
けれどもすべての人が直ちにすぐれた歌を詠めるものではない。そこで、どうしたらよい歌を詠めるのか、そのためにはどんなことを知っていなければならないか、そもそもよ

い歌とは何かといったような諸問題を説く書物も書かれるに至った。このような書物を歌学書という。歌学書の中でも歌のよしあしを論評することに重点を置いているものは歌論書とも呼ばれる。歌学書はすでに『万葉集』が編纂された奈良時代に書かれたものも存するが、平安時代に入ると著名な歌人の手になる歌学書が多数書かれ、「和歌式」「髄脳」「歌枕」などと呼ばれていた。

現代でこそ『方丈記』の作者として著名な鴨長明は、当時においては歌人として知られた文化人であった。その長明の書き遺した歌学書・歌論書が『無名抄』なのである。

しかしながら、『無名抄』はそれ以前に現れた歌学書・歌論書とは大層趣を異にする作品である。それまでのこの種の本は、和歌の作法書という性格をあらわにして、ある体系の下に和歌に関する知識を網羅したり、秀歌例を掲げたり、あるいは論を展開したりするものが多かった。それらに対して、本書には構想らしいものはほとんどうかがえない。冒頭の「題の心」は初心者に対する教えとして、いかにも歌学書らしい書き出しであるが、読み進めるにつれ、長明自身が見聞きした当時のいわゆる歌壇での話柄が続き、それらに関連して時には自身の体験も語られる。そうかと思うと、古歌にまつわる名所（歌枕）やいにしえの名歌人の遺跡、逸話などが述べられ、再び自身の見聞にもとづく先輩歌人の言説や教訓などが紹介される。好一対とされる歌人たちについての世評を語り、宮廷歌人であった頃の自身の最も楽しい思い出を「会の歌に姿分かつこと」でなつかしく回想した後、「式部・赤染勝劣のこと」で、秀歌とは何かという大問題を、和泉式部の名歌二首を例に論じ、さらに「近代の歌体」においては問答形式で秀歌論を展開する。その後、師俊恵の教えを祖述し、和歌に関することばの問題を取り上げ、橘為仲・源頼実といった、少し前の時代の歌人の逸話や、在原業平・小野小町にまつわる伝説を語り、最後の「とこねのこと」では、最初の「題の心」同様初心者に対する教えのような調子で、和歌のことばのよしあしを論じて筆を擱いている。ところどころ連想の糸でつながりながら、硬質な歌論的部分と肩のこらない随想的乃至は説話的部分とがないまぜになっている作品なのである。それは歌論書というよりむしろ和歌随筆または歌話とでも呼ぶほうがふさわしいとすら思われる。

長明が本書を書く際に最も意識した先行歌学書は、冒頭の「題の心」で自身言及している、源俊頼の『俊頼髄脳』であろう。しかしおそらくそれにとどまらず、多くの書物から影響を受けていると思われる。たとえば、藤原清輔の『袋草紙』の「雑談」や寂超(藤原為経)の歴史物語『今鏡』の「打聞」などを意識することもあったのではないだろうか。藤原俊成の『古来風躰抄』やその子定家の『近代秀歌』は『無名抄』執筆以前に成っているが、長明がこれらの歌論書を見る機会があったかどうかはわからない。和歌に対する彼の執心の深さを思えば、もしもそれらの存在を聞き知ったならば、おそらく読もうと手を尽くしたことであろう。

ともかく彼は目にすることのできた多くの歌書を貪婪に読み漁り、それから得た知見を自身のものとし、多くの場数を踏んで実作してきた自身の体験にものを言わせて、詠歌することのおもしろさ、難しさを、そしてまた自身が見聞きした多くの同時代や近い時代の歌人たちの人となりや言動を書き遺しておきたい、数少ない知友に伝えたいと思った。そのような強い思いが、方丈の庵での閑寂な生活に明け暮れる桑門の蓮胤にこの作品を書かせたのであろう。

『無名抄』はいつ書かれたのであろうか。「関の清水」に「建暦の初めの年十月二十日余り」という記述がある。これによれば、少なくとも建暦元年（一二一一）十月末以降、前に述べた鎌倉への旅から帰った後のこととなる。『方丈記』は「建暦の二年《ふたとせ》、弥生のつごもりころ」書いたと自記しているから、同書と前後して成ったことになるが、『方丈記』に先行するのか、それとも遅れて成ったのかははっきりしない。『発心集』との先後関係もすでに述べたように明らかではない。

簗瀬一雄著『無名抄全講』の解説では、『無名抄』の成立について、「おそらくは方丈の庵にあっての期間に、回想的に書き溜められたメモを、一通りは編集しながら、再訂とか再編成を実施しない状態で、いささかの余材を巻末に付加した原形が、われわれの前に残されたものであろう。そして、それは承元二・三年から建暦元年（一二一一）にかけてのことであって、彼がまだ『方丈記』の文体を手に入れることのなかった以前であったにちがいない」と述べている。同じ解説のこれより少し前では「鎌倉から帰ってから間もなく今の形になったものであろう」ともいう。

この論より以前、『複刻日本古典文学館』の『無名抄梅澤本』の解題（久保田執筆）では、『無名抄』が『方丈記』に先行するか遅れるかは決めがたいとしつつも、「文学形態としては、『無名抄』は『方丈記』よりもむしろ『発心集』に近い。それから、『無名抄』の全編にほのかに漂う、かつて自らも身を置いた和歌界へのなつかしさを払拭した所に『方丈記』が書かれたと見るよりは、自己の内部にわだかまるおりのごときものを『方丈記』で吐き出してしまった後に、このような一種の郷愁が湧いてきたと見る方が、どちらかといえば自然ではないかという気はする」と記している。『無名抄全講』はこのような見方に対する批判として述べられたものかもしれない。

『無名抄』には鎌倉時代の古写本をはじめとする、おそらく五十本以上の写本が伝存する他、江戸時代には板行されて、かなり広く読まれてきた。それら伝本の主なものを挙げておく。

1　梅沢本

東京国立博物館蔵梅沢記念館旧蔵。鎌倉時代書写の列帖装写本一帖。函架番号第三一八一号。縦二四・七センチ、横一六・三センチ。表紙は本文料紙と共紙で、打紙。題簽はなく、外題・内題もない。料紙は六括から成る。墨付は八十三枚。後の遊紙が後表紙となる。一面の行数は不定だが、ほぼ八行から十行。和歌は改行し、ほぼ二字下げ、一首を上句・下句二行分ち書きする。目録はなく、章段名（見出し）は大体において一行取りで、朱書する。本文と見出しとは同筆であろう。本文の章段の替り目は朱の合点で示している。奥書はない。桐箱に納められており、箱の蓋の表中央に「無名抄　鴨長明真筆」との箱書があるが、長明の自筆とは考えられない。この本は重要文化財に指定されている。今回の翻刻において底本とした。これ以前、『無名抄梅澤本』として、財団法人日本古典文学会監修・編集『複刻日本古典文学館』（昭和四十九年十月刊、日本古典文学刊行会発行、ほるぷ出版製作。解題、久保田淳）で原色原寸の複製本が刊行され、また、大曾根章介・久保田淳編『鴨長明全集』（平成十二年五月刊、貴重本刊行会発行、便利堂製作）に、影印と翻刻を併せ収める。

2　天理本

天理図書館蔵竹柏園（佐佐木信綱）旧蔵。南北朝時代書写の列帖装写本一帖。函架番号九一一二・八九。天理図書館善本叢書和書之部編集委員会編同叢書第四十四巻『平安鎌倉歌書集』（昭和五十三年七月刊、天理時報社印刷、天理大学出版部刊行、八木書店製作）に影印を収め、その解題（橋本不美男執筆）に詳しい書誌が記されている。表紙（本文料紙と共紙）中央に「長明無名抄」と打付書の外題がある。内題はない。目録はなく、章段名は一行取り。本文は片仮名書きである。

　應安四年辛亥三月立筆了　助筆尊任

　　老比丘尊興

　此本ハ同朋寶藏房維円法印本也先年書写處／不終功経年序為後学少生又新書写之

という書写奥書がある。応安は北朝の年号、応安四年は南朝では建徳二年、西暦一三七一年である。この本は早く佐佐木信綱著『国文秘籍解説』（昭和十九年十二月刊、養徳社発行）で紹介され、同編『日本歌学大系』第参巻（昭和三十一年十二月刊、風間書房発行。解題、久曾神昇）に翻刻されている。今回の翻刻においては、『平安鎌倉歌書集』の影印によって校合本とした。

3　呉本

天理図書館蔵呉文炳旧蔵。鎌倉末期書写の列帖装写本一帖。函架番号九一一・二　イ二一七。呉文炳編『国書遺芳』（昭和四十年六月刊、理想社発行。解説、吉田幸一）に影印を収める。細野哲雄校註日本古典全書『方丈記―鴨長明集―』（昭和四十五年八月刊、朝日新聞社発行）所収『無名抄』、菊地良一・村上光徳・坂口博規著『方丈記　無名抄』（昭和六十年三月刊、双文社出版発行）所収『無名抄』、渡部泰明・小林一彦・山本一校注『歌論歌学集成』第七巻（平成十八年十月刊、三弥井書店発行）所収『無名抄』（校注、小林一彦）の底本である。表紙中央に貼られた小短冊の題簽に「無名抄」と墨書した外題がある。目録はなく、章段名は一行取り。奥書・識語の類はない。書誌は『歌論歌学集成』第七巻の解題に詳しい。

4　簗瀬本

簗瀬一雄蔵。室町時代書写の写本一冊。簗瀬一雄著『無名抄全講』（昭和五十五年五月刊、加藤中道館発行）の底本である。書名を「無名集」とするという。『無名抄全講』の解説に掲げられている本奥書は次の通り。

此鴨明抄はかもの長明入道が作なり。たかつかさの前の殿より東宮へまいらせらるゝを給りて書うつし侍也。下さるゝ時の仰に云。此抄ならびに後鳥羽院宮この外にてあそばさるゝ御抄とは御ひざうの物なり。すべて人に見せられず。しかあれどもことにおぼしめさるゝ子細あるによりて御免あり。本主前関白いそぎ申さる。いまだ御書写なし。はやく書て件の写本にてのどかにあそばさるべしとぞ。

弘安七年十二月九日

或人の本には無明抄云々。御本の説につきて鴨明抄と書畢。

正応五年九月宰相典侍経子にゆるし奉りおはりぬ。よりておく書し侍る。中風にて手わなゝき侍程にいよ〳〵鳥のあと乱れ侍めり。

同年神無月十六日　前参議在判

則日交合畢。

于時応永十五年九月七日或人家より伝之。則写書也。於他家人不可披露。尤可秘蔵者也。此道源也。

左衛門尉橘遠房在判

弘安七年は西暦一二八四年、正応五年は西暦一二九二年、応永十五年は西暦一四〇八年である。「たかつかさの前の殿」（前関白）は鷹司基忠、「東宮」は後深草院の皇子熙仁親王（伏見天皇）、「宰相典侍経子」は飛鳥井雅有女後宇多院宰相典侍、「前参議」は飛鳥井雅有と考えられる。『無名抄全講』によれば、東京教育大学（筑波大学）本・山口県立図書館本・宮内庁書陵部松岡本（函架番号二〇六・五九九）などがほぼ同様の奥書を有する写本であるという。鎌倉時代における本書の伝来を物語るこの奥書は注目される。

5　静嘉堂本

静嘉堂文庫蔵脇坂安元・松井簡治旧蔵。江戸初期書写の袋綴写本一冊。函架番号二〇一八三・一・五〇二・一八。目録・章段名はない。各章段は改行して記されている。奥書・識語の類もない。久松潜一・西尾実校注日本古典文学大系65『歌論集　能楽論集』（昭和三十六年九月刊、岩波書店発行。『歌論集』の校注は久松潜一）所収『無名抄』の底本である。髙橋和彦著『無名抄評釈』（昭和四十二年七月刊、フェニックス書院発行）の本文は主として日本古典文学大系本に拠ったという。

6　板本

江戸時代になって出版文化が盛んになるとともに、『無名抄』もしばしば上梓されたらしい。それらの中には、寛政二年（一七九〇）、文化二年（一八〇五）などと刊年を明記したものもあるが、刊年不明のものも多く存し、それらの中には元禄（一六八八・九・三〇―一七〇四・三・一三）年間に板行されたと見なされるものもある。石原清志編『無刊記本無名抄』（昭和六十年十月刊、和泉書院発行）はそのような一本を影印したものであり、川村晃生・小林一彦校注『無名抄』（平成四年七月刊、三弥井書店発行）はそれとは別の無刊記板本を底本として翻刻したものである。『無刊記本無名抄』によって摘記すれば、「無名抄目録上」「無名抄目録下」と、上下に分けて目録を掲げる。このことから、本来上下二巻であったのを合冊して一冊本としたのであると知られる。「目録下」には章段名の順に混乱が存する。本文中の章段名は一行取り。巻末に、

鴨長明抄云と　　　婦屋仁兵衛

本云
元亨三年五月十八日於久我殿

とある。「元亨三年」は元亨四年（正中元年、一三二四）である。「婦屋仁兵衛」は板元の「ふや仁」のこと、「ふや仁」については、『無刊記本無名抄』の解説に詳しい。

右の「元亨三年……」の奥書に類似する奥書を有する写本に、東京大学綜合図書館蔵相良為続本『無名抄』（函架番号E三一・六八六）がある。その奥書は、

写本云
鴨長明抄云と

元亨四年五月十八日於久我殿御壇所書了

梁心之本をうつす也　　　主藤原為續

とある。この奥書の裏には、

無名抄

相良左衛門尉為續正筆

　新菟玖波集作者手跡　徹書記門人

という極書が貼付されている。

　7　群書類従本

『群書類従』巻第二百九十四、和歌部百四十九雑十四。書名は「無名秘抄」。目録を二箇所に分けて掲げるが、本文中には章段名を記さず、章段の改まる行頭に「一」と記して示す。奥書は、

　応永廿八年初秋上旬写之畢

　印本云元亨三年五月十八日於久我殿

右無名秘抄上下二巻以屋代弘賢蔵転写応永所抄之本書写以古写一本及流布印本校合畢

とある。「元亨二年」は「元亨三年」を誤ったのであろう。簗瀬一雄編『校註鴨長明全集』（昭和三十一年九月刊、風間書房発行）所収『無名抄』の底本である。

　なお、活版印刷された『群書類従』の初版は明治二十七年五月刊、発行者は経済雑誌社である。その後も版を重ね、発行元も群書類従完成会他、いくつかの会社に変わった。そ

れらのうち、『新校群書類従』（内外書籍株式会社発行）では第十三巻（昭和四年十一月刊）に『無名秘抄』を収めている。この版では従来の群書類従本にさらに内閣文庫本を校合している。

木下華子「『無名抄』伝本考」（『東京大学国文学論集』第五号、平成二十二年三月刊、東京大学国文学研究室編集発行）では十四本の伝本を調査し、これらを三類に、さらにそのうちの第三類を四群に分類している。この分類によれば、底本の梅沢本は第一類に、校合本の天理本は第三類第三群に属する。

参考文献

昭和五十年代頃までの文献は簗瀬一雄著『無名抄全講』に詳しいので、主としてそれ以後の主要なものにとどめ、また解説文中に引用したものは省略した。

堀田善衞著『方丈記私記』（昭和四十六年七月刊、筑摩書房発行）
三木紀人著　日本の作家17『閑居の人鴨長明』（昭和五十九年十月刊、新典社発行）

「東京大学総合図書館蔵阿波国文庫旧蔵本『無名抄』翻刻及び自立語索引」（平成十二年三月刊、東京大学文学部国文学研究室　代表小島孝之）

馬場あき子他『馬場あき子と読む　鴨長明無名抄』（平成二十三年六月刊、短歌研究社発行）

岩波書店編集部『文学隔月刊』二〇一二年三・四月号　特集・方丈記八〇〇年（平成二十四年三月刊、岩波書店発行）

小野道子「長明と俊恵―師弟関係に至る過程―」（『鴨長明の研究』第二集、昭和五十一年六月刊、二松学舎大学文学部国文学科貴志ゼミナール編集発行）

鈴木徳男「『無名抄』「歌半臂句考」」（『中世文藝論稿』第十三号、平成二年三月刊、中世文藝談話会発行）

小林一彦「長明と寂蓮―『無名抄』から見た両者の関係―」（『銀杏鳥歌』第十三号、平成六年十二月刊、「銀杏鳥歌」の会発行）

小林一彦「定家と長明―『定家卿自歌合』の真偽に及ぶ―」（『藝文研究』第六十九号、平成七年十二月刊、慶應義塾大学藝文学会発行）

小林一彦「長明伝を読みなおす―祐兼・顕昭・寂蓮らをめぐって―」（『中世文学』第四十二号、平成九年六月刊、中世文学会発行）

木下華子「『無名抄』の再検討―「セミノヲカハノ事」から―」（『国語と国文学』第八十巻第八号、平成十五年八月刊「国語と国文学」編集部編集、至文堂発行）
木下華子「鴨長明の「数寄」―概念と実態と―」（『国語と国文学』第八十二巻第二号、平成十七年二月刊）
千本英史「鴨長明と数寄をめぐって」（『国語と国文学』第八十七巻第九号、平成二十二年九月刊、「国語と国文学」編集部編集、ぎょうせい発行）

主要語句索引

一、『無名抄』の中の人名・地名・書名・歌学歌論用語・一部の歌語や難解語などを検出する目的で作成した。

一、原則として、男性の人名は姓名の形で、書名は正称で、活用する語は終止形で掲げ、適宜参照項目を立てた。

一、全項目を現代仮名遣いの五十音順に掲出した。

一、項目の下の数字は章段の番号である。

【さ】

和歌索引

一、『無名抄』の本文に引かれている歌を、一部分の引用を含めて、初句の五十音順に掲出した。
一、番号は章段の番号である。
一、歌の一部を引いている場合には、省略されている部分を（　）に入れた。
一、一部分を引き、かつ全体の形がわからない場合には、初句ではなく、引用されている部分で配列した。

無名抄《むみようしよう》

現代語訳付《げんだいごやくつ》き

鴨《かもの》 長明《ちようめい》　久保田《くぼた》 淳《じゆん》＝訳注

平成25年 3月25日　初版発行
令和7年 10月20日　18版発行

発行者●山下直久

発行●株式会社KADOKAWA
〒102-8177　東京都千代田区富士見2-13-3
電話　0570-002-301（ナビダイヤル）

角川文庫 17891

印刷所●株式会社KADOKAWA
製本所●株式会社KADOKAWA

表紙画●和田三造

●お問い合わせ
https://www.kadokawa.co.jp/（「お問い合わせ」へお進みください）
※内容によっては、お答えできない場合があります。
※サポートは日本国内のみとさせていただきます。
※Japanese text only

ISBN978-4-04-400111-7　C0195

◆◇◇

角川文庫発刊に際して

角川源義

第二次世界大戦の敗北は、軍事力の敗北であった以上に、私たちの若い文化力の敗退であった。私たちの文化が戦争に対して如何に無力であり、単なるあだ花に過ぎなかったかを、私たちは身を以て体験し痛感した。西洋近代文化の摂取にとって、明治以後八十年の歳月は決して短かすぎたとは言えない。にもかかわらず、近代文化の伝統を確立し、自由な批判と柔軟な良識に富む文化層として自らを形成することに私たちは失敗して来た。そしてこれは、各層への文化の普及滲透を任務とする出版人の責任でもあった。

一九四五年以来、私たちは再び振出しに戻り、第一歩から踏み出すことを余儀なくされた。これは大きな不幸ではあるが、反面、これまでの混沌・未熟・歪曲の中にあった我が国の文化に秩序と確たる基礎を齎らすためには絶好の機会でもある。角川書店は、このような祖国の文化的危機にあたり、微力をも顧みず再建の礎石たるべき抱負と決意とをもって出発したが、ここに創立以来の念願を果すべく角川文庫を発刊する。これまで刊行されたあらゆる全集叢書文庫類の長所と短所とを検討し、古今東西の不朽の典籍を、良心的編集のもとに、廉価に、そして書架にふさわしい美本として、多くのひとびとに提供しようとする。しかし私たちは徒らに百科全書的な知識のジレッタントを作ることを目的とせず、あくまで祖国の文化に秩序と再建への道を示し、この文庫を角川書店の栄ある事業として、今後永久に継続発展せしめ、学芸と教養との殿堂として大成せんことを期したい。多くの読書子の愛情ある忠言と支持とによって、この希望と抱負とを完遂せしめられんことを願う。

一九四九年五月三日

角川ソフィア文庫ベストセラー

新版 古事記 現代語訳付き
訳注／中村啓信

天地創成から推古天皇につながる天皇家の系譜と王権の由来書。厳密な史料研究成果に拠る読み下し文、平易な現代語訳、漢字本文（原文）、便利な全歌謡各句索引と主要語句索引を完備した決定版！

新版 万葉集（一～四） 現代語訳付き
訳注／伊藤　博

古の人々は、どんな恋に身を焦がし、誰の死を悼み、そしてどんな植物や動物、自然現象に心を奪われたのか――。全四五〇〇余首を鑑賞に適した歌群ごとに分類。天皇から庶民にいたる万葉人の想いが今に蘇る！

土佐日記 現代語訳付き
紀　貫　之
訳注／三谷榮一

紀貫之が承平四年一二月に任国土佐を出港し、翌年二月京に戻るまでの旅日記。女性の筆に擬した仮名文学の先駆作品であり、当時の交通や民間信仰の資料としても貴重。底本は自筆本を最もよく伝える青谿書屋本。

新版 古今和歌集 現代語訳付き
訳注／高田祐彦

日本人の美意識を決定づけ、『源氏物語』などの文学や美術工芸ほか、日本文化全体に大きな影響を与えた最初の勅撰集。四季の歌、恋の歌を中心に一一〇〇首を整然と配列した構成は、後の世の規範となっている。

新版 竹取物語 現代語訳付き
訳注／室伏信助

竹の中から生まれて翁に育てられた少女が、五人の求婚者を退けて月の世界へ帰っていく伝奇小説。かぐや姫のお話として親しまれる日本最古の物語。第一人者による最新の研究の成果。豊富な資料・索引付き。

角川ソフィア文庫ベストセラー

新版 伊勢物語 現代語訳付き
訳注／石田穣二

在原業平がモデルとされる男の一代記を、歌を挟みながら一二五段に記した短編風連作。『源氏物語』にもその名が見え、能や浄瑠璃など後世にも影響を与えた。詳細な語注・補注と読みやすい現代語訳の決定版。

新版 蜻蛉日記（Ⅰ、Ⅱ） 現代語訳付き
右大将道綱母
訳注／川村裕子

美貌と歌才に恵まれ権門の夫をもちながら、自らを蜻蛉のように儚いと嘆く作者二一年間の日記。母の死、鳴滝籠り、夫との実質的離婚――。平易な注釈と現代語訳の決定版。Ⅰ（上・中巻）、Ⅱ（下巻）収載。

新版 枕草子（上、下） 現代語訳付き
清少納言
訳注／石田穣二

約三〇〇段からなる随筆文学。『源氏物語』が王朝の夢幻であるとすれば、『枕草子』はその実相であるといえる。中宮定子をめぐる後宮世界に注がれる目はいつも鋭く冴え、華やかな公卿文化を正確に描き出す。

和泉式部日記 現代語訳付き
和泉式部
訳注／近藤みゆき

弾正宮為尊親王追慕に明け暮れる和泉式部へ、弟の帥宮敦道親王から手紙が届き、新たな恋が始まった。式部が宮邸に迎えられ、宮の正妻が宮邸を出るまでを一四〇首余りの歌とともに綴る、王朝女流日記の傑作。

新版 落窪物語（上、下） 現代語訳付き
訳注／室城秀之

『源氏物語』に先立つ、笑いの要素が多い、継子いじめの長編物語。母の死後、継母にこき使われていた女君。その女君に深い愛情を抱くようになった少将道頼は、継母のもとから女君を救出し復讐を誓う――。

角川ソフィア文庫ベストセラー

源氏物語（全十巻）
現代語訳付き

紫式部
訳注／玉上琢彌

一一世紀初頭に世界文学史上の奇跡として生まれ、後世の文化全般に大きな影響を与えた一大長編。寵愛の皇子でありながら、臣下となった光源氏の栄光と苦悩の晩年、その子・薫の世代の物語に分けられる。

紫式部日記
現代語訳付き

紫式部
訳注／山本淳子

華麗な宮廷生活に溶け込めない複雑な心境、同僚女房やライバル清少納言への批判——。詳細な注、流麗な現代語訳、歴史的事実を押さえた解説で、『源氏物語』成立の背景を伝える日記のすべてがわかる！

更級日記
現代語訳付き

菅原孝標女
訳注／原岡文子

作者一三歳から四〇年に及ぶ平安時代の日記。東国から京へ上り、恋焦がれていた物語を読みふけった少女時代、晩い結婚、夫との死別、その後の侘しい生活。ついに憧れを手にすることのなかった一生の回想録。

堤中納言物語
現代語訳付き

訳注／山岸徳平

「花桜折る少将」ほか一〇編からなる世界最古の短編小説集。同時代の宮廷女流文学には見られない特異な人間像を、尖鋭な笑いと皮肉をまじえて描く。各編初めに、あらすじ・作者・年代・成立事情・題名を解説。

平家物語（上、下）

校注／佐藤謙三

平清盛を中心とする平家一門の興亡に焦点を当て、源平の勇壮な合戦譚の中に盛者必衰の理を語る軍記物語。音楽性豊かな名文は、琵琶法師の語りのテキストとされ、後の謡曲や文学、芸能に大きな影響を与えた。

角川ソフィア文庫ベストセラー

方丈記
現代語訳付き
鴨長明
訳注／簗瀬一雄

社会の価値観が大きく変わる時代、一丈四方の草庵に遁世して人世の無常を格調高い和漢混淆文で綴った随筆の傑作。精密な注、自然な現代語訳、解説、豊富な参考資料・総索引の付いた決定版。

改訂 徒然草
現代語訳付き
吉田兼好
訳注／今泉忠義

仏教的無常観に根ざしつつも、近現代に通じる多面的な哲学・思想・文学が内在する中世の名随筆集。ここに綴られた知の巨人・兼好法師の広い教養と自由で鋭い批評的精神は、今なお多くの示唆を与えてくれる。

新古今和歌集（上、下）
訳注／久保田淳

「春の夜の夢の浮橋とだえして峰に別るる横雲の空　藤原定家」「幾夜われ波にしをれて貴船川袖に玉散る物思ふらむ　藤原良経」など、優美で繊細な古典和歌の精華がぎっしり詰まった歌集を手軽に楽しむ決定版。

風姿花伝・三道
現代語訳付き
世阿弥
訳注／竹本幹夫

能の大成者・世阿弥が子のために書いた能楽論を、原文と脚注、現代語訳と評釈で読み解く。実践的な内容のみならず、幽玄の本質に迫る芸術論としての価値が高く、人生論としても秀逸。能作の書『三道』を併載。

正徹物語
現代語訳付き
正徹
訳注／小川剛生

連歌師心敬の師でもある正徹の聞き書き風の歌論書。自詠の解説、歌人に関する逸話、歌語の知識、幽玄論など内容は多岐にわたる。分かりやすく章段に分け、脚注・現代語訳・解説・索引を付した決定版。